Thomaz Brandolin

EVEREST:
Viagem à montanha abençoada

Primeira expedição brasileira ao topo do mundo

fotos: Thomaz Brandolin, exceto as creditadas nas legendas
capa: Ivan G. Pinheiro Machado sobre foto de Thomaz Brandolin
mapas: Mônica Leizer
revisão: Renato Deitos
produção: Lúcia Bohrer e Jó Saldanha
paginação: Carlos Saldanha

ISBN: 85-254-0410-1

B819e	Brandolin, Thomaz
	Everest: viagem à montanha abençoada/Thomaz Brandolin -- 6 ed. -- Porto Alegre : L&PM, 2002.
	216 p.; il. fotogr. mapas; 21 cm. – (Série Bazar de Aventuras)
	1. Monte Everest-Descrições de Viagens. I.Títulos. II.Série
	CDD 910.02154
	CDU 910.4:796.5(235.243)
	796.5:910.4(235.243)

Catalogação elaborada por Izabel A. Merlo, CRB 10/329

© Thomaz Brandolin, 1993.
Todos os direitos desta edição reservados à L&PM Editores S/A
Porto Alegre: Rua Comendador Coruja, 314, loja 9 - 90220-180
            Floresta - RS / Fone: (0xx51) 3225.5777
informações e pedidos: info@lpm.com.br
www.lpm.com.br

Impresso no Brasil
2002

Sumário

Umas rápidas palavras 7
Capítulo 1
Makalu 9
Capítulo 2
Chomolungma 14
Capítulo 3
Será pela face norte 20
Capítulo 4
Projeto Brasil-Everest 27
Capítulo 5
Kathmandu 34
Capítulo 6
Na terra do Dalai Lama 44
Capítulo 7
Conseguiremos? 57
Capítulo 8
"Tochítelê" 62
Capítulo 9
"Porque ele está lá!!" 75
Capítulo 10
"Pooja" 82
Capítulo 11
O Everest não deixa 89

Capítulo 12
Colo norte 105
Capítulo 13
Pagando o preço 121
Capítulo 14
A última esperança 135
Capítulo 15
Um dia voltar! 147
Apêndice
I – Equipe 149
II – Calendário 151
III – Infra-estrutura 154
IV – Alimentação 162
V – Medicina 170
VI – Preparação física 177
VII – Documentação 181
VIII – Créditos e agradecimentos 185

Tabela de temperatura 189
Bibliografia 190

À Guilhermina Brandolin,
exemplo de mãe e ser humano

Alfredo Brandolin,
pai, mestre e meu melhor amigo

"Você já deve ter ouvido falar da montanha abençoada; ela é a maior montanha do mundo. Se puder chegar ao topo, tudo que encontrará lá em cima será o desejo ardente de estar aqui embaixo novamente, entre aqueles que vivem nos vales. É por isso que ela é chamada de abençoada."

Khalil Gibran

Umas rápidas palavras

Sempre que eu voltava de uma expedição, invariavelmente passava os *slides* para meus parentes e amigos. Muitos deles, encantados com as belas imagens que viam e as histórias que eu contava, me levavam para clubes e casas de amigos para que eu repassasse os *slides* e recontasse os "causos" da viagem. Até palestras em empresas e uma exposição de fotos no Centro Cultural aconteceram.

Eu ficava impressionado com a curiosidade e a vontade das pessoas de saber o que se passa nessas expedições. Queriam saber aquilo que, segundo eles, ninguém conta. Coisas do tipo "o que você sente quando se defronta com a montanha?"; "qual é a sensação de chegar no cume?"; "e quando não se consegue chegar?", "você sente medo?"; "fale-nos da Antártida"; "conte-nos do Tibet"; isso para não falar de coisas mais prosaicas: "como é que você faz para tomar banho?"; "e dá (!?!) para ir ao banheiro, naquele frio todo?", entre outras tantas perguntas.

Foi pensando nessas pessoas, que gostam de viajar (nem que seja nas aventuras de outros), apreciam a natureza, fazem caminhadas (mas escalar, nem pensar!), que entendem de sensibilidade, de sonhos, de opção por um estilo de vida, que escrevi esse livro.

Para aqueles que são insaciáveis por informação, acrescentei um apêndice técnico no final.

Embora já tenha escrito vários artigos para jornais e revistas, aviso logo que este é meu primeiro livro. Salvo por algumas passagens, infelizmente aqui não couberam as histórias das outras expedições.

Narro apenas o que foi nossa experiência no Everest, sob o *meu* ponto de vista. Descrevo lugares, dou algumas informações que considero interessantes, conto fatos curiosos, muitas vezes engraçados, às vezes dramáticos. Falo de alegrias, aflições, deslumbramentos, frustrações, falo de emoções.

Sem pretensões acadêmicas ou literárias, minha intenção é apenas levar você, leitor, a vivenciar um pouco o que passei e senti quando estava viajando por terras distantes, absorvendo a incrível energia do Himalaia, conhecendo o povo fantástico daquela região, ou enfrentando as encostas geladas da maior montanha do mundo.

Nesse trabalho, além dos alpinistas da expedição, contei com a valiosa ajuda de amigos. Alguns deles dispuseram do seu tempo para ler e reler com carinho e atenção, para corrigir erros, me orientar e me dar broncas (sim, senhor!), nas várias versões do texto que eu, dia a dia, ia lapidando. Só parei de "mexer" no livro quando percebi que esse é um trabalho infinito.

À Sandra, à Lia, ao Leonardo, à Ana Lucia, à Julia, à Inar, ao Cristiano, à Eliana, ao Roberto, à Marisa, aos companheiros dessa maravilhosa expedição, e aos demais que sempre me estimularam, meus sinceros agradecimentos pelo inestimável apoio. (Espero que tenham gostado do resultado final.)

Thomaz

CAPÍTULO 1
MAKALU

O lugar até que era confortável. Não dava para ficar em pé, nem se mexer muito, mas isso não incomodava. O importante era que a temperatura estava sempre estável, em "agradáveis" 15 graus abaixo de zero, e estávamos abrigados do vento. À nossa volta reinava um silêncio profundo, profanado somente pelo ruído quase que imperceptível do nosso fogareiro a gás.

Exaustos, mergulhados cada um nos seus pensamentos, quase não conversávamos enquanto a panela com o jantar passava de mão em mão. Cada um comia umas duas colheradas, devolvia a colher à panela e, lentamente, passava para o outro.

– O chá está pronto? – perguntou Andrjez, chefe da equipe, num inglês quase perfeito.

– Ainda vai demorar – respondi. – O fogareiro está sem pressão e vai demorar para derreter a neve – completei, meio sonolento, examinando a outra panela que estava no fogo ao meu lado.

Terminado o jantar, voltei para as profundezas do meu saco de dormir. À direita, apertados um ao lado do outro, meus companheiros faziam o mesmo. À esquerda, o fogareiro continuava aceso, transformando um montão de neve em "dois dedos" de água quente para fazermos um chá.

Estávamos confinados numa minúscula cova escavada no gelo, no alto de um gigantesco paredão de gelo e neve, a 6.800 metros de altitude. Ali era o nosso acampamento 3.

Éramos quatro alpinistas de três países diferentes – dois poloneses, um americano e um brasileiro – mas com um único objetivo: fazer a primeira ascensão durante o inverno do Monte Makalu, de 8.470 metros de altitude, a quinta montanha mais alta do mundo, no coração da Cordilheira do Himalaia. Os outros cinco alpinistas da equipe estavam no campo-base avançado, quase dois quilômetros abaixo, ansiosos, aguardando os acontecimentos. Estava começando o ano de 1988.

De repente, percebi uma fumaceira ao meu lado indicando que a água estava fervendo. Tirei os braços de dentro do saco de dormir, joguei alguns saquinhos de chá na panela e dois minutos depois ela começou a passar de mão em mão.

Olhei no relógio: 17h30min. Como fazia quase que diariamente, queria admirar o pôr-do-sol. Comecei a vasculhar minha mochila em busca da máquina fotográfica.

Bem à minha frente ficava a entrada do túnel de acesso à nossa cova. Tal qual um iglu de esquimós, o túnel tinha dois metros de comprimento e era tão apertado que só dava para passar quase rastejando. A entrada estava protegida por um enorme tijolo de gelo que havíamos esculpido com nossa serra de alumínio.

Tentei deslocar o bloco para fora do túnel, mas ele estava grudado às paredes de gelo. Comecei a forçar, mas, deitado e vestindo sete camadas de roupas, meus movimentos eram lentos, desajeitados, e logo fiquei cansado. Parei e respirei fundo durante uns 30 segundos. O ar rarefeito, frio e seco tornava o simples ato de respirar uma coisa penosa, difícil, e quase congelava minhas vias respiratórias. Voltei para o interior da cova, peguei a pá e insisti novamente até o bloco ceder.

Um violento golpe de ar gelado fez-me estremecer. Mas o esforço valeu a pena. Da entrada do túnel a vista era fantástica: o sol se pondo por trás de uma infinidade de montanhas, deixando suas neves avermelhadas, como se estivessem pegando fogo. O céu, com cores que iam do alaranjado ao lilás, estava começando a se encher de estrelas.

Mas o que mais me interessava naquele incrível cenário era o que estava bem à minha frente: o Monte Everest. Eu estava impressionado com seu tamanho. O Lhotse, a quarta montanha mais alta do mundo, ali do lado, parecia pequeno perto dele. As montanhas do Himalaia são gigantescas, mas o Everest é colossal. Nesse momento pude sentir intensamente o irresistível poder de atração que ele sempre exerceu sobre os homens.

A grandeza do Everest me fascinava, ainda mais por que sua única face visível por mim era a leste, conhecida como a face esquecida. Praticamente nenhum homem se atrevera a escalá-lo por ali, exceto uma expedição norte-americana. À direita do Everest, a perder de vista, eu deslumbrava o desolado platô tibetano do outro lado da fronteira. Quantas e quantas histórias eu já não havia ouvido sobre aquele lugar tão místico e misterioso? Everest e Tibet, dois lugares que eu sempre quisera conhecer, estavam bem ali diante dos meus olhos, tão próximos e ao mesmo tempo tão distantes.

Tirei exatamente nove fotos antes de a câmera congelar. Depois fiquei ali, tremendo de frio, com os olhos vidrados naquela paisagem, sonhando e tentando imaginar o dia em que eu iria conhecê-los de perto.

De repente, uma rajada mais forte de vento me jogou um jato de neve no rosto e fez-me voltar à realidade. Já estava escurecendo e a temperatura descia vertiginosamente. Engatinhei de costas para dentro do "calor" da cova, não sem antes fechar a entrada do túnel com o bloco de gelo.

Apesar de enregelado, eu me achava realmente uma pessoa privilegiada por estar naquele lugar com uma vista tão bonita.

Logo entrei no meu saco de dormir e me preparei para passar a terceira noite naquela cova. A temperatura ali dentro era de 15 graus abaixo de zero, mas lá fora já se aproximava dos 35 negativos.

A vida numa expedição ao Himalaia não é lá muito confortável. Não tomava banho e praticamente não trocava de roupas havia vinte dias. A barba estava enorme, o cabelo todo desgrenhado, mas eu não achava ruim nem reclamava. A intensidade das emoções vividas durante essas expedições e a beleza inigualável daquela região compensava tudo.

Deitado, esperando o sono chegar, eu ficava olhando as paredes geladas ao meu redor e as centenas de cristais de gelo que brilhavam no teto da cova. Estávamos a dois dias do momento sublime de atingir o cume. Isto é, achava que estávamos.

Pela manhã, protegido por espessas paredes de gelo, no acampamento tudo era silêncio. Ao acordar, logo me lembrei de que eu precisava levantar e começar a derreter neve para preparar o café da manhã. Mas a diferença de temperatura entre o interior do saco de dormir e o exterior era tão brutal que uma enorme preguiça me impedia de me mexer. Aquela cova era um verdadeiro *freezer*. Acho que nunca senti tanta saudade de casa como naquele momento. Meus companheiros ainda dormiam.

Depois de travar uma áspera discussão com meu bom senso, que exigia que eu me levantasse, comecei, bem lentamente (e coloca lentamente nisso!), a sair do saco. Raspei o teto da cova com a pá, enchi a panela com neve e, depois de implorar para o isqueiro funcionar, acendi o fogareiro. Aos poucos os demais foram acordando e guardando seus pertences na mochila, preparando-se para o dia que se iniciava. Enquanto isso a água ia esquentando. Quase não tínhamos mais mantimentos, pois todo o estoque estava enterrado na neve, num depósito que fizéramos na véspera, a 7.200 metros de altitude.

Após preparar o café, resolvi dar uma espiada no tempo. Foi deslocar o bloco de gelo da entrada da cova para perceber que estávamos no meio de uma tempestade. Nevava forte, a visibilidade era quase nula devido à neblina e violentas rajadas de vento vinham de todas as direções, espalhando neve para todo lado. Para onde quer que se olhasse tudo era branco. O barulho do vento era assustador e verdadeiros rodamoinhos de neve se formavam a minha volta. Parecia um inferno gelado.

Antes que eu entrasse, Króva apareceu ao meu lado. Todo agitado, deu uma olhada no tempo, soltou um palavrão e voltou para o interior da cova, seguido por mim. O clima ali dentro ficou tenso. Escalar naquelas condições estava fora de cogitação, e dentro em breve haveria tanta neve na encosta que ficaria muito perigoso até mesmo descer. Tínhamos que sair daquele lugar o mais rápido possível, antes que ficássemos irremediavelmente presos. A tempestade poderia durar vários dias e não tínhamos mais alimentos. Nossas esperanças de atingir o cume teriam que ser adiadas, mas ninguém pensou nisso naquele momento.

Pusemos as coisas de qualquer jeito nas mochilas e saímos. Para que a cova não se entupisse de neve, Króva fechou a entrada do túnel, cuidadosamente, com o bloco de gelo.

A descida para o acampamento 2 era uma reta em diagonal de 500 metros paredão abaixo. Qualquer descuido seria desastroso, pois o ponto horizontal mais próximo estava a um quilômetro abaixo.

Durante a descida ninguém estava unido por uma corda a ninguém. Era cada um por si. O raciocínio era simples: devido à neblina e à queda de neve, as gretas[1] estariam totalmente escondidas; então, se alguém caísse numa delas, que caísse sozinho, isto é, não levasse seu companheiro de

---

1. Fendas ou rachaduras naturais que existem na superfície das geleiras. São produzidas pelo movimento das massas de gelo sobre um solo irregular ou pelas curvaturas do seu curso. Possuem largura, comprimento e formato variáveis, e podem atingir dezenas de metros de profundidade.

corda junto. Em outras palavras, se alguém morresse, que fosse sozinho. Concentrado ao máximo e transpirando de nervoso, disparei parede abaixo, acompanhando os demais. Adrenalina pura!!

Uma vez sãos e salvos no campo 2, outra cova de gelo, paramos para descansar, comemos alguma coisa e partimos para o campo-base avançado, a 5.100 metros de altitude, a muitas horas dali. A neve fofa tornava o caminho muito cansativo. A visibilidade era tão baixa que mal dava para enxergar um companheiro a apenas 5 metros de distância, e, além disso, caminhávamos contra o vento, que lançava neve no nosso rosto.

Logo abaixo do campo 1, num acidente, caí num buraco, batendo violentamente os joelhos numa pedra. Totalmente submerso na neve e na neblina, meus companheiros não me viram e continuaram descendo, me deixando para trás. Já era quase noite, não parava de nevar e, apesar do frio, eu estava encharcado de suor.

Cheguei no campo-base avançado tarde da noite, sozinho, com as pernas trêmulas de dor e cansaço, mal conseguindo falar. Comi alguma coisa e fui para minha barraca. Foi só o tempo de tirar as botas e em poucos segundos eu já estava dormindo.

Com os joelhos doloridos, o que me impossibilitava de escalar nos dias seguintes, a expedição terminara para mim, mas meus companheiros do campo 3 tentaram mais uma vez. Uma semana depois, ao atingirem 7.500 metros de altitude, deram a expedição por encerrada, derrotados pelo frio e pelos ventos do inverno himalaiano.

Embora não tenha atingido o cume, essa experiência no Makalu foi fascinante. Ensinou-me muitas coisas e serviu para aumentar uma certeza: o quanto somos insignificantes perante as forças da natureza. Apesar de toda tecnologia, o homem não tem e nunca terá controle sobre essas montanhas.

Além disso, o Himalaia havia me conquistado com seu misticismo, sua beleza e sua magia; uma magia que leva uns à oração, outros à contemplação e outros à reflexão sobre esse mundo em que vivemos.

Quando comecei a caminhar os 150 quilômetros de volta à civilização, dei uma última olhada para trás e pude distinguir no fundo do vale, destacando-se sobre os demais, o imperturbável cume do Everest, reinando absoluto. Parei e fiquei ali, imóvel, olhando. Depois de absorver aquela poderosa paisagem por alguns instantes, reajustei a mochila nas costas e recomecei a andar. Naquele momento eu tinha uma certeza: não descansaria enquanto não pusesse os pés naquela montanha.

CAPÍTULO 2
CHOMOLUNGMA

"Nada é melhor que uma verdade que parece inverossímil. Sempre se dá aos grandes gestos da humanidade algo de inconcebível, porque se elevam acima do nível médio. É precisamente o incrível que tem levado a humanidade a se renovar em si mesma. Quando uma idéia voa com as asas de um gênio, quando é levada com ousadia e paixão, é mais forte que todas as forças da Natureza..." *Stefan Zweig*

Existem no mundo muitas montanhas mais bonitas e mais difíceis de serem escaladas que o Everest, mas o fato de ser a mais alta do mundo inevitavelmente provoca uma irresistível atração. Nenhuma grande montanha recebeu tantas expedições, foi tão documentada e mereceu tantos livros quanto o Everest.

O monte só foi descoberto pelos ocidentais em 1852, durante um trabalho de topografia feito na Índia pelos ingleses. Naquele ano, após várias triangulações, descobriu-se que o então denominado Pico XV era o mais alto do mundo. Sua altitude foi estimada na época em 8.840 metros, e somente um século mais tarde ela foi ajustada para 8.848 metros.

O nome Everest é uma homenagem a Sir George Everest, que foi Diretor de Topografia da Índia, mas os tibetanos o conhecem há séculos por Chomolungma (Deusa-Mãe do Mundo) e os nepaleses o chamam de Sagarmatha.

Geograficamente, o Everest está localizado no Mahalangur Himal, subseção Khumbu, formando a fronteira Nepal-Tibet ao longo do limite norte do Khumbu Himal. A latitude norte é 27°59'17" e a longitude leste 86°55'31". Ele tem o formato de uma pirâmide de três lados: as faces norte e leste no Tibet, e a sudoeste no Nepal. Essas faces são unidas por três arestas[2]: nordeste, oeste e sudeste. Descem de suas encostas quatro

---

2. Linha natural que separa duas vertentes de uma mesma montanha.

gigantescas geleiras: Khumbu, pelo lado nepalês; Kangshung, pela face leste; Rongbuk Oeste e Rongbuk Leste pela vertente norte. É próximo ao local onde essas duas últimas geleiras se encontram que as expedições que tentam subir pela face norte instalam seu campo-base.

A montanha pertence à Cordilheira do Himalaia, cuja origem do nome deriva do sânscrito: "Hi-ma", neve, e "a-la-ya", morada ou residência. Sua extensão de 2.400 quilômetros segue uma linha em arco no sentido leste-oeste e tem uma largura média de 240 quilômetros.

Embora não necessariamente correto sob o ponto de vista geográfico e geológico, o termo "himalaia" engloba outras cadeias de montanhas na região, entre elas a Karakoran, com 450 quilômetros de extensão, a noroeste, no Paquistão. Ali se localizam as maiores geleiras fora das regiões polares e o K-2, o segundo monte mais alto do planeta. Nesse sentido, o Himalaia passa por cinco países da Ásia: Butão, Índia, Nepal, Tibet (China) e Paquistão. Simplesmente todas as catorze montanhas da Terra que ultrapassam os 8.000 metros de altitude localizam-se nesses países ou fazem fronteira com eles, exceto o Butão.

Durante décadas, tentar conquistar o cume do Everest foi um privilégio exclusivo dos ingleses. Não que outros povos não estivessem interessados. Muito pelo contrário. Quando tiveram oportunidade, os suíços quase bateram os ingleses, na conquista do pico, em 1952.

Com as fronteiras do Nepal fechadas aos ocidentais, a única maneira de se aproximar do Everest era através do Tibet, o que envolvia uma longa caminhada de aproximação a partir da região de Sikkin, na Índia, e este é o segredo da exclusividade britânica. Os ingleses controlavam a Índia e, em 1903, estabeleceram-se no Tibet, instalando um consulado em Lhasa, sua capital. Através de um acordo feito em 1904, nenhum estrangeiro podia entrar no país, exceto os ingleses. Obviamente, esse fato, conjugado ao controle exercido sobre a Índia, impedia que outras nações se aproximassem da montanha.

Após anos de negociações para conseguir autorização junto às autoridades tibetanas, finalmente em 1921 os ingleses fizeram a primeira expedição, de reconhecimento. Concluíram que o melhor acesso ao cume seria subir pelo colo[3] norte, localizado entre o Monte Everest e o Monte Changtse, que fica bem em frente; e dali escalar pela aresta norte, à esquerda da face norte.

---

3. Ponto mais baixo entre duas montanhas próximas.

No ano seguinte foi feita a primeira tentativa de se atingir o cume, e dois alpinistas, com os rudimentares equipamentos da época, chegaram à incrível marca de 8.320 metros de altitude. Os ingleses retornaram em 1924, dessa vez decididos a conquistar aquela montanha. Depois de perderem a "corrida" para a conquista do Pólo Sul e do Pólo Norte anos antes, conquistar o Everest era uma questão de honra. Mas o que aconteceu com essa expedição até hoje ninguém sabe ao certo. George Mallory, o único que havia participado das duas expedições anteriores, e Andrew Irvine foram vistos pela última vez quando estavam a caminho do cume, a uma altitude estimada de 8.500 metros, quando foram envolvidos por nuvens. Nunca mais retornaram. Provavelmente morreram numa queda. Se foram os primeiros homens a pisar no cume do Everest ou não, é um dos maiores mistérios do alpinismo até os dias de hoje.

Um fato curioso serviu para indicar que o destino parece não querer que esse segredo seja desvendado. Cinqüenta e seis anos mais tarde, em 1980, durante uma expedição japonesa, um dos carregadores tibetanos se dirigiu ao chefe do grupo dizendo que cinco anos antes, enquanto participava de uma expedição chinesa, havia encontrado o cadáver de um alpinista com roupas muito antigas sentado num terraço nevado a 8.300 metros de altitude. Só podia ser Mallory ou Irvine. Já se sabia que os dois ingleses carregavam câmeras fotográficas. Se fossem achadas, poderiam indicar se chegaram no cume ou não. O tibetano ficou de dar a posição exata do corpo na manhã seguinte. Foi quando aconteceu o inesperado: durante a noite o rapaz foi soterrado por uma gigantesca avalanche que desabou sobre seu acampamento! E assim, com ele se foi a possível chave daquele mistério.

Antes da Segunda Guerra os ingleses fizeram outras tentativas mas, apesar de terem chegado perto, nenhuma teve sucesso.

Talvez a mais curiosa tentativa de escalar o pico tenha sido a de Maurice Wilson, em 1934. Ele contratou carregadores em Darjeeling e entrou no Tibet disfarçado de monge. Sem nenhum conhecimento das técnicas de alpinismo, acreditava que poderia chegar ao cume sozinho, contando apenas com muita fé em Deus. Essa fé, segundo ele, lhe daria proteção e forças para vencer os perigos, o frio e o ar rarefeito. Fez várias tentativas de chegar ao colo norte, antes de morrer, provavelmente de exaustão. Seu corpo foi achado no ano seguinte, na base da face norte.

Em 1949, os chineses fecharam as fronteiras do Tibet a todos os estrangeiros, mas no ano seguinte o Nepal abriu as suas, e o explorador e alpinista inglês Bill Tilman, junto com uma expedição norte-americana, fez o primeiro reconhecimento do lado sul da montanha.

Nesse ano de 1950, os franceses escalaram o Monte Annapurna, de 8.091 metros, a primeira montanha com mais de 8.000 metros escalada pelo homem. A conquista do Everest estava próxima.

Em 1952, o alpinista suíço Raymond Lambert e o sherpa Tenzing Norkay, subindo pelo flanco sul, conseguiram chegar a 250 metros do cume. Era a sexta expedição do sherpa àquela montanha.

Vivendo em grandes altitudes, nas vilas incrustadas nas montanhas, principalmente na região do Everest, os sherpas já desempenhavam um papel importante dentro das expedições, trabalhando como guias e carregadores de altitude. Ficaram famosos não só pela invejável desenvoltura com que se adaptam e escalam em grandes altitudes, mas principalmente pela dedicação e lealdade para com seus "sahibs", pelos quais arriscam a própria vida.

Mas eles entrariam definitivamente para a história das principais conquistas no Himalaia no ano seguinte. Às onze e meia da manhã do dia 29 de maio de 1953, dois integrantes de uma expedição britânica, o neozelandês Edmund Hillary e o próprio sherpa Norkay, pisaram o ponto culminante do planeta, subindo pela aresta sudeste. O sucesso dessa expedição foi creditado ao perfeito planejamento, ao bom entrosamento entre os escaladores e os sherpas e ao grande avanço no desenvolvimento dos equipamentos de escalada, de oxigênio e vestimentas durante a Segunda Guerra Mundial.

Mas a história do Everest não parou por aí. Em 1963, uma poderosa expedição norte-americana fez a primeira travessia da montanha, com uma parte da equipe subindo pela aresta oeste e descendo pela sudeste.

Até o final dessa década, escalar a montanha mais alta do mundo não era uma atividade para iniciativas particulares. Prestígio internacional algumas vezes estava em jogo e muitos países encaravam a escalada do Everest como um símbolo de organização e força. Colocar sua bandeira no cume emprestava ao país o *status* de nação vencedora. Por isso, a maioria das expedições eram organizadas e financiadas por entidades oficiais, e somente os melhores alpinistas eram convidados a participar.

Em 1975, os ingleses, chefiados pelo brilhante Chris Bonington, conquistaram a gigantesca face sudoeste. Três anos mais tarde os alpinistas

Reinhold Messner e Peter Habeler conseguiram o que até então era considerado impossível: atingiram o cume do Everest sem auxílio de garrafas de oxigênio. Dois anos depois, uma expedição polonesa realizou a primeira ascensão de inverno.

Enquanto a fronteira tibetana esteve fechada, os chineses foram os únicos que escalaram o Everest pelo norte. Em 1960, organizaram uma expedição gigantesca, com centenas de homens. Construíram inclusive uma estrada rudimentar até a base da montanha. Atingiram o cume mas não deram muita sorte pois a chegada foi durante a noite, impossibilitando-os de tirar fotos que pudessem comprovar seu feito. No Ocidente muitos duvidaram de seu sucesso. Em 1975, os chineses fizeram outra expedição, e dessa vez colocaram nove alpinistas no cume, incluindo uma mulher, de origem tibetana, que por pouco não se tornou a primeira mulher a escalar aquela montanha. A japonesa Junko Tabei chegou ao cume poucos dias antes, subindo pelo Nepal.

Em 1980, o Tibet abriu (com restrições) suas fronteiras para alpinistas estrangeiros. Os japoneses foram os primeiros a entrar e abriram uma via direta bem no centro da face norte. Logo em seguida Reinhold Messner reapareceu em cena. Em contraste com todas as expedições anteriores, que usaram uma grande quantidade de alpinistas e equipamentos, ele escalou o Everest sozinho e, novamente, sem garrafas de oxigênio, assombrando e revolucionando o mundo do alpinismo moderno.

Desde então muitos outros tentaram repetir seus feitos e várias atitudes começaram a ser questionadas. As equipes foram ficando cada vez menores. Muitos aboliram o auxílio dos sherpas e de enormes quantidades de equipamentos. Ressurgiu a discussão quanto à ética de se usar ou não oxigênio suplementar. Iniciou-se uma busca a um estilo cada vez mais puro. Pela primeira vez o estilo importava mais que o feito. Com técnicas e equipamentos cada vez mais seguros, leves e compactos, os alpinistas começaram a escalar vias cada vez mais difíceis, com rapidez e ousadia.

Finalmente, em 1983, uma poderosa equipe norte-americana conquistou a última face do Everest, isto é, a face leste da montanha, um gigantesco e perigoso paredão com mais de três quilômetros de altura de gelo e rocha quase verticais. Como até então nenhum alpinista tinha sequer se atrevido a tentar aquela parede, ela era conhecida como a face "esquecida".

Daí em diante, parecia que mais nada seria impossível, tornando-se tudo apenas uma questão de tempo.

Dos sul-americanos, somente os argentinos, em 1971, pelo Nepal, e os chilenos, em 1983, 1986 e 1989, pelo Tibet, haviam tentado, mas nenhum deles teve sucesso. Agora seria a vez de os brasileiros tentarem.

CAPÍTULO 3
SERÁ PELA FACE NORTE

"Que ninguém suponha que o Everest, por qualquer rota, incluída a nossa de 1953, é uma montanha fácil, pois não é. Seguirá sendo perigosa, como atesta o triste tributo de vidas humanas que cobrou. Toda vez que o vento sopra com fúria é impossível avançar por uma aresta elevada, e isso se sucede quase todos os dias do ano. E é como deveria ser, porque o homem teria que se mostrar humilde perante as grandes obras da Natureza..."
Sir John Hunt – Chefe da expedição britânica que conquistou o Everest.

A decisão de ir para o Everest não surgiu de repente nem por acaso. Na verdade, acho que, desde que comecei a escalar montanhas, tentar subir a mais alta do mundo era um daqueles sonhos que, de tão grandioso, ficava num canto escondido da minha consciência, onde guardo os sonhos ditos "impossíveis".

Eu já havia participado ativamente de algumas expedições nos Andes e no Alaska, mas foi somente quando voltei do Makalu que comecei a pensar mais seriamente na idéia de tentar subir aquela montanha.

Tentar escalar o Everest era um projeto ousado, mas as expedições anteriores, de que participei, haviam me ensinado a me preparar para ele. Eu já havia passado por várias experiências em montanhas geladas e havia enfrentado vários tipos de perigo e dificuldade.

A primeira vez que pisei numa montanha gelada foi nos Andes peruanos, em 1982. Foi para mim uma verdadeira aventura, que me marcaria para sempre. Eu era apenas um escalador de rocha e não tinha experiência nenhuma em gelo. Contava apenas com muito entusiasmo e determinação.

Na época, eu e dois amigos fomos para Huaráz, uma pequena cidade ao norte de Lima, ponto de partida para as expedições que se dirigem à Cordilheira Branca. A primeira coisa que fizemos, antes de começarmos as escaladas, foi uma longa caminhada pelas montanhas, para aclimatação à altitude.

No começo fiquei impressionado com a força da beleza daquela cordilheira. Não me cansava de ficar contemplando cada detalhe daquelas montanhas. Era tudo muito intenso: o azul do céu, o branco da neve, a pureza do ar, o silêncio... Mas, dias depois, enquanto aprendia os primeiros segredos da técnica de escalada em gelo e desvendava os perigos escondidos sob tanta beleza, lembro-me perfeitamente da aflição que passei quando me senti sufocado pelo ar rarefeito. Foram momentos de desespero, pois, por mais que aspirasse, o ar não vinha e não havia nada que eu pudesse fazer. Lembro-me também do intenso frio que passei por não ter equipamentos adequados e do medo que experimentei quando, por duas vezes no mesmo dia, quase perdi a vida naquelas encostas: minutos depois de conseguir sair de dentro de uma greta após uma queda, um imenso bloco de gelo desprendeu-se da encosta e caiu raspando minha cabeça, atingindo minhas pernas. Já na véspera, um de nossos acampamentos tinha sido varrido por sucessivas nuvens de neve, provocadas pelas avalanches que aconteciam ao nosso redor.

É claro que essa primeira experiência não foi só de perigos e sofrimento. Muito pelo contrário. Como esquecer a indescritível sensação de euforia ao atingir o cume de uma grande montanha pela primeira vez, quando pisei o topo do Monte Pisco? Meus companheiros e eu estávamos a 5.800 metros de altitude, rodeados de montanhas, em meio a um dos mais belos cenários do mundo. Não, não dá para esquecer. A grandiosidade e a beleza, selvagem e ao mesmo tempo pura, daquelas montanhas eram quase que inacreditáveis aos olhos de um jovem que tinha apenas 22 anos na época.

Mas o tempo foi passando e aos poucos, de expedição em expedição, fui aprendendo a entender as montanhas, os humores do tempo, e a conviver com os elementos. Logo percebi que é impossível controlar ou vencer as forças da natureza e que para se ter alguma chance de sucesso na montanha, para não falar em sobrevivência, o instrumento mais importante de que o alpinista dispõe é seu preparo psicológico. Como disse o navegador Amyr Klink, "para se chegar onde quer que seja não é preciso dominar a força, mas a razão. É preciso transformar o medo em respeito e o respeito em confiança". Sem isso qualquer esforço será em vão.

O alpinista precisa superar seus limites; aprimorar sua sensibilidade e seu poder de julgamento, que avisam quando é hora de voltar; deve ter nervos de aço para superar as situações de perigo e desconforto; e manter a calma sob qualquer situação inesperada. Mas esse preparo psicológico não se adquire só com a experiência. Planejamento, ótimo condicionamento físico, treinamento e equipamentos adequados ao desafio proposto são também indispensáveis.

Assim, cada expedição de que participava era um passo a mais no caminho que me levaria a tornar o sonho de ir ao Everest em realidade. O gosto pelas viagens e o amor pelas montanhas fizeram com que eu e dois amigos resolvêssemos viver disso. Imediatamente após meu retorno do Himalaia, em meados de 1988, montamos uma agência de turismo de aventura, cuja proposta principal era levar grupos de pessoas, de uma maneira organizada e segura, a conhecer as maravilhas do contato com a natureza através de alguma atividade física. Levamos então vários grupos, das mais variadas faixas etárias, para fazer caminhadas por algumas das regiões mais bonitas deste país e do exterior. Promovemos também várias palestras, ministramos cursos de alpinismo e assessoramos algumas expedições.

Esse trabalho permitia que estivéssemos sempre em contato com o ambiente de montanha e com as últimas novidades em equipamentos. Éramos, pode-se assim dizer, montanhistas profissionais.

Cada um de nós tinha muitos planos na cabeça, e meu projeto principal era organizar uma expedição brasileira ao Everest. Era um plano para dali a dois ou três anos.

Seria muito mais fácil, rápido e seguro para mim integrar alguma expedição estrangeira, como havia feito na ida ao Makalu. E minhas chances de chegar ao cume, com certeza, seriam muito maiores. Mas não era isso que eu queria. Minha intenção era aproveitar toda a experiência adquirida na participação e organização de várias expedições e fazer um projeto inteiramente nacional. O objetivo era formar uma equipe de brasileiros que pudesse planejar, organizar e executar todas as inúmeras etapas de uma expedição.

Chegar ao cume seria muito importante, mas realizar a expedição seria ainda mais. Outros países tiveram que organizar várias expedições até colocarem suas bandeiras no cume do Everest.

Logo de cara percebi que organizar essa primeira expedição aqui no Brasil não seria nada fácil e que haveria de percorrer um longo e complicado caminho.

A primeira providência a tomar foi obter permissão das autoridades locais para a realização do nosso intento.

Comecei então a escrever para o Ministério de Turismo do Nepal (MTN), órgão que fornece autorizações para quem quer subir o Everest pelo lado nepalês; e para a Associação Chinesa de Montanhismo (ACM), que autoriza as escaladas pelo lado tibetano. Esses órgãos fornecem um número limitado de permissões por ano e cobram taxas altíssimas por elas. Mesmo assim, a quantidade de grupos interessados é muito grande, fazendo com que a "fila de espera" para subir o Everest dure alguns anos.

Esse era o meu primeiro obstáculo: como "furar" essa fila. Na maioria dos países do Primeiro Mundo quem requisita as autorizações são, em geral, entidades jurídicas, tais como clubes de montanhismo e universidades, para quem esperar muitos anos não é problema. Como dinheiro quase nunca é empecilho, eles requisitam várias autorizações e estão sempre na fila.[4]

Uma vez que no Brasil não temos esse privilégio, decidi conseguir uma permissão em meu próprio nome, mas não estava disposto a esperar muitos anos.

Foram meses mandando cartas para Kathmandu e Beijing, sem obter respostas. Foi em junho de 1989, quando já estava organizando uma expedição para a Antártida, que finalmente recebi a resposta que tanto esperava. A entidade chinesa estava me autorizando realizar a expedição dali a dois anos e meio, mais precisamente nos meses de outubro e novembro de 1991. Disseram que eu poderia escolher a via[5] que quisesse. Escolhi tentar subir pela face norte, via colo e aresta norte. Os chineses ofereceram ainda uma autorização para uma tentativa ao Monte Changtse, de 7.563 metros de altitude, que fica bem em frente à face norte. Com isso a equipe teria autorização para permanecer mais quinze dias na região. Resolvi aceitar. Na prática isso significava que, ao invés de dois meses, teríamos 75 dias para tentar o Everest.

Depois de pagar uma taxa de inscrição, foi assinado um contrato entre a ACM e eu. A sorte estava lançada. A essa altura eu ainda não sabia o tamanho exato que a equipe deveria ter, mas pedi autorização para dez pessoas, pois acreditava que um número superior seria difícil de coordenar.

O documento, uma versão em inglês e outra em chinês, era objetivo e claro:

---
4. Em 1992 as taxas subiram vários milhares de dólares, o que talvez mude essa atitude.
5. Caminho ou rota de ascensão.

Montanhas autorizadas: Mt. Chomolungma (8.848m) e Mt. Zhangze (7.563m).
Rota de ascensão: Geleira Rongbuk Leste, colo norte e travessia para a Grande Canaleta (Via Messner), no caso do Everest.
Duração da escalada: 75 dias, a partir da primeira semana de outubro.
Número de pessoas: nove alpinistas e um médico, que é obrigatório.

O fato de estar com a autorização nas mãos significava que uma importante etapa havia sido superada, dando-me condições para prosseguir com o projeto.

Quanto à rota de subida, pode-se dizer que demos sorte. A subida pelo lado norte da montanha é a segunda mais fácil e provavelmente a mais segura para se chegar ao topo. Embora, é claro, não dê para afirmar que exista algum caminho fácil, e muito menos seguro, para se escalar o Everest. A via que sobe pela aresta sudoeste, no Nepal, estatisticamente é a que oferece maiores chances de sucesso às equipes, mas de que nos adiantaria a estatística se não conseguimos autorização para subir por aquele lado?

Quem olha a face norte de frente percebe que ela tem um formato triangular, com a base bem alongada (ver caderno de fotos). À esquerda ela é delimitada pela aresta nordeste, e à direita pela aresta oeste, também chamada de "ombro oeste". No centro, do cume à base, descem duas canaletas[6] paralelas: a Grande Canaleta à esquerda e a Hornbein à direita. À esquerda da Grande Canaleta está a aresta norte, por onde subiríamos. Ela é a continuação da aresta do colo norte e termina na aresta nordeste, que leva ao cume. Se não era a rota mais curta, pelo menos era a mais segura de todo lado tibetano do Everest, e a preferida pelos alpinistas que sobem por aquele lado.

Apesar das canaletas serem um caminho mais direto da base da montanha até o cume, não queria subir inteiramente por nenhuma delas, pois são inclinadas e perigosas, verdadeiros corredores de avalanches.

O caminho escolhido foi o mesmo que, na década de 20, os ingleses utilizaram para chegar a poucos metros do cume. O famoso alpinista Reinhold Messner, depois de ser o primeiro homem a subir o Everest sem auxílio de garrafas de oxigênio, também preferiu subir pela aresta norte, quando realizou sua ascensão solitária. E os norte-americanos, depois de muitas tentativas pelo Nepal, só conseguiram colocar uma mulher de seu

---

6. Espécie de corredor natural.

país no topo do Everest subindo por esse caminho. E existem muitos outros exemplos.

A via escolhida não oferece grandes dificuldades técnicas nem é muito perigosa, no que se refere a avalanches e fendas no gelo. O trecho mais delicado é o paredão de gelo, com 450 metros de altura, que leva ao colo norte. Esse colo é uma aresta longa, estreita e perigosa que liga o Everest ao Changtse. Dali para cima os maiores perigos e dificuldades seriam o frio, o ar extremamente rarefeito e os violentos ventos que varrem aquelas encostas.

Obviamente que escalar a montanha mais alta do mundo não seria um desafio fácil. A prova disso é que, dos milhares de alpinistas que já haviam tentado, apenas poucas centenas haviam conseguido. E, dos que não conseguiram chegar lá em cima, cerca de 70 pagaram com a própria vida seu fracasso.

Quanto à época do ano, eu sabia que não era a ideal, mas aceitá-la foi a maneira encontrada para "furar" a fila. Mas estava confiante, afinal o Everest já tinha sido escalado em todas as épocas do ano, inclusive no inverno.

O clima do Everest é muito influenciado pelo regime das monções, entre junho e setembro, época em que ocorrem as maiores precipitações. Assim, as melhores temporadas para enfrentá-lo são a pré-monção, entre março e maio; e a pós-monção, entre meados de setembro e meados de novembro.

Há ainda o inverno, entre dezembro e fevereiro, mas o número de expedições que se arriscam nessa época é bem menor. No inverno o clima é seco e quase não há precipitação, os dias são frios e ensolarados, mas o principal problema são os *jet-stream*, os violentos e constantes ventos que circulam pela estratosfera e que nessa época do ano perdem altitude e fustigam as montanhas da região.

Durante as monções, algumas expedições se arriscam a subir pelo lado tibetano, menos influenciado por elas, mas o tempo costuma ser muito instável, há excesso de neve e os perigos de avalanches são enormes.

Pelo fato de vir após o inverno, a temporada pré-monção tem muito pouca neve. Além disso, conforme o escalador vai ganhando altitude e entrando nas zonas mais frias, a queda de temperatura é compensada com a aproximação do verão, fazendo com que esta época seja a considerada pelos alpinistas como a mais favorável... ou a menos desfavorável.

Já a temporada pós-monção (outono), a segunda preferida pelos alpinistas, caracteriza-se por um clima imprevisível, pois nunca se sabe quantos dias vai durar o tempo bom entre o final das monções e o surgimento dos ventos que anunciam a proximidade do inverno. Mesmo assim, o número de expedições bem-sucedidas nessa época é grande. Teve uma expedição científica americana que atingiu o cume no dia 24 de outubro, e registrou a temperatura de apenas 8 graus negativos lá em cima.

Escalar montanhas envolve certos riscos, e o sucesso, como em qualquer esporte, é sempre incerto. O alpinista consegue ter controle em graus variados sobre alguns fatores como a qualidade do seu equipamento, organização, planejamento e até seu condicionamento físico; mas há um fator sobre o qual ele não tem a menor influência: as condições climáticas. As únicas proteções de que o escalador dispõe para enfrentar o frio extremo e as violentas tempestades de vento e neve são suas vestimentas, alguns apetrechos que conseguir levar na sua mochila e, por que não, seu bom senso. Por isso, sorte é e sempre será um fator fundamental para o sucesso de uma expedição. E sorte em montanha quase sempre significa boas condições climáticas. Convém lembrar que as equipes não podem esperar indefinidamente pelo tempo bom. Leva-se, em geral, mais de quarenta dias para se escalar o Everest, e cada grupo tem dois meses de autorização para realizar seu intento. Apenas isso! Se o tempo permanecer ruim durante esse tempo, a única opção que resta é entrar na "fila" novamente, esperar e pagar por outra autorização.

A verdade é que nas montanhas do Himalaia, no Everest principalmente, por melhores que sejam as condições, frio e vento são uma constante o ano todo. Além disso existe o desafio maior, impossível de ser evitado: o ar rarefeito. No acampamento-base do Everest, a 5.200 metros de altitude, respira-se apenas metade do oxigênio que existe no nível do mar. Na altitude do campo-base avançado, a 6.500 metros, respira-se menos da metade e a quantidade de oxigênio no cume cai para menos de um terço, praticamente o limite da resistência humana.

Não havia alternativas. O que nossa equipe teria que fazer seria simplesmente se preparar, da melhor maneira possível, para, dentro do desconhecido limite humano, enfrentar qualquer obstáculo, fosse qual fosse. E foi isso o que ela fez.

CAPÍTULO 4
PROJETO BRASIL-EVEREST

"Um dia é preciso parar de sonhar e, de algum modo, partir." *Amyr Klink*

Com o contrato assinado em mãos no final de setembro de 1989, um importante obstáculo havia sido vencido, mas isso seria apenas o início de um período de dois anos de muito trabalho. Era preciso selecionar a equipe, treinar, pesquisar, organizar, adquirir uma infinidade de equipamentos, fazer milhares de cálculos logísticos e, principalmente, levantar recursos. E tudo isso ao mesmo tempo.

O trabalho mais importante e difícil foi o de selecionar os alpinistas. Como disse Gastón Oyarzun, chefe da primeira expedição chilena ao Everest, "todos os candidatos a uma expedição no Himalaia devem aceitar de maneira absoluta a ética himalaiana. Esta implica no esforço desinteressado, no respeito à autoridade do chefe, no consentimento dos conflitos da vida coletiva e na resignação das ambições pessoais, dando prioridade aos interesses coletivos e à vitória do grupo". E para conseguir isso é fundamental que os alpinistas conheçam-se entre si, tenham confiança mútua e, mais importante, que exista respeito entre todos.

O primeiro a ser convidado foi Alfredo Bonini, que já estava envolvido comigo em outro projeto de expedição. Pessoa simples e bem humorada, já tinha feito várias escaladas técnicas em gelo nos Andes, nos Alpes e até na Antártida, onde passou nove meses como pesquisador. Como físico do Instituto de Física da Universidade de São Paulo (USP) na época, 37 anos de idade, o Bonini (ou "Alf") é também *expert* em rádio-comunicação e em tudo que se refira a eletrônica. É daqueles cientistas malucos que levam jeito de "transformar" um aspirador de pó num secador de cabelos em questão de "minutos".

Logo em seguida convidei o casal de alpinistas Paulo Rogério Pinto Coelho, 39 anos, e sua esposa Helena, dois anos mais nova. Eu já os conhecia há anos do Clube Alpino Paulista, do qual fazemos parte. Já haviam escalado vários picos andinos, sempre demonstrando muita garra e uma ótima capacidade de aclimatação. Juntos, somam mais de quarenta anos de vivência em montanha, o que seria muito importante para dar mais equilíbrio psicológico à equipe. Além disso, como físico nuclear, Paulo tem a mente treinada para buscar a melhor solução para os inúmeros problemas logísticos que enfrentaríamos no Everest.

Roberto Linsker ("Barney", ou simplesmente "Bá"), meu sócio na agência de turismo e companheiro em várias caminhadas, era um óbvio candidato. Experiente e cauteloso, dono de um condicionamento físico invejável, havia feito algumas escaladas nos Andes e subido, de forma brilhante, uma das montanhas mais difíceis e perigosas daquela cordilheira: o Monte Alpamayo. Excelente fotógrafo, é crítico em tudo e absolutamente direto e franco nas suas opiniões. Com 27 anos, era o mais jovem da equipe.

Companheiro inseparável do Bá em várias expedições, e com mais vigor físico, Kenvy Chung Ng, 29 anos, seria o próximo a ser escolhido. Pentacampeão paulista como remador da USP anos antes, pragmático, quieto e absolutamente determinado, sabia como ninguém a importância do treinamento e do trabalho em equipe para se atingir um objetivo. Pósgraduado em Engenharia, também tinha muita habilidade para solucionar problemas logísticos.

No final de 1989, com a equipe parcialmente montada, passamos a elaborar uma linha de trabalho para a organização e execução do projeto, a essa altura batizado de "Brasil-Everest 91". Além de colaborar financeiramente e trabalhar para levar o projeto adiante, combinamos que assim que começasse a escalada cada um assumiria uma atividade paralela específica, como cuidar dos rádios, fazer o controle de estoque de mantimentos, filmar etc.

No final de dezembro acabei viajando para a Antártida, acompanhando uma equipe de três geólogos da Petrobrás. Ficamos acampados durante dois meses na desolada Ilha Seymour, no Mar de Weddell, um lugar selvagem e hostil, mas de uma beleza única, diferente de tudo que eu já vira. Confinados num lugar desconfortável e inóspito, enfrentando o *stress* provocado pelas terríveis condições climáticas, tivemos que exercitar a difícil arte de conviver num grupo pequeno por um longo período; excelente oportunidade de pôr à prova meu preparo psicológico para situações desse tipo.

De volta ao Brasil no início de 1990, o trabalho de organizar a expedição começou a se intensificar, e uma das maiores preocupações do grupo era achar um médico com experiência em alpinismo para integrar a equipe. Achávamos que seria uma das tarefas mais difíceis... mas não foi.

Logo acabei conhecendo o médico Eduardo Nogueira, que estava indo para o Himalaia fazer algumas caminhadas. Tinha 28 anos e era formado pela Faculdade de Medicina da USP, com especialização em cirurgia de pulmão. Embora não fosse alpinista, era um apaixonado por esportes ligados à natureza. Além de exímio instrutor de mergulho, já havia feito muitas excursões com o pessoal do Centro Excursionista Universitário da USP, o que lhe dava uma certa vivência de montanha.

Meses mais tarde, quando voltou do Nepal, Eduardo já integrava nossa equipe. Num período de seis meses, acompanhou o Paulo e a Lena em algumas escaladas nos Andes peruanos, e foi comigo para o Aconcágua. Nessas expedições aprendeu as primeiras noções da escalada em gelo, e pôde sentir em si mesmo os efeitos do frio, do vento e do ar rarefeito. No final dos treinamentos estava pronto para nos ajudar no Everest.

O último alpinista a integrar a equipe foi o Ramis Tetu, engenheiro agrônomo e empresário, apenas cinco meses antes da partida para a Ásia. Amigos há dez anos, já havíamos feito algumas escaladas em rocha aqui no Brasil, mas foi com o Barney e o Kenvy, nos Andes peruanos, que ele adquiriu experiência de escalada em gelo.

No início de 1991, quando eu e o Edu fomos para o Aconcágua com o objetivo de dormir no cume, a 6.959 metros de altitude, como parte do nosso treinamento para o Everest, o Ramis decidiu nos acompanhar.

Ali seria a primeira vez que manteríamos um contato mais prolongado em ambiente de montanha. Foi uma agradável surpresa. Adaptou-se muito bem à altitude, enfrentou com serenidade as péssimas condições climáticas que encontramos durante toda a subida e mostrou-se leal e prestativo, querendo tomar para si toda e qualquer tarefa. Convidado a participar da equipe assim que retornamos ao Brasil, ele trouxe muito dinamismo ao grupo.

Durante o trabalho de planejamento e organização, realizamos dezenas de reuniões, avançando madrugadas adentro, lendo relatos de expedições, pesquisando tudo sobre a montanha e o clima local e, claro, definindo quantidades de equipamentos, marcas, tipos e modelos de uma infinidade de itens: alimentos, combustíveis, fogareiros, rádios, barracas, vestimentas, e muitos outros.

Nesse período, contatamos vários alpinistas que já estiveram na face norte do Everest, e foi a ânsia de contatar pessoalmente alguns deles, ver fotos e ouvir suas histórias, que me fez ir até Santiago do Chile, com o Eduardo e o Ramis, aproveitando nossa ida ao Aconcágua. Os chilenos, até então, haviam feito três expedições ao Everest, na primavera e no outono, todas pela face norte, e o fato de não terem chegado ao cume em nenhuma delas, apesar de terem os Andes no "quintal" de casa para treinamentos, deu-nos uma boa dimensão do desafio que teríamos que enfrentar.

Aos poucos fomos definindo também a estratégia de ascensão que empregaríamos no Everest.

Basicamente existem dois "estilos" de se subir uma montanha. O primeiro é o alpino. Genericamente falando, é quando os alpinistas escalam o máximo que podem num dia, montam acampamento ou fazem um bivaque[7], e continuam a escalar no dia seguinte, levando consigo seus equipamentos e mantimentos. É o mais empregado nos Alpes ou nas montanhas de porte médio quanto à altitude.

Hoje em dia, alguns alpinistas adaptam esse estilo para as mais altas montanhas, principalmente nas vias mais difíceis ou perigosas. Ao invés de se dirigirem ao pico principal, os escaladores ficam algumas semanas escalando os "pequenos" picos vizinhos, de seis ou sete mil metros de altitude. Quando já se sentem aclimatados à altitude, "atacam" o pico maior em estilo alpino.

O segundo estilo é o himalaiano, obviamente mais empregado no Himalaia. Como nosso organismo leva alguns dias para se acostumar ao ar rarefeito das grandes altitudes, no início da escalada os alpinistas não conseguem ganhar muita altitude num mesmo dia. Eles sobem, então, algumas centenas de metros, montam acampamento, pernoitam e descem para o acampamento inferior no dia seguinte. Depois tornam a subir para abastecer o acampamento, pernoitam e voltam a descer. Enquanto fazem esse trabalho de sobe-e-desce, o organismo vai se aclimatando ao pouco oxigê-

---

7. Dormir em algum lugar improvisado, geralmente sem muito conforto. Muitas vezes o bivaque é planejado, isto é, o alpinista inicia a escalada já sabendo que irá bivacar em algum ponto: uma laje de pedra, uma gruta etc.

nio. Assim, conforme se aclimatam, vão montando sucessivos acampamentos em altitudes mais elevadas e aos poucos vão se aproximando do cume. As expedições que empregam esse estilo no Himalaia, em geral levam mais de 35 dias para atingir o cume.

Se encontrássemos tempo bom no Everest, este seria o estilo que empregaríamos na escalada. A grande vantagem do estilo himalaiano é que, em caso de um acidente ou tempestade, é mais fácil para a equipe recuar; e a subida lenta e gradual evita que o escalador seja acometido por um rápido desenvolvimento de edema pulmonar ou cerebral, que pode levá-lo até à morte.

Mesmo assim é preciso cautela. Se mal calculado, o trabalho de sobe-e-desce acima dos 7.500 metros de altitude é tão desgastante que muitas vezes, quando o alpinista consegue se posicionar para ir ao cume, já está tão debilitado que não tem mais forças para subir.

Para evitar isso seria importante que, além de um ótimo condicionamento físico, contássemos com equipamentos e mantimentos, os mais leves possíveis, que permitissem deslocamentos rápidos.

Para nos ajudar a realizar esse plano, decidimos que utilizaríamos algumas garrafas de oxigênio na última etapa e levaríamos principalmente alimentos liofilizados, os mais leves e compactos que existem. E, como é comum nas expedições himalaianas, também contrataríamos sherpas, para fazerem a parte mais pesada do sobe-e-desce com a carga.

Se o tempo ruim prevalecesse, tentaríamos empregar uma mistura dos dois estilos. Começaríamos a ganhar altitude lentamente dando bastante tempo para nos aclimatar. Enquanto isso, montaríamos pelo menos quatro acampamentos acima do campo-base. A partir daí tentaríamos subir em estilo alpino, num ataque de dois ou três dias até o cume. Seria arriscado, é claro. Qualquer erro ou demora, poderíamos não ter uma segunda chance de chegar no topo. Correríamos, ainda, o risco de sermos surpreendidos por uma tempestade de vento ou neve, ou termos que descer durante a noite, o que seria perigoso; mas acreditávamos que com tempo ruim nossas principais armas seriam a velocidade... e a sorte.

Desde o início do projeto demos uma atenção especial ao condicionamento físico. Orientados por dois preparadores físicos, treinávamos com afinco pois sabíamos que, além da velocidade, precisaríamos de muita resistência física para subir. O ar rarefeito degenera a resistência física e psicológica de qualquer alpinista, e tem o dom de transformar o mais determinado dos seres numa pessoa apática, muitas vezes medrosa e sem entusiasmo para prosseguir na escalada. É comum o escalador com uma "inabalável" força de vontade na base da montanha, quando chega na metade achar que nada mais vale a pena e perguntar-se o que está fazendo ali.

Por precaução, pouco antes de partirmos fizemos um interessante teste na câmara hipobárica do Centro de Instruções Especializadas da Aeronáutica, no Rio de Janeiro, que simula as condições de baixa pressão e ar rarefeito. Apreensivos e, claro, sem nenhuma aclimatação, "subimos" até os 9.000 metros de altitude. Para alívio geral, todos se saíram muito bem no teste.

Enquanto nos preparávamos aqui no Brasil, tratamos de estruturar nossa logística no outro lado do planeta. Constatando que ir para o lado tibetano do Everest atravessando a China seria muito mais oneroso e complicado do que ir pelo Nepal, contratamos uma agência com sede em Kathmandu para cuidar dos nossos interesses naquele país. Ela seria responsável por contratar os sherpas, resolver os complicados trâmites burocráticos para a entrada de nossa carga em território nepalês e providenciar nosso transporte de Kathmandu até a fronteira com o Tibet. Pedimos também que reservassem algumas garrafas de oxigênio, embora soubéssemos que só compraríamos a quantidade necessária caso conseguíssemos patrocínio para o projeto.

Enquanto discutíamos essas questões, começamos a negociar nosso orçamento com os chineses. A ACM oferece (na realidade, impõe) uma série de serviços às expedições, como uma espécie de "pacote turístico": hotéis e alimentação nas vilas tibetanas, transporte para os alpinistas e sua carga, iaques[8] para o transporte de mantimentos entre o campo-base e o avançado etc.

Depois de meses nos correspondendo com Beijing, definimos nosso orçamento junto àquela entidade. Era um valor relativamente baixo se comparado às outras expedições estrangeiras. O problema era que parte do dinheiro deveria ser enviado aos poucos, e o orçamento ser totalmente quitado um mês antes de entrarmos no Tibet. A assinatura do contrato significava que tínhamos assumido uma tremenda dívida, e não teríamos

---

8. Espécie de boi que habita a região da Cordilheira do Himalaia, bem adaptado às grandes altitudes, utilizado para transporte de carga pela população local.

um centavo de volta caso desistíssemos. E ainda faltava comprar passagens para o Nepal, adquirir e enviar centenas de quilos de alimentos e equipamentos, pagar a contratação dos sherpas, etc, tudo também com antecedência. Sem condições de levantarmos todos os recursos entre nós, começamos uma busca frenética por patrocinadores.

No início de 1991, com a proximidade do evento, as dívidas começaram a aumentar e já não dava para voltar atrás. Nessa época, as reuniões do grupo eram cada vez mais tensas, e o nervosismo tomava conta de todos.

O alívio só veio a pouco menos de dois meses para nosso embarque, quando, endividados e sem recursos, conseguimos o apoio quase simultâneo de quatro grandes empresas. A Petrobrás Distribuidora e o Banco do Brasil comprometeram-se em patrocinar a expedição. A Liotécnica, empresa especializada em alimentos liofilizados, ofereceu-se para cuidar de todo o sofisticado programa alimentar e nos deu uma ajuda financeira; assim como as Empresas Dow, que também nos deram uma série de produtos de que necessitávamos. Outras empresas, na última hora, também nos deram algum tipo de ajuda. Finalmente, após dois anos de muita luta e trabalho, nossos esforços foram recompensados e a expedição iria acontecer.

Os últimos dias que antecederam o embarque foram um verdadeiro sufoco, com inúmeros problemas para serem resolvidos na última hora.

A despedida no aeroporto de Cumbica, como sempre, foi alegre, emocionante e um pouco nervosa. Sabíamos que nossos verdadeiros desafios mal haviam começado.

CAPÍTULO 5
KATHMANDU

"O Nepal não é apenas um ponto no mapa, mas uma experiência, um modo de vida, do qual todos nós podemos aprender... Ele está lá para mudar você, não para você mudá-lo!" *Stephen Bezruchka*

Quando o avião levantou vôo com destino a Miami, no dia 31 de agosto de 1991, levava a bordo apenas três integrantes da expedição: Barney, Kenvy e eu. Éramos a primeira parte do grupo a deixar o Brasil. Fomos para os EUA somente com a bagagem de mão, para comprar equipamentos de montanha, fotografia, filmagem e rádio-comunicação. O restante da equipe permaneceria no Brasil mais duas semanas acertando os últimos detalhes. Ficamos de nos encontrar em Kathmandu.

No avião, a sensação de alívio pela partida logo cedeu espaço à preocupação, pois havia muitas coisas ainda por fazer e organizar.

Em Miami, o Barney se separou de nós e foi para Nova York comprar os equipamentos de vídeo (filmadoras miniaturizadas, baterias, fitas etc.), 500 rolos de filmes de *slide, binóculos, walkie-talkies* e acessórios. Enquanto isso, o Kenvy e eu fomos para Denver e São Francisco comprar alguns equipamentos de montanha e buscar os já previamente encomendados.

Em Denver, alugamos uma perua e fomos à casa de uma alpinista americana, Kim Knox, a uns 70 quilômetros do centro da cidade. Gerente de uma loja de artigos de montanha, ela havia separado para nós uma infinidade de equipamentos. Sua casa, uma deliciosa cabana de madeira nas montanhas, estava abarrotada de caixas contendo botas, barracas, fogareiros, sacos de dormir, roupas especiais, entre outros, tudo de última geração. Ficamos ali hospedados enquanto saíamos para comprar o que faltava.

Nossa lista de compras incluía principalmente artigos especiais, de uso pessoal, para toda a equipe. Assim, numa loja compramos mais de 50 pares de luvas (um par, às vezes, não dura cinco dias durante uma expedição); noutra, inúmeros pares de meias; em outra, casacos especiais forrados com penas de ganso, e assim por diante. Como diria minha irmã, foi uma "sessão sacolas" que levantaria qualquer baixo-astral.

Em pouco tempo lotamos a perua até o teto. Uma cena hilariante aconteceu no balcão de embarque no aeroporto de Denver. Tínhamos mais de uma dúzia de gigantescas bolsas de lona, empilhadas umas sobre as outras.

O agente da companhia aérea, ao ver aquilo, perguntou, todo inocente:
– Qual o tamanho do grupo que vai embarcar, *sir*?
– Grupo?!? Não, não! São apenas dois passageiros, eh, eh, eh.

Com os olhos arregalados, ele quase caiu de costas! E cada bolsa estava meticulosamente no limite máximo de peso: 32 quilos.

Em São Francisco encontramo-nos com o Barney, que estava hospedado na casa do Beto, meu companheiro na escalada do Monte McKinley, no Alaska, cinco anos antes. Na cidade de Berkeley, ali perto, compramos os últimos itens e embarcamos para Los Angeles. Com a também gigantesca carga do Barney agregada à nossa, a mesma cena engraçada se repetiu no aeroporto de São Francisco e tornaria a se repetir em Los Angeles, de onde embarcamos para Kathmandu, via Seul e Bangkok. Com mais de 500 quilos de carga, pagamos quase US$ 1.000 por excesso de peso, e isso porque nossa bagagem de mão pesava "apenas" uns 40 quilos cada.

Após uma noite na agradável capital tailandesa, embarcamos, no dia 11 de setembro, com destino a Kathmandu. Sentamos no lado direito do avião com a esperança de podermos ver a Cordilheira do Himalaia se aproximando, mas o céu estava carregado de nuvens e não conseguimos ver coisa alguma.

Na alfândega, ao saberem que estávamos apenas de passagem, visto que nossa expedição seria na China, os agentes confiscaram os 4 *walkie-talkies* e só permitiram que entrássemos no país com 15 filmes cada um. Os rádios e o restante dos filmes foram lacrados e só teríamos acesso a eles depois que atravessássemos a fronteira com o Tibet.

O sr. Kaldhen, dono da agência Sherpa Trekking Service, esperáva-nos ansioso. Aparentando uns cinqüenta anos, traços chineses, baixinho, calvo, todo agitado e falando sem parar, recebeu-nos com alegria e satisfação. Do lado de fora do aeroporto ele havia nos preparado uma surpresa: uma enorme faixa vermelha onde se lia "*Welcome First Brazilian Everest Expedition...* e desejos de sucesso etc." E quem estava segurando a faixa? Nossos sherpas, é claro. Logo de cara reconheci um deles, o Ang Rita, cuja foto já havia sido publicada em alguns livros de montanhismo. Ele tinha o impressionante recorde mundial de escaladas até o topo do Everest: 6 vezes!!

Homens que já haviam pisado inúmeras vezes no cume das maiores montanhas do planeta cumprimentaram-nos com o mais profundo respeito e humildade. O cumprimento foi segundo os costumes locais: eles juntam as mãos como se fossem rezar e se curvam em sinal de reverência. A palavra usada na ocasião é "namastê", que significa "eu saúdo o deus que está dentro de você". Depois, com um sorriso largo e sincero nos lábios, entregaram-nos um colar de flores. Ficamos comovidos e até meio sem graça com tanta demonstração de carinho.

Eu mal conseguia acreditar que nos próximos dois meses estaria escalando com alguns dos maiores alpinistas de alta-montanha de todos os tempos.

Depois de algumas fotos, enfiamos tudo numa Kombi e entramos os três num táxi.

– Esse táxi os levará até o hotel. Amanhã alguém irá buscá-los para levá-los ao meu escritório. Descansem bem – disse o Kaldhen.

Kathmandu é um mundo à parte, diferente de tudo que existe no Ocidente. É difícil achar adjetivos que a descrevam. A cidade é repleta de palácios e templos medievais, e as ruas, estreitas e tortuosas, vivem entupidas de gente, de todos os tipos. Hippies, aventureiros, alpinistas e nativos, com os trajes mais esquisitos, se misturam a bicicletas, carros caindo aos pedaços e aos famosos riquixás, que passam buzinando sem parar. O trânsito, totalmente caótico e barulhento, segue pela mão esquerda, como na Inglaterra. Aliás, buzinar e tirar "finas" parece ser o esporte predileto dos nepaleses.

A população do Nepal, ainda dividida em castas, é formada por diferentes etnias, todas muito religiosas e com hábitos e costumes muito diferentes dos nossos. O hinduísmo e o budismo são as religiões predominantes, mas o lamaísmo e o islamismo também estão presentes.

A riqueza dos detalhes contrasta com a pobreza da população. Cães, vacas (são sagradas) e outros bichos perambulam livremente. Crianças, tem por todo lado. Cheiros, cores e sons exóticos também. Assim é Kathmandu! Uma cidade charmosa, alegre, mágica. Para mim, um lugar encantador.

Capital do pequeno reino do Nepal (o país tem rei e rainha), a cidade está a 1.350 metros de altitude, no fundo de um gigantesco vale, e é ali que se concentra a maioria dos milhares de viajantes que desejam se aventurar nas trilhas e nas vertentes das maiores montanhas do planeta. Em dias de céu claro, é possível avistar de suas ruas alguns cumes gelados do Himalaia.

O Barney e o Kenvy estavam excitados para dar uma caminhada pela cidade e logo disparavam suas máquinas fotográficas em tudo o que viam pela frente. Mas o clima estava quente e abafado, e nós, ainda não habituados ao novo fuso horário, logo ficamos cansados. Havíamos mexido tantas vezes no relógio nos últimos dias que mal sabíamos em que dia da semana e do mês estávamos.

No dia seguinte encontramo-nos com o Kaldhen e conversamos, item por item, sobre o que havíamos negociado por fax e telex nos últimos meses. Depois ele nos levou para almoçar num restaurante chinês ali perto.

De volta ao escritório, o Ang Rita estava nos esperando para nos acompanhar em algumas compras. A fim de evitar problemas na hora de entrar no avião, deixamos para comprar em Kathmandu todo o combustível necessário para os fogareiros. Seriam centenas de litros de querosene e gasolina e dezenas de cartuchos descartáveis de gás. Iríamos comprar ali também cerca de três quilômetros de cordas para afixarmos nas encostas do Everest. Com o Ang Rita nos acompanhando, com certeza conseguiríamos melhores preços.

Para mim, ele sempre foi uma espécie de ídolo. Além das seis ascensões ao Everest, ele já havia escalado o Kanchenjunga (a terceira montanha mais alta do mundo), Makalu (a quinta), Dhaulaghiri (a sexta) quatro vezes, e o Cho Oyu (a sétima). Sempre sem auxílio de oxigênio complementar. Enquanto caminhávamos, aproveitei para conhecer melhor esse homem que provavelmente nos ajudaria muito a chegarmos onde queríamos.

Ang Rita, aos 43 anos de idade, é uma pessoa afável, simples e discreta. Magro mas com quase 1,70m de altura, é considerado alto entre os sherpas. Vive numa aldeia próxima à base do Everest, a 3.800 metros de altitude. É muito conhecido em seu país e já havia sido condecorado até pelo rei. Tímido como quase todos os sherpas, mas sempre bem humorado, seus traços ligeiramente orientais e sua pele escura indicam que descende de tibetanos. Mais tarde, na montanha, iríamos conhecer a fundo sua história e seus costumes. Combinamos de tomar o café da manhã juntos no dia seguinte. Entre uma xícara e outra de chá, começamos a conversar.

– Ang Rita, o que você acha de irmos para o Everest em outubro e novembro? – perguntei.

– Ah, muito bom, muito bom – respondeu, com seu inglês "macarrônico", me tranqüilizando. E complementou – outubro é o melhor mês. Em agosto e setembro neva demais, com avalanches quase que diárias, e em novembro começa a ventar muito, com quedas acentuadas de temperatura. Aconselho escalarmos o mais rápido possível. No ano passado estive durante sete meses na face norte do Everest, participando de três expedições seguidas, e nenhuma chegou no cume. Garanto que nossa tarefa não será nada fácil.

Quando estávamos saindo do restaurante, encontramos quatro alpinistas belgas que acabavam de chegar da face norte. Disseram que só chegaram a 7.200 metros de altitude e que foram derrotados pelas constantes avalanches. Preocupado, comecei a achar que o Ang Rita tinha razão.

Na noite do dia 15 de setembro, chegaram os outros membros da equipe, exceto o Ramis. Tinham vindo para o Nepal via Londres e Nova Délhi, na Índia. Apesar de cansados, logo me contaram que a nossa carga de 70 barris (50 só com comida) já tinha sido enviada e chegaria a Kathmandu dali a poucos dias. Deixaram a pior notícia para o final: horas antes de embarcarem receberam um fax da ACM informando que nosso orçamento havia sofrido um acréscimo de US$ 5 mil, e que se não pagássemos logo não teríamos os vistos para entrarmos no Tibet! Obviamente que sem os vistos não haveria expedição. Fiquei tão preocupado que acabei não conseguindo pregar o olho naquela noite.

Aflitos para solucionar esse problema, telefonamos para nossos advogados no Brasil. Pedimos que entrassem em contato com a Embaixada do Brasil em Beijing, diretamente ou pelo Itamaraty, e pedissem alguma ajuda. Combinamos que nosso endereço no Nepal seria a agência do Kaldhen.

Depois disso, os recém-chegados foram à agência conhecer os sherpas e o próprio Kaldhen.

Dois dias depois chegou o Ramis. Finalmente a equipe estava completa.

No dia seguinte, eu e o Barney alugamos duas bicicletas e fomos até a Embaixada da China, que fica nos arredores de Kathmandu. Ela só funciona uma hora por dia, às segundas, quartas e sextas-feiras. Como não temos a paciência dos orientais, forçamos a barra para sermos atendidos. Não adiantou quase nada.

– As instruções que recebi da ACM eram para liberar os vistos de entrada no Tibet somente para os sherpas – nos informou o funcionário.

– Mas nós já quitamos todo o nosso orçamento com aquela entidade, por isso exijo os vistos para os alpinistas.

– Ah, eu não sei de nada. Vocês precisam entrar em contato com a ACM em Beijing. E, antes que eu me esqueça, o expediente já terminou.

Furiosos, fomos à agência do Kaldhen datilografar uma carta para ser enviada via fax para a ACM, solicitando explicações e providências. O restante do pessoal estava lá nos esperando para saber o que aconteceu.

Após o almoço, fomos todos a um lugar nos arredores da cidade, onde o Kaldhen armazena uma infinidade de barracas e utensílios de cozinha que ele alugaria para nós. O lugar, que passamos a chamar de *store*, é um terreno gramado maior que um campo de futebol, todo cercado por um muro de tijolos. Na entrada, à esquerda, uma pequena casa em fase final de construção. À direita, outra casa e, mais atrás, um enorme galpão repleto de prateleiras empoeiradas, onde ficam guardados os equipamentos. Espalhadas pelo terreno, estavam montadas onze barracas grandes que ele estava nos alugando para instalarmos nosso campo-base no Everest. Nove eram barracas-dormitório, modelo canadense, para duas pessoas; e as outras duas, bem maiores, seriam para a cozinha e o refeitório. No chão, arrumados sobre uma lona, várias dúzias de talheres, pratos e panelas, de todos os tamanhos e modelos, e alguns fogareiros a querosene. Essa era a infra-estrutura de campo-base que teríamos à disposição. Demos uma checada em tudo, conferimos as quantidades e demos o OK.

A seguir, foi a vez de checar as vestimentas e os equipamentos dos sherpas. Era nossa obrigação saber se suas botas, casacos, luvas, lanternas, etc. estavam em bom estado e tinham a qualidade compatível com o nível de desafio que iríamos enfrentar na montanha. Além de salários e seguro de acidentes, os sherpas receberam uma ajuda em dinheiro para a compra de equipamentos. Assim, se alguma coisa fosse considerada inadequada pelo chefe da expedição, seria obrigação do sherpa adquirir um equipamento melhor.

Todos os sherpas estavam ali, inclusive os dois cozinheiros. São todos tímidos, simpáticos e muito prestativos.

Ang Nima era o mais velho deles, com 44 anos. Sempre alegre e sorridente, tem o olhar ingênuo de uma criança. É a pessoa mais inofensiva que conheço. Foi amigo do sherpa Tenzing Norkay, companheiro do Ed Hillary na conquista do Everest. Já havia estado nessa montanha quinze vezes (!!), além de ter participado de inúmeras outras expedições. Até no Japão já havia escalado, convidado por alpinistas desse país.

Danu tinha 28 anos, baixinho, mas muito forte. Seu inglês era tão incompreensível que eu nunca soube ao certo quais montanhas já havia escalado.

Phurba, 21 anos, era o mais novo deles. Criado pelo Kaldhen desde pequeno, era o único que havia freqüentado escola por muitos anos. Falava bem o inglês e tinha muita iniciativa. Pelas roupas, corte de cabelo e até pelo porte físico, era o mais ocidentalizado entre eles. Já havia estado a 8.000 metros de altitude no Makalu e no Everest.

O Dawa seria nosso cozinheiro no campo-base avançado. Tinha 24 anos de idade e era o mais baixinho de todos. Por quase não falar inglês, era o mais tímido e quieto. Para qualquer coisa que lhe fosse pedida, curvava-se no maior respeito e respondia sempre a mesma coisa: "yes, sir". O cozinheiro no campo-base seria o Tenji, de 31 anos. Com marcantes traços chineses, forte e corado, estava sempre alegre e sorridente.

Uma coisa curiosa é que os sherpas são batizados conforme o dia da semana em que nascem. Assim, Nima é domingo, Dawa é segunda-feira, Phurba é quinta, e assim por diante. O prefixo "Ang", muito comum, é similar em português ao sufixo "junior". E o sobrenome deles é sempre o mesmo: Sherpa.

Depois de tudo checado, os sherpas, meio sem-graça mas decididos, entregaram uma lista com a quantidade de alimentos frescos que eles achavam que seria necessário levarmos para o Everest. Argumentamos que os 1.600 quilos de alimentos que trouxemos do Brasil eram mais que suficientes para os "members" (era assim que nos chamavam) e os sherpas. Dissemos que eram liofilizados, por isso mais rápidos e fáceis de preparar. Não adiantou. Afirmaram que os alimentos estrangeiros não combinam com seu paladar, que é praxe levarem a típica comida nepalesa e que faziam questão de levar tudo o que estava na lista. Dei uma olhada na lista e percebi que o que eles queriam pesava mais de 300 quilos: 700 ovos, 160 quilos de batatas, 50 quilos de açúcar, e coisas do tipo. Começamos a negociar. Além da falta de dinheiro para comprar tudo aquilo, havia o problema do limite de peso e espaço no caminhão chinês depois da fronteira. Só cedi quando eles me garantiram que aquilo custaria muito pouco e que não gastaríamos um centavo a mais com o transporte. Nesse ponto, eles tinham razão. Nosso problema não era de peso, mas de espaço. Com ou sem essa comida a mais, provavelmente teríamos que alugar um segundo caminhão para transportar nossa carga de mais de 70 barris pelo platô.

No dia seguinte, na agência, fomos comunicados que a carga vinda do Brasil havia chegado mas que, por ser feriado local, a alfândega estava fechada. Enquanto datilografava uma lista enumerando o conteúdo dos barris recém-chegados, recebi um telefonema da Embaixada do Brasil em Beijing. Era o Conselheiro Genésio Silveira da Costa:

– Já conversei com o pessoal da ACM e eles já estão providenciando seus vistos.

– Pôxa! Não tenho nem como lhe agradecer. O senhor não imagina o alívio que nos dá.

Apesar da ligação estar ruim, ainda perguntei:

– E como o senhor conseguiu isso?

– Ah, foi simples. Os chineses estavam cobrando antecipadamente uma taxa de cinco mil dólares para cobrir eventuais "imprevistos"!! Combinamos que vocês só pagariam essa taxa no final... se houvesse realmente algum imprevisto!

Gênio!!

Depois a equipe se dividiu: uns foram comprar combustível, outros acompanharam os sherpas na compra da comida e outros foram comprar o restante dos equipamentos. Enquanto isso, o Bá, o Kenvy e eu fomos até a Embaixada da China buscar nossos vistos. Felizmente estava tudo OK. A hora de partirmos para o Tibet estava chegando.

Mal sabíamos que estávamos para ser apresentados à misteriosa e indecifrável burocracia nepalesa, que para liberar nossa carga na alfândega nos fez perder vários dias. Quase que diariamente eu pegava um riquixá, sempre esculhambado, e ia ao aeroporto acompanhado do Ang Rita e de um funcionário do Kaldhen. Ficávamos horas por lá. A papelada era tremenda e a grafia tão incompreensível que fiquei cinco minutos tentando decifrar o papel quando fui informado que estava de ponta cabeça.

O problema era que os barris só poderiam entrar no Nepal caso pagássemos pesadas taxas de importação, o que não era de nosso interesse. Só queríamos pegar os barris para economizarmos preciosos dias de trabalho no campo-base. Precisávamos abri-los ainda em Kathmandu e organizar melhor nossa carga, cortar eventuais excessos e pegar alguns artigos pessoais para a viagem pelo Tibet, entre eles os medicamentos. Nada feito. Tudo tinha que ser lacrado, entrar em território nepalês em "trânsito" e só seria liberado do outro lado da fronteira. Eu não via a hora de partirmos, e estava ficando cada vez mais impaciente com a situação. Depois de alguns dias nessa "enrolação", recebemos um fax da ACM:

– Seu intérprete e o oficial de ligação já estão na fronteira lhes esperando. Por favor, apressem-se!

Mais essa agora, pensei! Mas não havia nada que pudéssemos fazer, senão esperar.

Enquanto aguardávamos a complicada liberação da carga, aproveitamos para passear um pouco e tentar relaxar, o que não fizéramos desde a chegada.

A melhor maneira de conhecer Kathmandu e seus arredores é de bicicleta. É uma das experiências mais instigantes, repleta de surpresas. Vê-se as coisas mais estranhas. A começar pelas pessoas. Indo-arianos caminham lado a lado com tibetanos e newaris. A maioria tem um ponto vermelho pintado na testa. Algumas mulheres andam enroladas em tecidos leves, de cores fortes, como o vermelho e o mostarda, e deixam a barriga de fora. Muitas usam brincos no nariz. Alguns homens, os de origem muçulmana, usam sarongues.

Misturados à multidão, em meio a praças e cantos escondidos, encontra-se as coisas mais insólitas: encantadores de serpentes, pedestres carregando armários ou escrivaninhas amarrados à cabeça, ambulantes vendendo as mais estranhas quinquilharias, vacas deitadas no meio do caminho, homens que se oferecem para limpar seus ouvidos, ou cortar seu cabelo no meio da rua, costureiros e artesãos de toda espécie nas calçadas, monges e... em certos lugares, corpos sendo cremados ao ar livre, em plena luz do dia! Sinceramente, não conheço nenhum lugar sequer parecido.

Durante todo o ano no Nepal ocorrem inúmeros feriados e festivais, principalmente em agosto e setembro, no final das monções. Esses feriados se baseiam num complicado calendário lunar, e não é fácil prever com exatidão em que dia vão ocorrer. Outra curiosidade é que o ano-novo nepalês ocorre no dia 13 de abril e eles estão 57 anos à frente do calendário gregoriano usado no Ocidente. Assim, o ano de 1992, para nós, equivale ao de 2049, para eles.

Os feriados e festivais homenageiam deuses e lendas, e são comemorados com muita pompa, desfiles e shows de dança e música, onde os participantes se vestem com roupas e fantasias multicoloridas. Em alguns templos é dia de cremar os mortos, noutros, é dia de sacrificar animais. É tudo muito exótico, e sente-se no ar o misticismo daquele povo.

Pouco antes de partirmos, tivemos a oportunidade de presenciar o principal festival do ano, o Indra Jatra, quando a deusa-viva Kumari sai às ruas numa espécie de carruagem medieval, puxada pelo povo, e executa uma série de rituais. A Kumari é representada por uma menina, que deixará de ser considerada deusa após seu primeiro sangramento (ferimento ou menstruação). Quando isso acontece, outra menina do povo é escolhida para ser a Kumari. Seguindo as tradições, a carruagem cercada pela multidão parou primeiro em frente de um palácio na Praça Durbar, e foi cumprimentada pelo rei e pela rainha. Mais tarde, e nos dias seguintes, a procissão passaria por outros palácios e vários pontos da cidade, acompanhando as cerimônias, danças e outras atividades.

Finalmente, no dia 27 de setembro, nossa carga foi liberada. As autoridades permitiram que retirássemos alguns objetos importantes, depois lacraram todos os barris e enfiaram tudo num velho caminhão-baú, inclusive os *walkie-talkies* e os filmes. O caminhão também foi lacrado e no dia seguinte seguiu para a fronteira. Rapidamente, nós fomos para o *store* acabar de empacotar a carga comprada em Kathmandu, e acondicioná-la em mais alguns barris e nas bolsas gigantes. A comida dos sherpas e os utensílios de cozinha ficaram em enormes cestos, e o combustível foi colocado em galões de plástico. Tínhamos 230 litros entre querosene de aviação, querosene comum e gasolina, que seriam misturados nos fogareiros. Tudo isso foi posto no bagageiro da capota do ônibus que nos levaria à fronteira.

Na manhã do dia seguinte, após uma rápida cerimônia de boa sorte, preparada pela gerência do hotel, fomos para o *store*. O Kaldhen havia preparado outra cerimônia de boa sorte, seguindo a tradição sherpa: entregou a cada um de nós uma belíssima echarpe, com inscrições em tibetano. Os sherpas também fizeram sua cerimônia. Depois de muitas cervejas, brindes e um monte de fotos, finalmente entramos no ônibus para uma viagem de seis horas, até Kodari. Seria por esse pequeno vilarejo na fronteira com o Tibet que cruzaríamos a Cordilheira do Himalaia. A grande aventura estava para começar.

A sensação, agora, era de alívio e alegria.

CAPÍTULO 6
NA TERRA DO DALAI LAMA

"Minha mensagem é a prática da compaixão, do amor e da generosidade. Essas coisas são muito úteis no nosso dia-a-dia, e para a humanidade como um todo. Sua prática pode ser muito importante".
Tenzin Gyatso, 14º. Dalai Lama do Tibet

Viajar pelas estradas do Nepal é uma experiência inesquecível... principalmente naqueles momentos em que o motorista passa com a roda do ônibus a poucos milímetros da beira de um abismo. Como as estradas são estreitas e cheias de curvas, o motorista vai tocando uma estridente buzina durante o tempo todo, avisando os veículos que vêm na direção contrária. Ah, é uma delícia... se você tiver um chumaço de algodão enfiado no ouvido! (Um capacete para impedir de rachar a cabeça no teto nos solavancos também seria uma ótima pedida.) Diga-se de passagem que o nepalês é muito engenhoso: em nossa viagem para Kodari havia um rapaz que viajou quase o tempo todo com metade do corpo para fora da porta, que fica no lado esquerdo do veículo. Sempre que o ônibus tinha que passar por um lugar mais estreito ele começava a bater na divisória que separava a cabine do motorista do compartimento dos passageiros. O ritmo da batucada era a senha para o motorista (que dirige no lado direito) saber se dava para passar ou não. Às vezes o cara batia com tanta afobação que eu não sabia se íamos bater ou se o motorista era surdo.

No final, depois de passar por inúmeros vilarejos, a estrada foi ficando mais inclinada, e o vale que ela seguia, do Rio Bhote, foi se transformando num *canyon* bem estreito e profundo. Foi o trecho mais bonito: além da mata exuberante, inúmeras cachoeiras despencavam de cima das encostas.

Às seis e meia da tarde, já escuro, avistamos uma infinidade de luzinhas numa encosta à nossa frente enquanto cruzávamos uma pequena vila. Subitamente o ônibus parou.

– Ang Nima, onde estamos? – alguém perguntou.
– Em Kodari, senhor. Na fronteira.
A vila era Kodari, mas aquelas luzinhas eram de Zhangmu, a primeira cidade no lado tibetano.

Passamos a noite num autêntico *lodge* nepalês, à beira da estrada. Era uma construção de madeira, muito rudimentar, com dois andares, onde o proprietário (e residente) espalhou algumas camas sem colchão, e uma mesa para refeições. Enquanto a maioria ficou num quarto coletivo no andar de cima, o Ramis, Kenvy e eu tivemos que dividir uma cama num cubículo sem janela no andar de baixo. O curioso era que a cama tinha exatamente o tamanho do lugar, isto é, não sobrava nenhum centímetro dos lados. A única maneira de entrar ou sair era engatinhando por sobre a cama.

Nossa carga ficou de fora, espalhada na frente do "hotel", sob os cuidados do Dawa e do Tenji.

Foi só quando raiou o dia que pudemos ver onde estavámos. A única rua da vila era a estrada que levava até ela. E logo cedo estava lotada de gente. Kodari fica encrustada numa encosta, na margem esquerda do *canyon*, e é formada por duas fileiras de casinhas de madeira, uma de cada lado da estrada. A geografia do lugar obriga a estrada a atravessar o rio, só que o outro lado do *canyon* já é território tibetano. A travessia é feita pela Ponte da Amizade.

Era um dia agradavelmente quente e a paz do lugar só não era maior devido ao grande número de mercadores nepaleses que circulavam pela fronteira, entre Kodari e Zhangmu, levando e trazendo enormes fardos de mercadorias às costas.

Num pequeno barracão funcionava o "departamento" de imigração. Após carimbarmos os passaportes, um funcionário quebrou o lacre de todos os barris que estavam no caminhão, enquanto a carga que viera no ônibus passou para a carroceria de uma velha camionete Toyota.

Eu e o Alfredo entramos na camionete, passamos por uma cancela e cruzamos a enorme ponte. Os demais atravessaram a pé. No final da ponte, outra cancela. De dentro de uma guarita saiu um soldado chinês com cara de poucos amigos. Com ar desconfiado, correu os olhos nos passaportes, ficou nos encarando por alguns instantes, levantou a cancela... e nós entramos no Tibet!!

Não pude evitar de sentir uma grande emoção. Fora tão difícil chegar até ali!

Depois da ponte a estrada é de terra e escala a encosta do *canyon*, num percurso de oito quilômetros em ziguezague até a pequena cidade de Zhangmu.

Mal começamos a subir e eu entendi por que estávamos num veículo com tração nas quatro rodas. Além de muito inclinado, o caminho estava todo esburacado e cheio de pedras. Não andamos nem dois quilômetros e logo encontramos a estrada bloqueada por um desmoronamento. Um grupo de rapazes fardados trabalhava no local, com pás e picaretas, desobstruindo o caminho. Assim que tirei uma foto, quase levei uma pedrada. Logo em seguida, o soldado que manobrava uma gigantesca motoniveladora por pouco não passou em cima de nós. Decididamente, aqueles guardas de fronteira não eram lá muito amistosos.

Depois de três horas esperando terminarem o trabalho, vieram de Zhangmu dois caminhões para levarem nossa equipe, junto com a carga, até a cidade. Todos os barris que estavam no caminhão que veio de Kathmandu foram então transferidos para os caminhões chineses, enquanto dezenas de nepaleses ficavam ali em volta, criando uma grande confusão.

Alfredo e eu seguimos na camionete. O motorista do veículo, absurdamente lotado de carga, teve que lutar bravamente para vencer o trecho recém-desobstruído e seguir adiante. O desnível entre a estrada e o rio crescia abruptamente, e a famosa ponte, lá embaixo, mais parecia de brinquedo.

Na entrada da cidade, mais uma cancela e um enorme portal onde se lia: China Customs. Assim que chegaram, pedi aos sherpas, que também falam tibetano, que fossem procurar o intérprete e o oficial de ligação. Depois de uma hora apareceram os dois rapazes. Orientado pelos sherpas, o mais alto se dirigiu a mim e se apresentou como Zheng Xiau Huai, nosso intérprete. Imediatamente me apresentou o que estava ao seu lado, "Mister" Ma Simin, nosso "Liaison Officer", representante da Associação Chinesa de Montanhismo, que me cumprimentou friamente, desviando o olhar. Além de guia da região, ele seria o encarregado de fiscalizar e cumprir todas as cláusulas do contrato entre aquela entidade e a expedição. Caso precisássemos de alguma coisa, ou algo desse errado, seria a ele que teríamos que recorrer.

Zheng, simpático e jovial, ficou meio sem graça com a frieza do colega. Estudante de Zoologia no Instituto de Ciência de Beijing, 23 anos, era a primeira vez que ia para o Himalaia. Falava um inglês correto mas muito carregado de sotaque. Ma Simin, 29 anos, magro como uma tábua e com os dentes desalinhados, marrons de nicotina, vive em Lhasa, capital do Tibet, e já havia estado no campo-base do Everest mais de vinte vezes.

Depois das apresentações, eles nos acompanharam nos controles de fronteira. Na Aduana:
– Queremos a lista dos alimentos, sir.
– Não serve a de equipamentos? – que era a única que eu tinha em inglês.
– Não. Só queremos a dos alimentos. Sem ela não lhe daremos os vistos de entrada! – Percebi que negar o visto de entrada é a chantagem predileta dos chineses.

Fazendo-me de desentendido, entreguei-lhe a única lista dos alimentos que eu tinha... em português.

O encarregado parou, olhou para aqueles papéis, olhou para mim e balançou a cabeça, não acreditando no que estava vendo. Dei um sorriso amarelo, e ele me perguntou:
– Quanto vale tudo isso?
– Ah, uns US$ 5 mil – respondi, estimando muito abaixo do valor real.

Ele fingiu que acreditou, e carimbou a lista.

Depois de preenchermos vários papéis e nossos passaportes serem carimbados, entregaram-nos a conta:
– O senhor nos deve oitocentos dólares!
– Do quê? – respondi assustado.
– Dos vistos de entrada. São US$ 100 por alpinista!
– Só isso! – respondi, irônico. Fiquei imaginando quanto nos cobrariam se eu declarasse o valor real dos alimentos.

Depois de pagarmos, fomos supervisionar a transferência da carga para outro caminhão. O que não coube ficou na calçada, sob a guarda do Dawa e do Tenji. Nenhum barril foi aberto. Ma Simin comprometeu-se em conseguir um segundo caminhão no dia seguinte.

Dali fomos para o Hotel Zhangmu, o melhor (quem sabe, o único) da cidade, com aparência bem ocidental. Mas era só a aparência. Nos banheiros não havia chuveiro e a água que saía das torneiras mais parecia pedras de gelo. Empoeirado e suado, acabei tomando um banho de canequinha. Só fiz isso devido à previsão de quando seria nosso próximo banho: dali a uns dois meses, quando voltássemos para Kathmandu! Aliás, no decorrer da viagem percebemos que em todo o Tibet não existem lugares para se tomar banho. Dizem que em Lhasa há chuveiros em alguns hotéis, mas nós não fomos até lá para confirmar.

Zhangmu é uma cidade quase vertical, espalhada na encosta de um morro bem inclinado, e não tem nada a ver com a imagem que se tem do Tibet, como um lugar árido e desolado. Pelo contrário, a cidade está rodeada por uma mata densa e exuberante. Situada a 2.350 metros de altitude, seu clima é bem mais ameno que em Kodari, 500 metros abaixo. Pelos traços e roupas das pessoas percebe-se nitidamente uma certa influência nepalesa no local. Enfim, não dá para afirmar que Zhangmu seja uma típica cidade tibetana.

No dia seguinte, após acomodarmos o restante da carga num segundo caminhão, embarcamos num pequeno ônibus e começamos a subir a estrada que leva a Nyalan, a 3.750 metros de altitude, já na borda do gigantesco platô tibetano. Na saída de Zhangmu, paramos no Bank of China para trocar alguns dólares por iuans.[9] O local tinha o aspecto de um banco do velho oeste americano, com os guichês atrás de enormes barras de ferro. Não foi preciso trocar muito dinheiro pois as principais despesas que teríamos já haviam sido pagas antecipadamente.

O trajeto até Nyalan é uma subida lenta pelo lado direito do *canyon*. Soubemos que a estrada foi construída seguindo o antigo caminho utilizado pelos nômades e mercadores da região. Encravado na maior cordilheira do mundo, o lugar é totalmente inóspito, sem opções para outro trajeto. De um lado, a encosta, do outro, um abismo de centenas de metros. Lá embaixo o rio descia caudaloso, numa sucessão de cachoeiras. Mas não era só no rio que havia cachoeiras. Nas encostas junto à estrada, também. No caminho, passamos do lado, por baixo ou avistamos dezenas delas, despencando dos lugares mais fantásticos. Um cenário belíssimo. Havia muito sol mas pouco calor. A estrada, de terra, era repleta de curvas cegas, e nos oferecia paisagens diferentes a cada instante. Aliás, pudemos aproveitar com muita calma a beleza do lugar, visto que o ônibus em que viajávamos quebrou umas dez vezes!!

Numa dessas paradas, ao lado de uma cachoeira, passou por nós um ônibus que vinha no sentido oposto, e logo em seguida avistamos algumas

---

9. No Tibet existem duas moedas. O iuan, para a população local, e a FEY (Foreign Exchange Yuan), para os turistas estrangeiros. De acordo com os regulamentos da ACM, em nosso orçamento US$ 1 equivalia a 3,7 iuans. Em Zhangmu trocamos dólares como turistas, à cotação de US$ 1 = 10,7 FEY.

senhoras com traços bem ocidentais, correndo apenas de shorts e camisetas. Eram atletas inglesas e estavam literalmente correndo, em várias etapas, todos os 1.000 quilômetros do trajeto entre Lhasa e Kathmandu! Uma delas nos informou que era irmã do Ed Hillary, conquistador do Everest, e que ele tinha acabado de passar no interior daquele ônibus. Foi uma pena não tê-lo conhecido.

Apesar da demora nas paradas, todo mundo estava animado e a tensão de dias atrás deu lugar a um ambiente de muita tranqüilidade. A cada parada do ônibus, o Paulo saía correndo para filmar, o Bá e o Kenvy fotografavam até a sombra e o Ramis narrava tudo no microfone do nosso mini-gravador. Com freqüência, cruzávamos com rebanhos de ovelhas e alguns acampamentos de grupos nômades.

Depois de um tempo, à medida que subíamos, o *canyon* foi ficando mais raso e, no final, a estrada e o rio se nivelaram. Depois de cruzarmos o rio por uma ponte, começamos a subir uma encosta mais árida. Aos poucos a vegetação foi sumindo, sumindo, até desaparecer por completo, e o cenário foi ficando igual a um deserto, bem pedregoso e poeirento. Estávamos entrando no platô.

Levamos mais de cinco horas para cobrir a "enorme" distância de 33 quilômetros! Ao chegar em Nyalan, fomos cercados por um bando de crianças brincalhonas, sorridentes e muito curiosas, que adoravam olhar pelo visor das câmeras fotográficas... e passar seus dedinhos lambuzados nas lentes.

A cidade está na borda do platô tibetano e é totalmente rodeada por montanhas, algumas com neve no topo. Fazia frio e ventava bastante. Depois de experimentarmos a tradicional culinária chinesa, comendo de palitinhos, fomos dar umas voltas. No centro da vila, as casas e lojas eram recém-construídas. Típica influência chinesa. Aliás, hoje em dia as vilas tibetanas são divididas em duas. Uma parte é composta por construções antigas, simples e charmosas, tipicamente tibetanas. A outra, totalmente sem graça, é formada por prédios e instalações militares dos "invasores" chineses.

Enquanto nas vilas nepalesas os ambientes são de madeira, apertados e escuros, em Zhangmu e Nyalan os ambientes são amplos, relativamente limpos e quase sempre iluminados com luz elétrica.

Decidimos nos afastar um pouco e entrar na parte tibetana da vila. Ela tinha um aspecto padronizado mas bem diferente do setor chinês. As casas têm um aspecto rústico mas são sólidas, com paredes grossas e brancas. As janelas são de madeira, pequenas, coloridas, muitas delas enfeitadas por vasos de flores, dando um ar bucólico ao lugar. Os telhados são planos e é ali que é armazenado um pouco de lenha para o inverno. A maioria das casas têm dois andares. O de baixo é uma espécie de estábulo, onde ficam guardados os animais: ovelhas, vacas e/ou iaques. No andar de cima ficam os aposentos.

À noite nos estaria reservada uma agradável surpresa, que registrei dessa forma no diário:

"Após o jantar, todo o grupo foi dar outra volta pelo setor tibetano da vila. O lugar estava silencioso e era muito mal iluminado. De repente, um senhor pegou a mão do Barney e pediu para que todos o seguíssemos. Entre apreensivos e curiosos, lá fomos nós atrás do velhinho.

Depois de percorrermos algumas vielas escuras, percebemos que ele estava nos levando para sua casa. Ele não falava palavra alguma. Atravessamos um portão de madeira, cruzamos um pequeno pátio e entramos no andar de baixo da casa, lúgubre, iluminado por uma pequena lâmpada. À esquerda, cobrindo toda a parede, inúmeras pilhas de rodelas de esterco de iaque, o combustível mais comum usado pelos tibetanos.

Subimos por uma escada e de repente paramos, simplesmente maravilhados com o que víamos. Parecia que tínhamos entrado numa máquina do tempo e voltado centenas de anos. O lugar era uma espécie de sala-cozinha, muito antiga, repleta de velhos objetos típicos do lugar: fogões, móveis, potes, bules e tachos, tudo muito consumido pelo tempo, mas com detalhes riquíssimos.

Havia três homens e três mulheres, que nos olharam com satisfação e alegria. Uma jovem com um rosto belíssimo socava com vigor um pilão todo colorido. O velhinho tentou nos dizer que ela estava fazendo manteiga e em seguida pediu para sentarmos. Uma outra garota, toda tímida, enrolava um novelo de lã, enquanto uma senhora esquentava alguma coisa no fogareiro. As mulheres tinham lenços na cabeça e usavam vestidos longos e escuros, com uma espécie de avental na frente, todo listrado e preso por enormes presilhas de prata. Estas presilhas, esculpidas com motivos tibetanos, cheias de detalhes, são verdadeiras obras de arte. Os homens usavam calças grossas, forradas com pele de carneiro, e folgadas túnicas brancas de lã grossa. Estavam no canto da sala, sentados numa espécie de sofá.

Deslumbrados com o cenário, não parávamos de olhar ao redor: os quadros do Dalai Lama, o líder espiritual do Tibet; as esculturas de santos e deuses; os objetos; os detalhes. Tudo ali tinha história para contar, tradição. Tudo tinha um profundo significado, uma razão de ser. É muito difícil traduzir em palavras o que sentimos ao ver aquelas coisas. O ambiente era mal iluminado, cheio de sombras, o que dava um certo ar de mistério. O velhinho me pegou pela mão e me levou para outro aposento, onde um jovem e uma criança dormiam sob uma imensa pele de ovelha. No fundo, um pequeno altar, onde se viam algumas fotos do Dalai Lama e algumas esculturas com inscrições sagradas. Era tudo muito simples mas de muita beleza.

As pessoas tinham a pele queimada, curtida pela exposição constante ao frio e aos ventos daquele lugar. As mãos eram fortes e calejadas. O olhar, puro e sincero. Sorrindo sempre e articulando poucas palavras, eles observavam atentamente cada gesto, cada detalhe das nossas roupas e equipamentos. Nós agíamos da mesma forma. Era impossível a comunicação. Comecei a me sentir como o ator Kevin Costner no filme Dança com Lobos.

Logo percebemos que estavam preparando algo para nos servir. Sabendo que o paladar deles é dos mais esquisitos, o Alfredo, Paulo, Lena e Edu delicadamente se despediram e partiram. Em poucos minutos o Barney, Kenvy, Ramis e eu estávamos tomando o típico chá tibetano, rançoso e salgado com manteiga de iaque. Simplesmente horrível, mas não tivemos como recusar. Enquanto bebericávamos, tentamos travar uma conversa através de mímica. Depois, pediram-nos para escrevermos nossos nomes num pedaço de papel, que colocaram ao lado da foto do Dalai Lama. Isso nos deixou profundamente orgulhosos. Em seguida, eles escreveram seus nomes em outro papel (verdadeiros hieróglifos tibetanos) e nos entregaram. Apesar do aspecto rude, eram todos muito simpáticos e, à sua maneira, tentavam nos agradar. E tome mais chá na nossa xícara. Tiramos algumas fotos e, como já estava ficando tarde (e o bule de chá era grande), nos despedimos. Com os olhos maravilhados e a alma enriquecida, lentamente fomos saindo.

Tínhamos visto de perto uma amostra da hospitalidade e da religiosidade do povo fascinante que habita aquele platô. Vimos tanta pureza, tanta amizade e respeito, que comecei a ver o que o mundo perdeu na sua luta pelo progresso."

Depois de passarmos a noite no andar de baixo de uma espelunca, partimos em direção a Xegar, a 190 quilômetros dali. De Xegar pegaríamos a estradinha que leva ao Everest. Fazia sol e quase não ventava. O caminho, de terra batida, estava em bom estado, permitindo que o ônibus atingisse até 90 km/h, mas era muito poeirento. Seguimos por um vale bem aberto e árido, cercado de colinas arredondadas com diferentes tonalidades de marrom. Um rio de água esverdeada estava sempre à vista, à nossa esquerda.

Aos poucos a estrada foi ficando mais íngreme e começaram grandes ziguezagues. Estávamos subindo um passo de 5.050 metros de altitude!! O ônibus sofreu para subir. Aos poucos, picos nevados começaram a surgir no horizonte atrás de nós. Cada vez mais e mais montanhas, cada vez mais e mais beleza e magnitude. Dali tivemos uma completa vista panorâmica do lado norte da Cordilheira do Himalaia. Em primeiro plano, destacando-se dos demais, aparecia o Xixapangma, com 8.013 metros, o único "8.000" inteiramente dentro da China.

Só para se ter uma idéia da dimensão do Himalaia, a maioria dos picos de 6.500, 6.800 metros de altitude que estávamos vendo não tinham nomes, pois são "insignificantes" para o lugar.

Assim que começamos a perder altitude por trás do passo, o cenário foi mudando até que de repente, a 200 quilômetros (!!) de distância, surgiu o nosso objeto de desejo: a impressionante face norte do Everest. Foi um momento inesquecível: paramos o ônibus e tiramos um milhão de fotos. Alegria geral. Parecia ônibus de excursão de japoneses. Os tibetanos de uma aldeia próxima nos olhavam com curiosidade e espanto, enquanto eu não desgrudava os olhos daquela parede.

Continuamos a viagem através do platô, e o Everest logo sumiu de vista. Depois de poucas horas, já estávamos a 4.300 metros de altitude e começou a esfriar. Fazia tanto frio que chegamos a avistar um rio totalmente congelado. Na hora do almoço demos uma rápida parada em Tingri, um vilarejo na beira da estrada. Havia um acampamento de nômades ali perto e aproveitamos para conhecer como vive esse povo tão primitivo e tão desconhecido dos ocidentais.

Eles moram em espaçosas barracas feitas de lã e quase tudo que possuem é artesanal. No centro de uma delas, toda esfumaçada, um homem cozinhava numa enorme panela preta sobre um fogo abastecido com esterco de iaque. Estava tão entretido que nem percebeu minha presença.

A alimentação do tibetano é muito simples. O platô, sempre acima dos 4.000 metros de altitude, é um grande deserto. Praticamente, a única cultura existente é a da cevada. Com ela é feito o chang, que é uma espécie de cerveja com aspecto leitoso, e a *tsampa*, que é um tipo de farinha feita com o grão do cereal. A *tsampa* é o alimento principal do tibetano e pode ser comida crua ou misturada com água, leite, chá e até mesmo com arroz. O gosto é intragável para o nosso paladar, mas nossos sherpas adoravam. Os tibetanos criam cabras, ovelhas e iaques também. Além de complementar a alimentação, esses animais fornecem leite, lã, couro, combustível e transporte. As áreas de pastagens são escassas e limitadas, obrigando-os a migrar de uma região a outra, fazendo rodízio. O sal provém de algumas salinas espalhadas pelo solo da região e é um artigo muito usado nas trocas com as aldeias do outro lado do Himalaia.

Há séculos que mercadores dos dois lados da cordilheira atravessam aquelas montanhas, através de passos nevados a mais de 5.000 metros de altitude, para fazerem suas trocas. Foi um desses passos, Shangri La, que inspirou o livro *Horizonte Perdido*. "La" significa "passo", ou "colo" de montanha. Mas Shangri La não é o mais utilizado. Os tibetanos e nepaleses preferem o Nangpa La, com 5.716 metros de altitude, o mais próximo da vila nepalesa de Namche Bazar, o maior entreposto de mercadorias de toda a região.

De Tingri, continuamos a travessia do platô a caminho de Xegar, a uma hora dali. Após passarmos por um posto policial, o ônibus pegou uma estrada secundária, e depois de dois quilômetros avistamos uma construção moderna, cercada por um extenso muro branco. Era o Qomolungma Hotel, onde ficaríamos hospedados. Ele não combinava nem um pouco com aquela paisagem. A sete quilômetros de Xegar, totalmente isolado, na realidade mais parecia um campo de concentração. O serviço era espartano e a comida era servida em quantidade limitada.

A altitude daquele lugar, 4.350 metros de altitude, era muito elevada ao nosso organismo ainda não acostumado ao ar rarefeito, e alguns de nós já sentiam um certo mal-estar e um pouco de dor de cabeça. Na manhã seguinte, para aprimorar nossa aclimatação, decidimos fazer uma caminhada até a cidade.

O caminho seguia por uma estrada poeirenta (aliás, todo o Tibet é poeirento) através de um terreno totalmente árido. No caminho andávamos meio espalhados, todos tirando fotografias, mas ao nos aproximarmos da cidade nos reagrupamos.

Xegar, na beira do rio Shi Chu, foi a maior cidade tibetana por nós visitada. É um lugar simples e tranqüilo. A rua principal, bem larga e de terra, segue a margem esquerda do rio. Fora do setor chinês, as construções seguem os padrões tibetanos, com casas brancas, janelas pequenas e teto plano. Acredito que ali nunca chove, de tão elevado e árido que é o lugar. Homens e mulheres espalhados por todo lado trabalhavam ao ar livre, separando fardos da última colheita. Rapazes perambulavam de bicicleta e aqui e ali pessoas passavam, puxando um iaque ou um rebanho de ovelhas. Junto ao rio, a cidade é totalmente plana, mas vai avançando pela encosta de uma gigantesca colina que domina a paisagem.

Numa espécie de bar e mercearia encontramos os sherpas que foram à cidade de caminhão. Do lado de fora, dezenas de crianças se aglomeravam para nos ver, até que apareceu um rapaz maltrapilho, carregando um estranho instrumento musical. Era uma espécie de violino, onde a ponta de um pedaço de pau, semelhante a um cabo de vassoura, estava presa a uma lata. Sobre a extensão do pedaço de pau corria um arame que era a "corda" do instrumento, tocado com um arco de violino. Percebendo que havia turistas por ali, tratou de dar um verdadeiro show, que chamou a atenção de todos que passavam. Ele cantava, dançava e tocava ao mesmo tempo, apoiando o instrumento na barriga. Seu repertório devia ser o que havia de mais moderno dentro do autêntico som tibetano.

Da mercearia fomos até o mercado principal, um pequeno galpão onde se vende de tudo: alimentos, roupas, ferragens e utensílios diversos. A pedido dos sherpas, compramos algumas garrafas térmicas e uma panela de pressão, visto que a nossa havia voado do teto do ônibus a caminho de Kodari.

Depois fomos caminhando para o final da cidade em direção à enorme colina. Um emaranhado de vielas escarpadas leva a um caminho principal que sobe em direção a um portal. Dali segue uma escadaria de pedras de onde partem inúmeras trilhas. À direita vimos um imponente mosteiro rodeado de várias casinhas brancas, onde vivem alguns monges. Do lado oposto as trilhas sobem em direção à muralha.

Acompanhado do Alfredo, Paulo e Helena, comecei a subir pela esquerda. O Ramis e o Kenvy vinham logo atrás. Além da muralha, havia ruínas de inúmeros templos espalhados pela encosta, torres que lembravam castelos e algumas paredes isoladas, com mais de quinze metros de altura. O que mais impressionava era como os monges conseguiram construir tudo aquilo. Além de a encosta ser bem inclinada e de difícil acesso, o ar ali já era bem rarefeito. Infelizmente, quase tudo estava abandonado, destruído barbaramente pelos chineses durante a Revolução Cultural, ocorrida entre 1966 e 1976. (Hoje os chineses até reconhecem que exageraram na violência.) A muralha era bem larga, como uma espécie de fortaleza, e levava ao topo da colina, mas a rocha estava tão podre que tivemos que subir pela trilha, que ficava cada vez mais inclinada e perigosa.

Ainda desacostumados à altitude, "escalaminhávamos" com dificuldade e tínhamos que parar com freqüência para recuperar o fôlego. Nos últimos metros, tivemos que literalmente escalar algumas paredes de rocha solta, mas o esforço valeu a pena. Do topo da colina, quase mil metros acima da cidade, tínhamos uma vista espetacular de Xegar, do platô e do Himalaia. Deve ser um dos pontos mais privilegiados do Tibet. Eram perfeitamente visíveis os cumes do Cho Oyu, Makalu e Everest, a noventa quilômetros dali, sobressaindo-se por detrás de várias montanhas. Dava para ver também que o platô é bem enrugado e possui uma gama infinita de tons de marrom e bege.

A muralha continuava e descia pelo outro lado do morro, terminando próxima à outra aldeia. Maravilhados com o visual, começamos a descer em direção ao mosteiro. Próximo a ele, encontramo-nos com o Ang Nima e pedimos-lhe que nos acompanhasse para servir de intérprete.

Na entrada, fomos recebidos por três jovens monges, com a cabeça raspada, vestindo o tradicional hábito cor de vinho. Não tinham mais que quinze anos de idade e deixaram-se fotografar sem constrangimento. Cobraram dois iuans (menos de meio dólar) para entrar, mas tive que pagar mais vinte iuans para me deixarem tirar fotos lá dentro. Paguei sem reclamar, ansioso que eu estava para conhecer um mosteiro tibetano por dentro. Era um sonho de muitos anos.

Atravessamos um pátio e subimos uma pequena escada que dava numa pesada cortina vermelha, toda ensebada no canto onde se põe a mão para abri-la. O interior do primeiro salão era belíssimo. O lugar era mal iluminado, mas dava para ver inúmeras pinturas pelas paredes, castiçais, móveis antigos, e uma infinidade de estatuetas douradas de Buda. O teto era ornamentado por alguns vitrais. As cores predominantes no salão eram o vermelho e o vinho. No centro havia duas fileiras de assentos, usadas pelos monges para rezar e meditar. O manto de cada monge ainda estava sobre os assentos. Um monge bem idoso veio nos receber e levou-nos para um segundo salão, meio escondido e bem mais escuro. O teto era bem mais alto que o salão anterior, e uma escada subia pelos dois lados de um altar, onde estavam guardados móveis e objetos antiquíssimos utilizados em cerimoniais. Fiquei tão seduzido pelo "clima" do lugar que não tinha mais vontade de ir embora.

Enquanto caminhávamos, o monge mais velho entoava um mantra em voz alta, olhando para as imagens de Buda e do Dalai Lama. A reza mais parecia um lamento. Fiquei tentando imaginar quantas gerações de monges já não haviam passado por ali. O silêncio era profundo, absoluto. Ainda bem que tínhamos o Ang Nima conosco para nos traduzir as histórias contadas pelo velho monge. Entrar naquele mosteiro foi, novamente, voltar alguns séculos no tempo. O Bá e o Edu foram privilegiados com presentes: o primeiro ganhou uma moeda antiga e o segundo, um pergaminho, que era uma verdadeira relíquia.

Quando saímos, já estava começando a escurecer e ainda tínhamos mais de uma hora de caminhada até o hotel. Andando em grupos separados chegamos às nove horas da noite, na hora do jantar. Logo na entrada, percebemos uma grande movimentação dos nossos sherpas carregando os caminhões. Aí apareceram o Zheng e o Ma Simin dizendo que partiríamos às três horas da manhã para o campo-base. Foi um choque. Tínhamos planejado ficar mais um dia em Xegar para melhorar nossa aclimatação. O campo-base fica simplesmente a 5.200 metros de altitude, e seria perigoso subir muito rápido até lá. Discutimos a situação durante o jantar e combinamos de pedir para ficarmos ali mais um dia. Mas não tinha jeito. Ma Simin disse que no outro dia não haveria caminhões disponíveis, pois eles são alugados de particulares. Conformados, arrumamos nossas mochilas às pressas e tentamos dormir um pouco.

CAPÍTULO 7
CONSEGUIREMOS?

"Os homens marcham aos confins do mundo por diferentes motivos. Alguns são impelidos somente pelo desejo da aventura; outros sentem uma intensa sede de saber; os terceiros obedecem à sedutora chamada de uma voz interior, ao encanto misterioso do desconhecido que os afastam dos caminhos rotineiros da vida cotidiana..." *Shackleton*

Acabamos perdendo a hora e só levantamos às 3h45min. A noite estava estrelada e o frio era intenso, muitos graus abaixo de zero. Dali em diante não haveria mais ônibus. Nossa caravana seria composta de três caminhões e iríamos todos, alpinistas e sherpas, na carroceria de um deles, junto com parte da carga. Antes de subir no caminhão tive que discutir com Ma Simin. É que ele tirou a lona que cobria a carroceria, afirmando que "morreríamos afogados" em tanta poeira. Argumentei que preferia morrer na poeira do que congelado. Depois de muita conversa, o bom senso prevaleceu e a lona foi recolocada. Helena e ele foram na cabine junto com o motorista. Era a madrugada do dia 3 de outubro.

Eu estava emocionado, ansioso, parecendo um adolescente no seu primeiro encontro com a namorada, e pensava comigo mesmo: "Bem, você queria ir para o Everest, não queria? Pois bem, aí está! Finalmente esse dia chegou!"

Na traseira do caminhão, embolados um em cima do outro, tiritávamos de frio. A estrada, logo de início, começa subindo em ziguezague até um passo a 5.200 metros de altitude. Em pouco mais de uma hora chegamos ao topo. Antes de o caminho começar a descer, pudemos presenciar um dos maiores espetáculos da natureza: a face norte do Everest e a gigantesca Cordilheira do Himalaia sendo iluminadas pelos primeiros raios de sol. O céu variava em tonalidades de lilás e cor-de-rosa, dando essas cores à neve das montanhas. O Everest se sobressaía, soberano. Impressionado com tanta grandeza, humildemente perguntei a mim mesmo: "Será que conseguiremos?" Naquele momento, acredito que todos pensaram o mesmo.

Lá embaixo paramos numa pequena vila para comermos alguma coisa. O sol estava subindo e, com ele, a temperatura.

Estávamos indo para o local onde instalaríamos nosso campo-base, aos pés da geleira Rongbuk, que desce da face norte do Everest. O lugar está a 5.200 metros de altitude e seriam seis horas de viagem para cobrir os noventa quilômetros que o separam de Xegar. Estávamos todos apreensivos com o fato de subirmos muito rápido para aquela altitude. Por não estarmos aclimatados, as chances de um de nós sentir os desagradáveis efeitos do ar rarefeito eram muito grandes. Mas não havia outra opção. Fazer o trajeto a pé seria muito desgastante.

No caminho, meus olhos percorriam incansavelmente a paisagem, e eu ficava imaginando as agruras por que passaram os primeiros ocidentais que se atreveram a desbravar aquele lugar tão inóspito. Era o ano de 1921 quando os ingleses fizeram a primeira expedição àquela montanha, com o objetivo de descobrir qual a rota mais fácil de acesso ao cume. A viagem começou na distante cidade de Darjeeling, na Índia, e tiveram que caminhar centenas de quilômetros, durante meses, enfrentando arduamente o ar seco, frio e rarefeito do desértico platô tibetano, a mais de 4.000 metros de altitude. Quase que inevitável, alguns deles não resistiram e pereceram no caminho. Entre tantas dificuldades, uma delas é inimaginável no dias de hoje: eles tinham que "achar" a montanha. Até então nenhum ocidental a tinha visto pelo norte, e não havia mapas nem fotos do Everest.

Depois do lanche, recomeçamos a viagem. A estrada de terra, construída pelos chineses no final da década de 50, ficava cada vez pior, repleta de buracos e pedras, e de repente acontece um acidente: levantei-me para pegar minha bolsa de fotografia e para me equilibrar segurei numa barra da capota da carroceria. Foi quando o caminhão deu um solavanco, perdi o equilíbrio e torci o braço, que se deslocou do ombro. Caí no chão da carroceria com o braço direito luxado, gritando de dor. Era a terceira vez na vida que isso acontecia. Aí foi aquele alvoroço, com todo mundo gritando para o motorista parar o caminhão. Era azar demais, pensei. Tantas oportunidades para isso acontecer e tinha que ser logo no dia que eu estava indo para o Everest?

Dias depois, escrevi no diário:

> *"De repente vi dois anos de sonhos, preparação física e psicológica, estudos, trabalho, dedicação e suor, tudo isso jogado fora, de uma única vez, por causa de um estúpido acidente. Além de chefe da expedição, todos confiavam na minha experiência e contavam com ela. Esforcei-me para dar a impressão de que tudo estava bem, mas pela minha expressão desconfio que não consegui. O Edu e o Kenvy logo recolocaram meu braço no lugar, sob os olhares de pena e preocupação dos demais. Tive que me segurar para não chorar."*

Com o braço no lugar, a dor diminuiu bastante, mas a terrível sensação de que a expedição terminava ali para mim me invadiu por completo. Mesmo assim, aos poucos fui readquirindo a calma. Acho que no fundo alimentava esperanças de que ainda ia ficar bom. Eu tinha uma certeza inabalável de que querer é poder, e se um dia eu quis ir ao Everest e tinha conseguido chegar até ali, não seria aquele acidente, não aquele, que iria me fazer desistir.

Ajudado pelos companheiros, desci cuidadosamente do caminhão e, com o braço imobilizado, troquei de lugar com a Lena, para ter um pouco mais de conforto.

De dentro da cabine era mais fácil admirar a bela paisagem, que compensava o desconforto da viagem.

Cruzamos algumas aldeias e avistamos outras pelo caminho. As casas seguem os padrões tibetanos e assemelham-se a pequenas fortalezas. Apesar de brancas, estavam cobertas por uma espessa camada de poeira. As pessoas, sempre com roupas grossas e escuras, paravam o que estavam fazendo para ver nossa caravana passar. A pele de todos era muito escura, provavelmente devido à fuligem de seus fogões, e à poeira, sol, vento e frio implacáveis daquelas altitudes.

Tudo era muito quieto e tranqüilo. O tempo ali parecia imutável. Tudo parecia ser como há centenas de anos: as roupas, as casas, os hábitos, a vida!

O caminho, bem rudimentar, seguia pelo fundo de um vale bem aberto e árido, com vegetação esparsa e rasteira. Aos poucos saíamos de um vale e entrávamos em outro. Quase sempre acompanhávamos um rio que teríamos que cruzar. Eu já havia lido histórias de muitos acidentes nessa travessia. O rio tinha uns quinze metros de largura, era raso mas muito rápido e com leito pedregoso. Para nossa sorte, uma robusta ponte de concreto havia sido inaugurada três meses antes.

O cenário lembrava cada vez mais um deserto. Apesar da proximidade, não dava para ver as montanhas nevadas, encobertas pelas colinas arredondadas que cercam o vale. Aproveitei a ocasião para tentar conversar um pouco com nosso oficial de ligação, sem o auxílio do intérprete. Como profundo conhecedor daquela região, contou que, se não houver neve na parede, o mês de outubro é o melhor do ano para se escalar o Everest pela vertente norte. Nessa época, o mau tempo e os períodos de melhoria não costumam durar mais que uma semana. Mas fez uma ressalva: se começar a ventar, não teremos a mínima chance de chegar ao cume. Na mesma hora, procurei afastar essa idéia da minha cabeça, mas ele tinha razão. Quando estive no Makalu, pude sentir na pele a fúria dos ventos himalaianos. São invencíveis!

Na última vila, demos uma parada para o Ma Simin conversar com um grupo de tibetanos e entregar um envelope a um sujeito que parecia ser o líder local.

Depois de poucos quilômetros, fizemos uma curva para a esquerda e entramos no Vale de Rongbuk, dando de cara com a enorme pirâmide branca do Everest, que dominava toda a paisagem. Aquela visão foi de tirar o fôlego. A montanha mais alta da Terra é tão colossal que fiquei como que hipnotizado olhando para ela. Eu simplesmente não conseguia desviar o olhar para outro lugar. O céu estava azul e não havia uma nuvem sequer. Depois de vê-la inúmeras vezes em livros e revistas e estudá-la em detalhes, lá estava ela bem na minha frente.

Rapidamente, o ambiente começou a ficar mais montanhoso e a estrada ainda mais irregular, muito pedregosa, com subidas e descidas abruptas. O rio que nasce nas geleiras do Everest descia à nossa direita, num nível mais baixo. O vale foi se estreitando e o caminhão avançava com bastante cuidado. Cruzamos um riacho congelado, e o caminho se estabilizou. De repente, como se fosse um oásis, avistamos o mosteiro de Rongbuk, o mais alto do mundo, a 5.030 metros de altitude.

A caravana parou defronte do mosteiro, e rapidamente saímos para fotografar e filmar. Um vento muito forte vinha da direção do Everest fazendo com que a sensação térmica[10] ficasse por volta de zero grau. Rapidamente, fomos explorar aquele mosteiro tão isolado do mundo.

---

10. É o índice que mais importa em ambiente de montanha, pois conjuga a temperatura ambiente com a velocidade do vento. Quando está ventando, a sensação térmica é muito inferior à temperatura indicada no termômetro. Vide tabela ao final do livro, nos apêndices.

Algumas construções estavam em ruínas, também destruídas pelos chineses, e outras foram ou estavam sendo reconstruídas. Num pátio interno encontramos alguns monges e monjas, todos sentados tomando sol, rezando de frente para livros antigos feitos com papel de arroz. Ang Nima logo começou a conversar com um deles. Enfiamo-nos em todas as construções e salas. Um artista estava pintando um afresco com a imagem de Buda e de vários deuses numa das paredes internas. Algumas salas eram iluminadas por pequenas aberturas no teto mas, no geral, tudo era muito escuro, rústico e antigo.

Como faziam para viver num lugar tão inóspito? De onde vinham seus alimentos? A aldeia mais próxima está a mais de 25 quilômetros dali! Como suportavam viver num lugar tão frio e com ar tão rarefeito? Eu nunca soube as respostas.

Bem, o passeio estava ótimo mas não víamos a hora de chegar no campo-base, sete quilômetros mais adiante. Subimos no caminhão e, com o coração batendo cada vez mais forte, fomos nos aproximando da realização do nosso sonho.

CAPÍTULO 8
"Tochítelê"

"Apenas o desconhecido amedronta o homem. Mas, uma vez que o homem enfrenta o desconhecido, esse medo se torna conhecido." *Antoine de Saint-Exupéry*

O local do campo-base é uma área espaçosa, a quase um quilômetro dos pés da geleira Rongbuk, no fundo do vale que leva o mesmo nome. Até a parede norte do Everest são mais 22 quilômetros de distância.

O vale, ali, tem cerca de 400 metros de largura e a área do acampamento fica à esquerda, na base de enormes paredões rochosos. À frente, uma pequena colina oferecia alguma proteção aos violentos ventos que vêm do Everest. À direita, no meio do vale, desce o rio que nasce na geleira mas, das barracas, nós não o víamos nem o ouvíamos.

O chão é relativamente plano, bem pedregoso, porém com alguns pontos de terra batida e resquícios de grama. Apesar de existir um pequeno lago bem ao lado do acampamento, a água era coletada em uma pequena nascente que existe junto à margem. E, luxo dos luxos: os chineses construíram um pequeno banheiro (apenas para as necessidades básicas) de alvenaria, inaugurado poucos dias antes. Apesar de destoar da paisagem, era muito útil: centralizava as "ações" e permitia sua utilização com qualquer tempo.

Inegavelmente, chegar de caminhão no campo-base é um conforto e tanto. Para se atingir o Everest pelo lado do Nepal, por exemplo, leva-se de 4 a 7 dias de caminhada a partir de uma pequena pista de pouso, e ainda é pouco: para se chegar aos pés do Makalu, é preciso caminhar 150 quilômetros.

Chegamos no local às 13 horas. Dali em diante teríamos 75 dias para tentar chegar ao topo do Everest. Fazia um sol gostoso, ventos moderados e temperatura bastante agradável, alguns graus acima de zero. Havia uma grande quantidade de barracas espalhadas por todo lado, de outras expedições que estavam ali acampadas.

Começamos a descarregar os caminhões e logo teve início uma grande agitação: limpar o terreno, montar as barracas, fotografar, filmar, agrupar as dezenas de barris com a nossa carga; e todos querendo fazer tudo ao mesmo tempo. Aos poucos, com a inestimável ajuda dos sherpas, tudo foi sendo organizado. Com o braço imobilizado eu não podia ajudar em quase nada e apenas sugeri que montassem a barraca-cozinha antes das demais. Em seguida, a equipe montou a barraca-refeitório e as nove barracas modelo canadense, que o Kaldhen nos alugou. Alpinistas e sherpas ocuparam sete delas, e duas serviram para depósito de equipamentos. Os chineses se instalaram numa gigantesca barraca já montada pelo oficial de uma expedição canadense. Não demorou e o vento começou a aumentar, levantando muita poeira.

Durante o jantar, recebemos a visita de vários alpinistas das outras expedições e aconteceu uma incrível coincidência. O cinegrafista de uma delas era o alpinista e fotógrafo canadense Patrick Morrow, que eu havia conhecido anos antes, quando estava indo para o Makalu. Morrow já era famoso na época por ter sido o primeiro homem a escalar a montanha mais alta de cada continente, num projeto chamado de Seven Summits ("Sete Cumes")[11], já repetido por muitos escaladores. Encontrar alguém conhecido naquele fim de mundo deu-me a sensação de que o mundo é realmente muito pequeno. Apesar do frio, a conversa foi animada até a madrugada, com cada um contando sua história.

Estávamos dividindo o campo-base com três expedições. O grupo mais simpático e animado era a equipe canadense que havia tentado escalar o Monte Changtse. O grupo mais tímido era a equipe da Índia, que tentou subir a face norte pela Grande Canaleta. Morrow fazia parte de outro grupo canadense, que tentou subir pela aresta norte, a mesma via que tentaríamos. Eu disse que todas "tentaram" subir, pois nenhuma tinha chegado ao cume, e já estavam indo embora. Não chegaram sequer aos 8.000 metros de altitude, derrotadas por ventos fortes e constantes. Fui deitar pensando no que o Ma Simin havia me dito sobre aqueles ventos, quando estávamos no caminhão.

---

11. Aconcágua, na América do Sul; McKinley, na América do Norte; Kilimanjaro, na África; Elbrus, na Europa; Everest, na Ásia; Carstensz, na Oceania; e Vinson, na Antártida.

Naquela primeira noite a temperatura foi de doze graus negativos, e mal consegui dormir, tamanha era a dor que sentia no ombro. Já prevendo isso, dividi a barraca com o Edu, que me receitou um forte analgésico.

Tiramos o dia seguinte para nos adaptar ao novo ambiente, ensaiar um princípio de organização e fazer uma visita de cortesia aos vizinhos. Logo cedo, Alfredo veio me avisar que a garrafa com o líquido da nossa bateria de automóvel havia sumido, e que sem isso não teríamos como armazenar a energia captada em nossos três painéis solares portáteis. Assim, não seria possível recarregar as baterias das filmadoras de vídeo durante a noite, quando não estariam sendo utilizadas. Fui ver se daria para conseguir outra bateria com a equipe de Morrow. O Barney e o próprio Alfredo me acompanharam.

Ao entrarmos numa gigantesca barraca-cozinha, fiquei impressionado com a quantidade de aparatos eletrônicos de que dispunham. Tinham até uma completa estação de telefone via satélite, que lhes permitia conversar com suas famílias lá no Canadá. Nós também bem que tentamos levar uma estação dessas conosco, mas tivemos que desistir por absoluta falta de verbas. Ganharam de nós o apelido de "expedição hi-tech". Apesar de contarem com um orçamento de US$ 750 mil e possuírem uma equipe grande e poderosa, equipada com toda essa parafernália, disseram que chegaram apenas a 7.800 metros de altitude, impedidos de subir mais pelas violentas rajadas de vento.

Aproveitei a visita para obter algumas informações de última hora sobre o trajeto e as condições climáticas. Informaram que enfrentaram muita neve e avalanches até o dia 23 de setembro, quando terminou o período das monções, e que depois disso o vento se tornou seu maior inimigo. Depois de quase dois meses de tentativas frustradas, deram a expedição por encerrada quando perderam seu campo 5, carregado pelo vento. Como estariam partindo dali a poucos dias, ofereceram-se para vender inúmeros equipamentos, principalmente as cordas-fixas[12] que haviam instalado na perigosíssima pa-

---

12. Cordas, geralmente de nylon, que vão sendo instaladas pelos alpinistas conforme eles vão subindo pelas encostas de uma montanha. As extremidades são presas por estacas ou grampos de alumínio cravados na rocha ou no gelo. Servem para tornar mais seguro o sobe-e-desce dos escaladores. Uma vez conectado às cordas por um aparelho especial preso na cintura, o alpinista pode escalar ou descer seguindo seu próprio ritmo. Além disso, as cordas-fixas funcionam como uma trilha a ser seguida, muito útil em dias de tempestade. Nas encostas geladas das grandes montanhas, dificilmente os alpinistas sobem "pela corda", mas apenas conectados a ela.

rede de gelo que leva ao colo norte. O chefe da expedição insistiu tanto para comprarmos seus "produtos" por alguns míseros milhares de dólares que fomos embora, dizendo que daríamos uma resposta mais tarde.

Saí de lá realmente interessado nas cordas-fixas, pois nos economizaria muito trabalho e riscos. Fui logo falar com o Ang Rita, *sirdar* (chefe) dos nossos sherpas. Ele deu aquele sorriso de "raposa" e disse para não comprarmos nada. Contou que no campo-base do Everest existe muito "comércio" entre as expedições, mas que não deveríamos cair nessa cilada. Ele tinha certeza de que os canadenses acabariam deixando tudo de graça para nós. Sairia muito mais barato abandonar as coisas na montanha que despachar de volta para o Canadá. E quanto às cordas já fixas, era óbvio que eles não iriam subir tudo de novo para tirá-las de lá. Além de perigoso, seria muito desgastante. Enfim, não teriam outra alternativa senão deixar muita coisa para nós.

No dia seguinte fui dizer aos canadenses que não queríamos comprar nada pois não tínhamos dinheiro, o que não era uma total inverdade. O chefe da equipe desconfiou das minhas intenções e ficou bem irritado, mas o Ang Rita tinha razão. No dia em que eles foram embora, o Paulo achou uma bateria de automóvel, novinha e lacrada, abandonada no lixo.

Nos dias que se seguiram, tratamos de impor uma rotina. O dia começava por volta das sete horas, quando os cozinheiros, seguindo a tradição dos sherpas, nos acordavam oferecendo uma xícara de chá:

– *"Good morning sir, black tea or milk tea?"* – perguntavam a cada um de nós. A temperatura, a essa hora, invariavelmente era a mesma da madrugada, por volta dos 15 abaixo de zero, e só subia quando o sol atingia o acampamento, por volta das dez horas da manhã.

Depois de vestir várias camadas de roupa, todos se dirigiam para a barraca-refeitório, confortável e espaçosa, onde havia duas mesinhas de vime e vários banquinhos. Logo os cozinheiros serviam o café da manhã, que era farto e variado: chá, chocolate quente, café, torradas, panquecas, geléia, mel, biscoitos, omeletes etc. Apesar de nosso relacionamento com os sherpas ter sido o mais cordial e informal possível, eles preferiam comer separados, na barraca-cozinha: podiam tomar seu próprio café da manhã, "estilo nepalês", e ficavam mais à vontade para conversarem no seu idioma.

Após o café era hora de trabalhar, e havia muitas coisas a serem feitas. A tarefa principal era separar, checar e empacotar nos barris de plástico cada item dos equipamentos e mantimentos que seriam levados para os acampamentos superiores. Entre o campo-base e o cume tínhamos planejado instalar seis campos intermediários.

Além disso, cada *member* tinha uma função específica. O Edu elaborava os kits de primeiros socorros e relembrava as aulas de como utilizá-los. O Paulo era o principal responsável pelas filmagens e encarregado de ensinar a todos como operar nossas três filmadoras de vídeo. O Alfredo era o nosso rádio-operador, encarregado de instalar os painéis solares e nos ensinar a operar nossos sofisticados *walkie-talkies*. O Ramis e a Helena controlavam os estoques de mantimentos; o Kenvy checava os equipamentos de alpinismo; o Barney era o responsável pela documentação fotográfica, e eu, como chefe da expedição, coordenava os trabalhos, ajudando em tudo um pouco.

Os primeiros dias a 5.200 metros foram os mais difíceis. Como nosso organismo ainda não estava devidamente aclimatado àquela altitude, ficávamos cansados com relativa facilidade e quase todos sentiam algum desconforto, como dores de cabeça, indisposição, insônia e maior dificuldade para se acostumar ao frio.

Outro sério problema na altitude é que o sangue fica mais viscoso. Isso se deve ao fato do sangue produzir mais hemácias para compensar a falta de oxigênio. Estando mais viscoso ele deixa de circular pelos capilares, fazendo com que as chances de congelamento das extremidades aumentem... independentemente da temperatura ambiente. Para diluir esse sangue fomos forçados a ingerir 3 a 4 litros de líquidos por dia. E se não é nada fácil beber tudo isso, mais difícil ainda é produzir diariamente essa quantidade de água para todo o grupo. Mas não havia escolha. Por uma questão de sobrevivência, tivemos que derreter quilos e quilos de neve todos os dias, até o final da expedição.

O que mais sofria com a altitude era o intérprete, que praticamente não saía da sua barraca. Felizmente, para mim, quatro dias depois da nossa chegada a dor no ombro desapareceu e logo conseguia movimentar o braço normalmente.

O trabalho que mais demorou para ser executado foi o de separar a comida que seria levada para cima. Nossa dieta seria à base de alimentos liofilizados, os mais leves e de fácil preparo que existem. Através de um processo especial de secagem a vácuo, esses alimentos, quando reidratados, mantêm a cor, textura, paladar e, principalmente, as vitaminas e proteínas do produto original.

Cozinhar em grandes altitudes é uma tarefa difícil e cansativa. Acima do campo-base só se obtém água através do derretimento de neve, o que consome muito tempo e combustível. O resultado é uma água destilada, desprovida dos sais minerais necessários ao organismo, e que, portanto, necessita ser sempre misturada a alguma coisa – chás, sopas, sucos em pó etc.

Devido à menor pressão atmosférica, surge outro problema: a água ferve a temperaturas inferiores aos 100 graus centígrados, o que dificulta o cozimento dos alimentos. E, além disso, é preciso repor uma enorme quantidade de calorias que o alpinista perde devido ao brutal esforço físico despendido durante uma escalada. Para nossa felicidade, a Liotécnica havia elaborado vários cardápios especiais que supriam nossas necessidades e variavam de acordo com a altitude onde pernoitaríamos. Eram dezenas de itens que, misturados, permitiam criar inúmeros pratos. Só para citar alguns exemplos, tínhamos desde carne, frango, risotos, feijão, batata e champignon liofilizados, até sobremesas e refrescos.

Conforme solicitação nossa, a empresa forneceu alimentos para 16 pessoas: os 8 alpinistas, nossos 4 sherpas, 2 cozinheiros e os 2 chineses, nosso intérprete e o oficial de ligação. Eram suficientes para 84 dias: 75 dias que tínhamos de autorização para ficar na montanha, mais uma margem de segurança. Mas não contávamos que os sherpas e os chineses, que também levaram seu próprio alimento, só consumissem a comida típica local a que estão acostumados. Conclusão, tínhamos comida em excesso. Tivemos que ficar vários dias calculando e separando cada item que levaríamos para cima. O trabalho para saber "o que" estava "onde" era desanimador, pois eram 50 enormes barris cheios com 1,6 tonelada de alimentos, distribuídos em milhares de embalagens plásticas e/ou aluminizadas de todos os tamanhos.

Esse excesso de comida deveria ter sido deixado em Kathmandu, mas, como isso não foi possível, fomos forçados a separar tudo ali mesmo, sob frio e vento. A Lena era a responsável pela alimentação e encarregada desse trabalho; porém, além de ser injusto deixá-la fazer tudo sozinha, simplesmente todo mundo queria dar seu palpite nesse assunto tão importante.

Na hora de separar a comida ou os equipamentos, não podíamos contar com nossos sherpas, pois eles não liam as instruções em inglês e, obviamente, muito menos as embalagens em português.

Uma coisa que todos nós fazíamos, preparando-nos para enfrentar os rigores da escalada dali a alguns dias, era experimentar as diferentes combinações de roupas. Tínhamos o que havia de mais moderno em vestimentas, todas confeccionadas com fibras especiais, importadas. O objetivo era tentar ampliar ao máximo o limite de segurança e conforto sob sensações térmicas de muitos graus abaixo de zero. Isso seria ainda mais importante quando estivéssemos em altitudes mais elevadas, já desgastados pelo cansaço e ar rarefeito.

Essas roupas funcionam num sistema de até quatro camadas. A primeira, junto ao corpo, tem a função de manter uma temperatura confortável junto à pele. Uma malha fina de polipropileno, ao invés de absorver o suor, transfere-o para a próxima camada. Esta, geralmente de lã, tem algum poder de isolamento e serve para absorver a transpiração, que boa parte se evapora e o restante é absorvido pela camada seguinte. A terceira camada é a mais espessa. Tínhamos agasalhos especiais, forrados com o que há de mais moderno em fibras sintéticas, tipo *"fleece"* (nylon), *"pile"* (poliéster); e outros forrados com penas de ganso. Cada um para diferentes condições de clima. Devido à espessura dessas vestimentas, são as que melhor isolam.

Na realidade, a função dessas roupas (aliás, como qualquer outra) não era a de "esquentar", mas a de segurar dentro delas, pelo maior tempo possível, o calor produzido pelo próprio corpo.

A última camada servia para nos proteger apenas contra o vento e a neve, visto que em grandes altitudes não chove. Essas últimas eram de "goretex", que é na verdade um *nylon* com uma película especial por dentro, tipo teflon. Essa película possui microporos, pequenos o suficiente para impedir a passagem dos elementos, mas grandes o bastante para permitir a saída do vapor da transpiração.

Combinando bem essas camadas, conseguíamos ter algum conforto mesmo sob grandes oscilações na temperatura.

Enquanto ficávamos no campo-base entretidos com a organização, tínhamos a preocupação constante de checar as condições climáticas e, principalmente, as condições na parede. Eu subia, então, na pequena colina à nossa frente, munido de possantes binóculos e teleobjetivas, e analisava a face norte. Fazia isso a intervalos regulares, para visualizar diferentes configurações de sombras. Examinando aquela verdadeira muralha de rocha e gelo, eu procurava com os olhos o melhor caminho para atingirmos o cume.

Tínhamos basicamente duas opções, ambas a partir do colo norte, a 7.050 metros de altitude. A primeira seria subir a aresta norte até o fim, bem à esquerda da parede, e conectar com a aresta nordeste, a 8.400 metros de altitude, que, num caminho longo, estreito e acidentado, leva ao topo. Se escolhêssemos essa via estaríamos literalmente seguindo os passos dos pioneiros Mallory e Irvine. A outra opção seria pela via Messner, isto é, subir pela aresta norte até cerca de 7.600 metros de altitude, fazer uma longa travessia em diagonal à direita, conectar a Grande Canaleta a 8.000 metros de altitude, e dali seguir uma linha quase reta até o cume.

Cada via apresentava um sério problema. A primeira estava terrivelmente exposta aos violentos ventos que, invariavelmente, vinham da direita, isto é, de Oeste. Ser surpreendido pelo vento naquela aresta seria extremamente perigoso e qualquer tentativa de montar ou manter um acampamento seria seriamente dificultada por esse fator. Já a via Messner tem o inconveniente de acumular muita neve fofa e ficar a maior parte do tempo na sombra, onde as temperaturas são ainda mais absurdamente baixas.

A expedição indiana, nossa vizinha no campo-base, havia tentado subir a Grande Canaleta desde a sua base, a 5.800 metros de altitude. Só conseguiram atingir os 7.500 metros de altitude. Informaram, para surpresa geral, que quase não havia neve na parte superior da canaleta e por isso o caminho estava obstruído por uma parede rochosa com 80 metros de altura, muito inclinada e difícil de ser escalada. Somente uma forte nevasca poderia encobrir tal obstáculo.

Dia após dia, como que esperando uma solução "divina", subíamos aquela colina na esperança de ver uma mudança na configuração da canaleta, mas foi em vão. E, para piorar a situação, o Everest mais parecia um vulcão: uma nuvem espessa e alongada saía bem do topo, em direção a leste. Isso era uma evidência clara de que o cume estava constantemente fustigado por violentas rajadas de vento. Depois de confabular com os sherpas e com os demais, decidi que, a princípio, seguiríamos os passos dos pioneiros ingleses.

O grupo parava de trabalhar no meio da tarde, quando começava a ventar forte. A ventania provocava verdadeiras tempestades de poeira, que se infiltrava pelas frestas das barracas e cobria tudo com uma fina película. A essa hora a temperatura, que girava em torno dos 15 graus positivos, começava a cair vertiginosamente, e todos corriam para as barracas para pegar mais agasalhos.

Antes do jantar, o Edu fazia um rápido exame em cada um de nós. Checava a pressão arterial, os batimentos cardíacos e, com um pequeno aparelho, examinava o fundo do olho, em busca de alguma microemorragia de retina. Qualquer alteração significativa detectada poderia ser um sinal de que o indivíduo estaria tendo problemas de aclimatação. Felizmente, após alguns dias no acampamento, todos estavam, aparentemente, bem adaptados àquela altitude. O teste definitivo só viria quando começássemos a exercitar-nos, caminhando com mochilas para altitudes mais elevadas.

Depois de alguns dias, até de dentista o Edu trabalhou, quando o Danu teve um dente quebrado.

O jantar era servido logo após o anoitecer, seguido de horas de bate-papo e discussões. A maioria ia dormir entre nove e onze horas da noite.

As noites eram claras e muito estreladas. Graças à pureza do ar em grandes altitudes, as noites naquele lugar são de uma beleza impressionante. Antes de entrar na barraca para dormir, eu adorava ficar olhando para o céu. Cheguei até a sonhar algumas vezes que passava a noite lá no topo, no ponto mais alto do mundo, pegando aquelas estrelas com as mãos. Ficava sempre tentando imaginar como seria o mundo visto lá de cima.

As madrugadas eram tranqüilas, exceto uma, quando o Tenji, que dormia na cozinha, teve um pesadelo e começou a gritar e delirar. Todos acordaram, mas ele logo ficou quieto. No dia seguinte, os sherpas caçoaram dele, afirmando que havia sonhado com o Yeti, o abominável homens das neves. Todo mundo morreu de rir.

Depois de alguns dias no campo-base, foi chegando o momento de tomar uma decisão crucial e inevitável. Como chefe da expedição, eu teria que decidir quem integraria a equipe de frente, responsável por abrir a via e que, teoricamente, teria mais chances de chegar ao cume; e quem integraria a equipe de apoio. Eu tinha uma preocupação muito grande em saber como seria a reação de cada um. Já tínhamos um plano básico de ação, mas seriam os alpinistas que o executariam. Uma decisão errada poderia baixar o moral da equipe, destruir o entusiasmo de alguns e comprometer seriamente todo nosso planejamento.

A estratégia utilizada para se escalar uma grande montanha como o Everest exige que a equipe ajude apenas dois de seus membros a chegar no cume da montanha. Em caso de sucesso, a equipe como um todo será vitoriosa, mas serão aqueles dois que marcarão "o gol da vitória", terão uma satisfação pessoal muito maior e ficarão com a fama, enquanto os que os ajudaram serão rapidamente esquecidos. Nesse aspecto, como disse Chris Bonington, escalar o Everest apresenta um problema muito maior que dar a volta ao mundo num veleiro, onde todos estão literalmente no mesmo barco e devem trabalhar juntos para levá-lo em segurança até o final. Na montanha, principalmente quando é afetado pela rarefação do ar, é muito fácil para um alpinista perder o entusiasmo, desistir e ir embora para casa, como já ocorreu em inúmeras expedições. Todos tinham consciência disso.

Para tentar manter o grupo unido e motivado, resolvi primeiro ter uma conversa franca e a sós com cada integrante. Na ocasião, fiz uma série de perguntas e observações, e ouvi o que cada um tinha para dizer. Depois, esperei o momento certo após o jantar e, com o maior tato possível, expus minha decisão ao grupo. Baseado nas minhas conclusões, na experiência de montanha, no condicionamento físico e no estado emocional de cada um no momento, decidi que o Barney, Alfredo, Paulo e eu formaríamos a equipe de frente. O Ramis, Kenvy e Helena, além do Edu, formariam o grupo de apoio.

Foi um momento que eu nunca mais vou esquecer. Fazia muito frio, com a temperatura ambiente já muitos graus abaixo de zero. A barraca estava escura, iluminada apenas por um pequeno lampião. Enquanto eu falava, procurando manter a calma, o clima ficou nitidamente tenso, com todo mundo de rosto fechado, ouvindo no maior silêncio. Mas ao terminar, para meu espanto, não houve grandes discussões. Cada um falou o que achava e, felizmente, todos concordaram com minha decisão e meus critérios, o que foi um grande alívio.

Naqueles primeiros dias de campo-base, minha opinião e admiração por aquele grupo foi registrada da seguinte forma no diário:

"O Alf é sempre brincalhão, tranqüilo e muito habilidoso com fios, baterias e tralhas eletrônicas. Gosta de ajudar os cozinheiros, e é um excelente mestre-cuca. Faz um spaguetti...

O Kenvy também é tranqüilo, manso, daqueles que preferem falar por último, sem nunca alterar a voz. É extremamente racional nas opiniões, lúcido e esforçado. Não entra em discussões.

O Edu adora fazer gozações. O Barney é sua principal vítima. Em grupo é sempre bem humorado e está cuidando da parte médica com muita dedicação. É neutro nas discussões. Sem experiência para trabalhos que não sejam da área médica, é sempre solícito quando chamado. Está mui-

to bem de saúde e de espírito neste lugar que, à primeira vista, não combina com ele.

O Paulo também está sempre otimista e de bom humor. Racional nas decisões e opiniões, é calmo mas muito falador. Não se omite jamais. Está sempre se preocupando com uma atividade que considero muito chata: as filmagens, filmadoras, e as baterias e fitas, que acabam a todo instante.

A Lena tem um temperamento difícil mas é esforçada. Está levando a sério sua função de controle dos mantimentos, e faz coisas que a maioria não tem habilidade para fazer, como costurar os emblemas dos patrocinadores nas nossas roupas por exemplo; mas detesta ser criticada. Sempre simpática e amiga em São Paulo, infelizmente aqui tem se mostrado uma pessoa nervosa e que adora discutir, sempre tentando impor suas opiniões. Não pára de implicar com o Ramis. Acho que ela nunca aceitou a inclusão dele na equipe, a poucos meses da viagem.

O Bá é sempre o intelectual, pragmático, ora bem humorado, ora meio ranzinza. Está sempre enfiado nas suas coisas, principalmente fotografia. Dificilmente se oferece para fazer trabalhos coletivos e, quando chamado, ajuda meio a contragosto. É muito lúcido nas opiniões, mas tem pavio curto. É considerado por todos como o mais individualista do grupo.

O Ramis é o "easy going". Trabalha muito mais para o grupo que para si mesmo. Solícito, sempre toma a iniciativa para uma porção de trabalhos. É também muito organizado, tranqüilo e respeita a maior experiência dos demais.

Como dá para ver, é um grupo heterogêneo mas que se completa. A experiência de montanha de cada um é parecida mas o temperamento faz a diferença. O Bá é mais decidido porém mais emotivo. O Paulo e o Alf são mais ponderados. A Lena é a "oposição", sempre vendo o outro lado de cada questão. O Edu, por não ser alpinista, é quase sempre neutro. O Kenvy se supera com determinação "oriental". O Ramis procura aprender com humildade tudo o que os outros possam lhe ensinar."

No final da tarde do dia 10 de outubro chegaram nossos iaques, escoltados pelos tibetanos das aldeias próximas. Havíamos solicitado junto à ACM 21 desses animais para nos auxiliar no transporte de equipamentos e mantimentos até o campo-base avançado. Os iaques são bastante peludos e alguns são muito bonitos, com os pêlos totalmente brancos. Todos têm sinos, adornos e um pedaço de tecido onde estão pintadas inscrições sagradas, amarrados no pescoço. Apesar da aparência tranqüila, são muito ariscos e não deixavam que nos aproximássemos.

O dia para sua chegada foi escolhido por nós, já prevendo um período para nossa aclimatação, mas quem marcou o "encontro" foi o Ma Simin, quando estávamos a caminho do campo-base, através daquele envelope que ele havia entregue ao líder da última aldeia.

Quando os tibetanos chegaram, o acampamento estava na sombra e fazia muito frio. Mesmo assim, enquanto eles montavam suas barracas, a maioria de nós ficou em volta, cheios de curiosidade. Suas barracas não têm chão e possuem uma grande abertura no teto, que funciona como uma chaminé, permitindo assim que eles cozinhassem no seu interior. Eram dez homens, inclusive um garoto de uns dezesseis anos. Os tibetanos são bem mais altos que os nepaleses, e ficamos todos surpresos com a resistência desses homens ao frio e ao vento. Usam roupas grossas, quase primitivas, muitas vezes de pele de carneiro, e possuem longas tranças no cabelo, que são presas em volta da cabeça e adornadas com anéis e pedras coloridas. Não usam gorros ou luvas e todos têm o rosto e as mãos curtidos pelas ásperas condições daquele lugar. Logo um deles pegou uma velha bacia e coletou no chão esterco de iaque, que serviria de combustível para fazerem o jantar.

Passamos o dia seguinte pesando todos os barris que iriam subir para o campo-base avançado (CBA), a 6.500 metros de altitude, já na base da parede do Everest. A balança de mola ficava presa numa trave de madeira, que ficava apoiada nos ombros de um tibetano e do Alfredo. Cada vez que um barril era levantado, todos se aproximavam para ver o que a balança indicava. Eu me sentia como um daqueles mercadores antigos.

Logo percebemos que 21 iaques seriam insuficientes para toda a carga. Como nossos barris estavam mais pesados que o permitido pelos regulamentos da ACM (25 quilos), houve muita discussão e perda de tempo.

A coisa é meio complicada. Cada iaque transporta, conforme os regulamentos, 50 quilos divididos em dois volumes iguais. Como não há comida para esses animais pelo caminho até o CBA, alguns iaques são reservados para transportar feno aos demais. Só que os tibetanos, espertinhos, trouxeram o número exato de iaques que havíamos contratado. Conclusão: não havia animais suficientes para nossa carga e seria necessário fazer duas viagens com alguns deles. Os tibetanos fazem isso porque ganham por iaque e por dias de trabalho.

Bem, por nosso lado, tentamos minimizar o problema colocando mais peso nos barris (uns 35 quilos em média), e foi aí que se deu a discussão.

Nessa hora, nossos sherpas foram de suma importância. Como eles também falam tibetano, serviram de intérpretes na negociação e resolveram o problema para nós. O dinheiro que eles nos economizaram quase pagou seus salários. Na verdade, até hoje nenhum de nós entendeu muito bem o que aconteceu. Os tibetanos levantavam barril por barril e ficavam bravos dizendo que estavam muito pesados (e estavam mesmo). Nós falávamos que não, que era apenas impressão deles. Aí fizemos o teste da balança, e eles ficaram todos sorridentes, vendo que estavam com a razão. E assim, felizes por nos provarem que estávamos errados e que não estavam sendo enganados, resolveram aceitar a maioria dos barris, pesados do jeito que estavam! Surpresos e aliviados, selamos nosso acordo com muitos sorrisos e vários apertos de mão, gritando *"tochítelê"*, que é a saudação local.

CAPÍTULO 9
"PORQUE ELE ESTÁ LÁ!!"

"Felizes são aqueles que sonham sonhos e desejam pagar o preço para vê-los realizados."

Entre o campo-base e o Everest está o Monte Changtse (7.583 metros), e para se chegar ao primeiro existem duas alternativas (ver mapa à página 119): subir a geleira Rongbuk Central, passar pela direita do Changtse e atingir a face norte "verdadeira", como é chamada; ou subir a geleira Rongbuk Leste, que contorna o Changtse pela esquerda, e chegar na base da parede que leva ao colo norte, que dá origem à aresta norte. Como seria por esta aresta que subiríamos, fomos pela esquerda.

O trajeto é longo e forma um grande semicírculo de 22 quilômetros, por sobre a moraina[13] da geleira. No caminho instalaríamos o Campo 1 a 5.600 metros de altitude, o Campo 2 a 6.000 metros e, no final, o Campo 3, nosso campo-base avançado, a 6.500 metros de altitude.

Como os tibetanos têm fama de surrupiar os equipamentos deixados nesses campos quando retornam para o campo-base, decidimos dividir nossa equipe em dois grupos. Sendo assim, na tarde do dia 12 de outubro, o Paulo, Lena, Barney e Ramis, acompanhados de 3 sherpas, um cozinheiro e dos tibetanos e seus iaques, começaram a longa subida. O dia, como todos os demais, estava ensolarado, sem nuvens, mas muito frio e com fortes rajadas de vento. O Paulo e o Barney tinham instruções de, tão logo chegassem no Campo 3, fazer um reconhecimento da parede de acesso ao colo norte junto com o Ang Rita.

---
13. É a parte final da geleira, totalmente encoberta por pedras que se originam da erosão das encostas próximas.

Depois que partiram, subi na enorme colina de pedras à esquerda do acampamento e fiquei admirando aquela caravana de homens e animais distanciando-se aos poucos. Finalmente começamos a subir, pensei. Havíamos saído do Brasil há 42 dias e não tínhamos escalado nada ainda. Sentado numa pedra, fiquei refletindo sobre tudo aquilo que estava acontecendo e como foi que cheguei até ali.

Acredito que, mesmo inconscientemente, a idéia de um dia escalar montanhas começou quando ainda era criança. Lembro que, ainda pequeno, eu me deliciava ao ver as fotos, publicadas com destaque pela revista *Manchete*, das expedições que o alpinista brasileiro Domingos Giobbi fazia à Cordilheira dos Andes. O branco das neves, a beleza selvagem das montanhas, as roupas volumosas e coloridas, aquelas fotos transmitiam uma grande e gostosa sensação de liberdade e aventura, que me fascinava.

Por sermos uma típica família de classe média paulistana, meu pai logo tratou de me desestimular: "Esqueça! Alpinismo é coisa para milionários, que têm tempo e dinheiro de sobra". Mas eu não esqueci. Como todo adolescente, tinha meus delírios e achava que nada era impossível. A atividade profissional de meu pai forçava-o a viajar com freqüência e não sei se isso me influenciou ou não, mas o fato era que o gosto por viagens estava fortemente arraigado dentro de mim. Com 15 anos de idade eu já tinha excursionado por quase todo o Brasil.

Com 19 anos, cursando o segundo ano da Escola Superior de Propaganda e Marketing, saí para minha primeira grande "aventura". Com apenas uma pequena mochila às costas e alguns trocados, eu e meu amigo Molina partimos de carona até o Nordeste, acampando pelas praias e, como é comum nesse tipo de viagem, vivendo grandes peripécias.

Logo na volta comecei a sonhar mais alto. Cismei que eu queria cruzar a Cordilheira dos Andes e chegar do outro lado da América, para ver o Oceano Pacífico. Não encontrando nos meus círculos de amizade alguém para me acompanhar, e totalmente carente de informações, comecei a procurar ajuda. De repente, caiu-me nas mãos uma revista Placar Aventura, que falava de todos os esportes de risco, orientações de como se iniciar e endereço dos principais clubes. Procurei o Centro Excursionista Universitário (CEU) da USP. No clube, até hoje, reúnem-se semanalmente dezenas de jovens que praticam, de maneira organizada e consciente, os mais variados esportes de aventura: caminhadas por trilhas em mata, em praias e montanhas; espeleologia; canoagem; mergulho e alpinismo. Fui ao lugar certo, pensei. Logo fiz vários amigos e comecei a treinar alpinismo. Foi amor à primeira vista. A partir daí minha vida mudaria radicalmente. Eu estava decidido a levar o esporte a sério e não pretendia parar de viajar e escalar tão cedo.

Dois meses depois, no final de 1980, fiz minha primeira escalada, no Pão de Açúcar, no Rio de Janeiro, e na semana seguinte parti com três companheiros do clube para a viagem que eu tanto queria. Cruzamos parte da Bolívia no famoso "trem da morte", fomos a Cuzco e Machu Pichu, no Peru, vi o Pacífico pela primeira vez em Arica, no Chile, cruzei o país de ponta a ponta até o extremo sul da Patagônia e depois, na volta para o Brasil, cruzei os Andes na altura de Mendoza.

Nessa viagem vi lugares fantásticos, que iam muito além da minha imaginação. Mas eu queria mais. Queria conhecer mais a fundo essas maravilhas da natureza. Queria percorrer os vales, atravessar os *canyons*, subir ao topo das montanhas, desbravar lugares escondidos, mas que são "proibidos" ao cidadão comum.

Em 1982, já formado, parti, com dois amigos, para minha primeira expedição. Foi na Cordilheira Branca, no Peru. Antes da viagem, fomos ao Clube Alpino Paulista em busca de informações com o alpinista que mais conhecia aquela região: Domingos Giobbi. Embora ele nem desconfiasse, e eu, tímido, estivesse envergonhado de lhe contar, ele tinha sido meu inspirador na infância e agora, já adulto, eu estava indo para o Peru tentar repetir seus feitos. Ele nos aconselhou a não irmos para o Monte Huascarán (6.768 metros), pois era muito perigoso e não tínhamos experiência suficiente. Eu não tinha nenhuma, mas nem me atrevi a lhe contar.

Naquela oportunidade, depois de chegarmos ao cume do Monte Pisco (5.782 metros), teimosos, fomos para o perigoso Huascarán. Após duas perigosas tentativas, chegamos a apenas 300 metros do topo. Só não chegamos lá em cima devido ao mau tempo. Mas, depois de um grande desafio, ao invés de decepcionado, eu estava realizado. Foi descendo aquelas encostas geladas que percebi que eu não conhecia meus reais limites e que tinha forças internas que eu desconhecia, que me permitiam controlar o medo e o cansaço e prosseguir até o limite que a natureza me impunha. E foi essa força interna que me permitiu vencer a parte mais difícil e perigosa daquela montanha que o experiente Domingos Giobbi tinha me aconselhado a não ir.

Na volta ao Brasil, um pequeno incidente se transformou num golpe de sorte. Na escala em La Paz, na Bolívia, o avião em que estávamos ficou com excesso de passageiros. Como é praxe nesses casos, um agente da companhia aérea ofereceu uma compensação para quem se dispusesse a descer do avião e esperar o próximo vôo dali a quatro dias. Além de hospedagem gratuita na cidade, o passageiro teria direito a uma passagem de ida-e-volta a qualquer lugar das Américas. Ao saber disso, eu e os dois amigos "voamos" escada abaixo. Cinco dias depois chegamos em São Paulo, com uma passagem grátis para São Francisco, nos Estados Unidos.

No ano seguinte lá estava eu fazendo minhas modestas escaladas na Meca dos alpinistas de todo o mundo: o Parque Nacional de Yosemite, na Califórnia.

No início de 1984 fui com três amigos do Clube Alpino Paulista para o Aconcágua (6.959 metros), na Argentina, a montanha mais alta das Américas. Subimos pela via "normal", que é praticamente uma caminhada até o topo. Novamente a alegria da chegada ao cume foi enorme, compensando todos os esforços. Apesar de fácil tecnicamente, o ar rarefeito, o frio e o vento tornaram a subida extremamente desgastante e perigosa. Muitos alpinistas que subestimaram esses perigos sucumbiram naquelas encostas. Dessa vez minha adaptação à altitude foi excelente, pois, conhecendo melhor meu organismo, aprimorei-me nas técnicas de aclimatação.

Meses depois voltei para a Califórnia, onde acabei ficando por três anos. Nesse tempo tive oportunidade de fazer escaladas em gelo, esquiar e adquirir alguns dos melhores e mais modernos equipamentos de escalada da época. Outra coisa muito importante é que viver lá me permitia fazer contato com alpinistas estrangeiros e tornava fácil o acesso às informações mais recentes. Conheci alpinistas que já tinham escalado no Himalaia, no Alaska, na Antártida e em outras regiões remotas do nosso planeta. Meu mundo se abria, e a lista de lugares que eu queria conhecer não parava de crescer. Eu estava decidido a conhecer todos eles, e adquirir experiência em montanhas geladas, frio extremo e altitude seria fundamental. Além disso, eu tinha que aprender mais sobre organização de expedições.

Por estar vivendo nos Estados Unidos, decidi ir ao Alaska primeiro. Lá, com certeza, eu encontraria todos aqueles ingredientes. Meu objetivo era escalar o Monte McKinley, com 6.192 metros de altitude. Por estar a 63 graus de latitude norte, e a poucos quilômetros do círculo polar, é considerada uma das montanhas mais frias do mundo. Não seria uma tarefa nada fácil, pois iria apenas com meu amigo Beto, companheiro de outras escaladas, mas totalmente inexperiente em ascensões em gelo. A responsabilidade era enorme: caberia somente a mim tomar as principais decisões. Era final de primavera no hemisfério norte, estação em que o sol nunca se põe abaixo do horizonte nas grandes latitudes. É a época do famoso sol da meia-noite, quando o dia é iluminado pelo sol durante as 24 horas. A experiência foi fascinante. A subida do McKinley oferece perigos constantes, o ar que se respira é gelado e rarefeito; além disso, enfrentamos violentas tempestades de neve, temperaturas de até 35° abaixo de zero e, no último dia, rajadas de vento acima dos 120 km/h. Mas nada disso adiantou. Nós chegamos lá em cima! A chegada, no começo da "noite", no ponto mais alto da América do Norte não podia deixar de ser emocionante, e nenhum dos dois conseguiu segurar as lágrimas. A visibilidade estava perfeita e podíamos ver montanhas até onde o olhar alcançava.

No final do ano seguinte eu estava indo para o Makalu, no Himalaia, integrando uma expedição polonesa. Depois de ter ido à Antártida e voltar aos Andes, agora estava eu no Everest.

Mas para chegar ali, antes tive que enfrentar dois anos de muito suor, trabalho e de muitas preocupações. Quantas noites perdidas de sono, quantas reuniões infindáveis, quanto planejamento, quantos cálculos? Entre cartas e xerox, foram milhares de documentos produzidos. Corri e pedalei milhares de quilômetros em treinamentos. Li todos os relatos de expedições ao Everest e "viajava" com cada alpinista. Sentia o frio que sentiam, sua falta de ar, seu cansaço, e dividia as barracas com eles. Nosso grupo sofreu muitas críticas gratuitas também. Depois, burocracias, dias de desespero atrás de patrocinadores, arruma-desarruma toneladas de carga, milhões de telefonemas e detalhes para cuidar, numa organização complexa, difícil, monótona, e o pior de tudo, sem garantias de sucesso!

Assim que a caravana sumiu de vista, desci e lentamente fui caminhando até os pés da geleira, ainda mergulhado em meus pensamentos. No caminho encontrei a lápide em homenagem a George Mallory e, mais adiante, a lápide de outros alpinistas mortos quando buscavam a simples alegria de pisar num dos pontos mais bonitos do mundo. Olhei ao redor. Somente rocha e gelo. O Everest, de repente percebi, parecia assustador. Nenhum sinal de vida. Meu Deus, como somos pequenos perto dessas montanhas! O que levou esses homens a arriscarem suas vidas em busca de apenas alguns minutos de prazer? O que passou pela cabeça deles, quando chegaram ali, naquele ponto onde eu estava, vendo tanta grandeza? E o que eu fazia ali? Comecei a sentir uma grande sensação de medo e angústia.

Nessa hora, lembrei-me das palavras do alpinista francês Jean-Mi Asselin: "...O Everest não é realmente uma montanha. Não só isso. Ou não simplesmente. Ela não é somente uma montanha, para os verdadeiros alpinistas. E o Everest só chama os verdadeiros alpinistas. Ela é a amante dos exploradores e dos loucos. Ela se dirige prioritariamente aos extremistas do desejo. A mais alta montanha do mundo não oferece nada além do superlativo do absoluto. Nela, todas as montanhas; nela, todos os desejos de subir; nela, todos os sonhos de glória; nela, todos os desafios íntimos, e nela, todas as folias de grandeza..."

Não dá para responder apenas racionalmente ao porquê de se escalar montanhas. No McKinley, por exemplo, a emoção de chegar ao topo foi tão forte que não parávamos de nos abraçar, enquanto lágrimas escorriam por nossos rostos cansados mas felizes. Porém, nós dois, ali naquele lugar tão remoto, estávamos totalmente isolados do mundo. Ao contrário do que acontece com outros esportistas, não havia testemunhas da nossa conquista, com quem pudéssemos dividir nossa alegria.

Nesse aspecto, alpinismo é um compromisso apenas pessoal, onde cada um aceita, silenciosamente, os riscos envolvidos. Não é nem uma questão de buscar a vitória ou a derrota, pois escalar montanhas é um esporte onde você não tem um adversário para derrotar. Seu maior inimigo são seus próprios medos e fraquezas. É a superação pessoal que se busca. São as vivências adquiridas, são as paisagens descortinadas dentro de nós mesmos o que importa. Por isso, o simples ato de escalar uma grande montanha já é muito emocionante.

Considero chegar ao cume uma espécie de troféu. É uma recompensa aos nossos esforços. Sem dúvida, provoca fortes emoções. É uma euforia incontida, é alegria, é aquela sensação gostosa de ver realizado um sonho quase impossível, e tudo isso misturado ao cansaço e ao torpor causado pelo ar rarefeito.

Não, o alpinista não é um louco que não tem amor à vida. Pelo contrário, ele ama a vida e quer vivê-la com muita intensidade e pureza... mas é difícil de explicar, reconheço. Quando perguntado por que queria escalar o Everest, George Mallory deu de ombros e simplesmente respondeu: "Porque ele está lá".

E agora ele estava ali, bem à minha frente. Não sei por que, eu tinha uma certeza. Haveria de chegar lá em cima, mesmo que tivesse que tentar mil vezes. Se não fosse nessa primeira expedição, seria numa segunda ou terceira, pois eu não haveria de desistir.

CAPÍTULO 10
"POOJA"

"Eu sempre considerei escalar montanhas como uma sofisticada válvula de escape... da artificialidade para a realidade." *Eric Shipton*

Quando voltei para o acampamento ele estava silencioso, tranqüilo, uma delícia. À noite, o Tenji fez um jantar maravilhoso. Mais tarde, ganhamos um belíssimo presente: vimos a lua pela primeira vez. Estava brilhante, límpida.

No dia seguinte seria a vez de os demais subirem: o Edu, Kenvy, Alfredo e eu. O Ang Nima nos acompanharia. Logo cedo fiz uma coisa que não fazia havia duas semanas: enchi uma panela com água quente, peguei um sabonete e... tomei banho! É, um banho! Ah, que sensação maravilhosa. Infelizmente, essa sensação não durou muito. Bem à hora em que eu estava totalmente molhado começou a ventar. Um ventinho tão gelado que eu não parava de tremer de frio, e não conseguia sentir meu corpo enquanto me enxugava. A toalha, depois de molhada, congelou e ficou parecendo uma folha de alumínio. Pode-se dizer que foi um banho "inesquecível"!

Depois do café, começamos a arrumar nossas mochilas. Demos também uma ajeitada no acampamento e separamos os últimos volumes que subiriam na segunda viagem de alguns iaques: basicamente alguns galões de combustível e alguns sacos de comida para os sherpas. O Tenji e os dois chineses ficariam no campo-base aguardando nossa volta. Com essa segunda viagem dos iaques teríamos no base avançado mantimentos para 30 dias, mas duvidávamos que conseguiríamos ficar todo esse tempo acima dos 6.500 metros de altitude.

Às 14h08min partimos. O sol estava a pino mas havia um forte vento contra.

Após uma difícil travessia de um riacho, quando quase caí na água, seguimos pela borda esquerda do vale. O caminho era pedregoso mas quase plano e muito fácil de seguir. Aos poucos entramos por um estreito corredor entre a encosta do vale e a borda da *moraina*.

O Kenvy ficava sempre para trás. O Ang Nima e o Alf seguiam sempre na frente. Eu ia no meio. O Edu parava para esperar o Kenvy. Este tossia muito e parecia ainda estar sentindo os efeitos da altitude.

Depois de duas horas e meia de caminhada saímos da geleira principal e entramos na Rongbuk Leste, à esquerda. A princípio uma forte subida, depois a inclinação diminui e o terreno vai ficando cada vez mais pedregoso. A visão era fantástica: ao fundo, no vale principal, a exuberância do Everest e a seu lado outros gigantes do Himalaia: Pumori, Khumbutse, Nuptse, entre outros. Aos poucos o céu foi ficando carregado de nuvens, dando a impressão de que nos preparava uma surpresa.

Chegamos no campo 1 às 17h15min, bem no início do vale Rongbuk Leste. Como havíamos combinado, o primeiro grupo deixou duas barracas montadas, alguns apetrechos de cozinha e um pouco de comida. Pelo altímetro (que funciona como um barômetro) percebemos uma acentuada queda de pressão, prenúncio de mau tempo.

Às 18h, como tínhamos programado, o Paulo nos chamou pelo rádio. Disse que o grupo havia se dispersado e que o Barney e o Ramis ainda não haviam chegado no local do campo 2. Ficamos preocupados pois já era noite, e os dois poderiam estar perdidos na imensa *moraina*. Combinamos outros contatos a intervalos de 30 minutos caso os dois não aparecessem. Como não voltaram a chamar, deduzimos que os dois apareceram e tudo estava bem.

Quando o jantar ficou pronto, a noite estava bastante estrelada e fazia muito frio. Aí percebemos que nós, alpinistas experientes e superequipados, havíamos esquecido no campo-base um detalhezinho muito importante: os talheres! Ninguém trouxera talheres! Exceto o Edu. Acabamos jantando os cinco juntos na mesma barraca, usando os espeques das outras barracas como colher e garfo. A cena era tão grotesca que não parávamos de rir.

Durante a noite comecei a sofrer de um mal que me perseguiria até o final da expedição: insônia. Na verdade, eu nunca consegui dormir direito em grandes altitudes. Embora, para minha surpresa, isso não afetasse meu desempenho físico, aumentava muito a sensação de tédio e, por conseqüência, o *stress*. Mais tarde, esse problema se tornaria um verdadeiro martírio.

No dia seguinte, quase ao meio-dia, saímos para o campo 2, com as mochilas pesadíssimas, levando as tralhas e as barracas do campo 1 nas costas.

Logo atravessamos para a borda direita do vale e por ali seguimos, numa infinidade de subidas e descidas pequenas mas regulares. O caminho é só de pedras, pedras que recobrem a geleira. Não existe uma trilha definida, mas os excrementos dos iaques e pedras desgastadas indicavam a direção a seguir. Aos poucos íamos ganhando altitude e o Kenvy ficando cada vez mais para trás. Vez por outra parávamos e esperávamos por ele, mas no geral cada um andava no seu passo, no mais absoluto silêncio, cada um mergulhado em seus pensamentos. À nossa volta tudo era tão grandioso que eu me sentia como uma formiga, carregando sua própria comida nas costas. O ar frio e seco nos ressecava a garganta e de vez em quando dávamos uma parada para descansar. Meus lábios racharam e começaram a sangrar.

Depois de umas três horas de caminhada, a trilha bifurca. Pegamos a que desce, à esquerda. Após cruzarmos uma espécie de rio congelado, meio submerso na geleira, começamos a subir uma enorme rampa que nos levou a uma "trilha" bem no centro da geleira, ainda recoberta de pedras. O Ang Nima já havia feito aquele trajeto antes e foi uma sábia decisão tê-lo trazido conosco, visto que o caminho é muito mal marcado e nem sempre óbvio. A geleira é gigantesca e ondulada; por isso é muito fácil se perder, mesmo com bom tempo.

Logo vimos o Everest surgir por outro ângulo, bem perto da nossa vista. Aos poucos, enormes *séracs* começaram a surgir também. São enormes torres de gelo, a maioria com o formato de velas de barco, com pontas bem agudas, que se destacam da superfície. Algumas tinham mais de 30 metros de altura.

Após cinco horas de caminhada o sol começou a baixar e com ele a temperatura. As rajadas de vento foram ficando cada vez mais geladas, e nós cada vez mais cansados. De repente vimos os tibetanos descendo com os iaques. Pedi ao Ang Nima que os parasse e dei-lhes uma carta para entregarem ao Ma Simin, com as últimas instruções do que deveriam trazer na segunda viagem.

Com a proximidade do campo 2, os *séracs* foram ficando mais freqüentes e, à nossa direita, massas de gelo lembravam gigantescas ondas do mar que se congelaram de repente. O ambiente foi adquirindo um aspecto cada vez mais sinistro, hostil e implacavelmente gelado. A *moraina* foi se estreitando e se transformando numa espécie de labirinto de gelo, com fendas no meio. Já estava exausto quando avistei o campo 2, e ao chegar já era quase noite. Logo o Barney e o Ramis vieram me cumprimentar com uma xícara de chá quente. Ao invés de seguirem com os demais para o campo 3 naquele dia, preferiram ficar mais um dia no campo 2 se aclimatando.

Mais tarde, contaram-me uma verdadeira façanha do Ang Rita. Disseram que na véspera se perderam do grupo e acabaram ficando para trás. Quando já se preparavam para passar a noite ao relento, o Ang Rita apareceu para "resgatá-los". Mas eles, ainda afetados pela altitude, estavam exaustos para caminharem com a mochila. Isso não foi problema. O Ang Rita simplesmente pegou as duas pesadas mochilas, pôs nas costas e, como se estivesse passeando, conduziu-os até as barracas.

Já era noite quando os demais chegaram, e o Alfredo estava mal, com fortes dores de cabeça e quase não jantou.

O campo 2, na base de uma das arestas do Changtse, a 6.000 metros de altitude, estava cercado por enormes *séracs* e por uma geleira que desce do pico. Não há nenhum lugar plano ou livre de pedras para se montar barracas.

No dia seguinte o Barney, Ramis e o Ang Nima subiram para o campo 3, enquanto os demais resolveram também ficar por ali mais um dia, para melhorar a aclimatação. Combinamos de ficar em contato pelo rádio, o que foi ficando cada vez mais difícil, à medida que se aproximavam do campo 3, atrás do Changtse.

Enquanto isso, Alfredo, Edu, Kenvy e eu passamos o dia explorando os arredores do campo 2, um lugar silencioso e inóspito.

A primeira coisa que fizemos foi nos enfiar entre aquele labirinto de *séracs*. Caminhamos até ficarmos bloqueados por uma barreira de gelo com mais de 50 metros de altura. Na base da parede, uma visão quase que surrealista: cercado por enormes torres de gelo, havia um pequeno lago congelado. O silêncio era absoluto. Limitamo-nos a permanecer nas beiradas. De vez em quando um bloco de gelo se desprendia fazendo um ruído que parecia um trovão. Aquela impressionante massa de gelo estava "viva"!

O estrondo fazia eco entre as torres de gelo e soava de forma muito ameaçadora. Acho que nunca vou esquecer um lugar como aquele.

Durante a madrugada nevou um pouco. Foi a primeira noite nublada desde o início da expedição.

Acordei preocupado com o tempo. As nuvens estavam sobre o Everest (não visível dali) e se deslocavam para norte. Desmontamos o acampamento, e começamos a caminhar logo após o meio-dia.

Eu subia embalado pelo som do *walkman*. Era a primeira vez que eu levava meu aparelho para uma montanha e achei a idéia ótima: ouvir música num lugar daqueles fazia meu pensamento voar.

Perfeitamente aclimatado àquela altitude, fui subindo rápido. O caminho era óbvio e muito peculiar, através de um longo corredor de pedras que recobrem o gelo, com uma extensa barreira de gelo de cada lado. A subida é suave e contínua. É graças a esse corredor natural que os iaques conseguem caminhar por sobre a geleira até os 6.500 metros de altitude.

De repente, olhando para a esquerda, percebemos que a barreira de gelo era, na verdade, a borda de uma extensa geleira que desce da aresta nordeste do Everest. Línguas de gelo de várias montanhas desembocam ali. À direita, uma cerrada barreira de gelo nos separava da enorme aresta leste do Changtse, que íamos contornando. Caminhávamos rápido, exceto o Kenvy.

Às duas horas da tarde, recebemos o primeiro chamado pelo rádio. Era o Paulo querendo saber como estávamos.

Com o céu cada vez mais nublado fomos entrando pelo vale por trás do Changtse, local do nosso campo-base avançado. Ao fundo, diante de nossos olhos, ia surgindo a temida parede de gelo que leva ao colo norte.

Outro chamado do Paulo e em quinze minutos ele e a Lena apareceram para nos recepcionar. O Everest estava envolto por nuvens. Fazia muito frio e as rajadas de vento ultrapassavam os 80 km/h.

Ofegantes, entramos na barraca-refeitório e começamos a colocar o papo em dia. Lá fora os sherpas levantavam quatro paredes de pedras onde seria a nossa cozinha. Depois fomos montar nossas pequenas barracas. Durante o jantar a Lena e eu acabamos discutindo asperamente sobre o controle rígido que ela vinha fazendo da comida, racionando tudo. Tínhamos uma farta variedade de alimentos, mas comíamos quase a mesma coisa há dias. Pedi que tudo que tivéssemos ficasse sempre à mão. Ela argumentou que o pessoal estava com preguiça de procurar coisas novas nos barris. Nisso ela tinha razão, mas lembrei-lhe que ela era a responsável pela alimentação do grupo e controle dos estoques. Bem, o fato é que nos dias que se seguiram começaram a aparecer verdadeiras delícias que até então estavam enfiadas nos barris.

É impressionante como o ar rarefeito deixa as pessoas irritadiças e impacientes. Além do desgaste físico, a falta de oxigênio no organismo deixa as pessoas mentalmente cansadas. É preciso ser muito flexível e ter bastante jogo de cintura para se viver em harmonia num lugar daqueles.

Logo vieram me avisar que o Danu estava com o rosto muito inchado. Após uma rápida examinada, o Edu percebeu que uma grande infecção havia se desenvolvido sob o dente que tinha quebrado. Era o fim da expedição para o rapaz. Na manhã seguinte, autorizei que ele voltasse para o campo-base e dali tentasse uma carona de volta para Kathmandu. Para nós isso significava um sherpa a menos para nos ajudar a subir a montanha.

Nosso campo-base avançado ficava entre a extensa aresta nordeste do Everest e o Monte Changtse, literalmente na base deste, que se erguia um quilômetro acima de nossas cabeças. Estávamos quase no final do corredor de pedras. À nossa volta, a poucos metros das barracas, estendia-se uma grande planície de gelo, quase plana, que tinha início nas encostas do Everest, bem à nossa frente. O terreno era ascendente, bem irregular e totalmente recoberto por pedras de todos os tamanhos.

Montamos nossas barracas em pequenas clareiras aplainadas por expedições anteriores. Essas barracas eram especiais, muito leves, com uma parede única de goretex, sem sobreteto. Eram de dois lugares. Para que não fossem carregadas com o vento, fizemos uma amarração "à prova de bombas" em enormes blocos de pedra.

A cozinha, com cinco metros quadrados, tinha o teto de lona e fora construída na parte de baixo do acampamento, mais próxima de um pequeno filete d'água que ainda corria na borda do gelo. À nossa frente, a dois quilômetros de distância, o paredão de gelo que leva ao colo norte dava-nos uma razoável proteção contra os violentos ventos que vinham de oeste.

O dia seguinte à nossa chegada foi especial para nossos sherpas, e esperado por todos. Era o dia do Pooja. Eles construíram um altar de pedras, estenderam várias bandeiras coloridas com inscrições sagradas e celebraram a tradicional cerimônia, para abençoar a expedição e proteger seus integrantes contra acidentes. O ato durou duas horas e foi assim registrado em meu diário:

...são cinco cores de bandeiras em sequência: *azul simboliza o céu; branco, a neve; laranja, a terra; vermelho, o fogo; e verde, as árvores...*
Depois, todos os sherpas e alpinistas se juntaram lado a lado defronte do altar. Num pequeno degrau, os sherpas haviam colocado biscoitos e castanhas como oferenda aos deuses. Segundo a tradição, eles sempre oferecem doces àqueles que lhe são próximos e queridos. O Ang Nima rezava e coordenava a cerimônia. Deu um punhado de arroz na mão de cada um e, solenemente, nos ensinou como proceder. A cada grito seu, jogávamos um pouco do arroz no altar. Depois ele nos deu uma espécie de grão, bem amargo, para mastigarmos (parecia café) e em seguida o Ang Rita amarrou um cordão vermelho no pescoço de cada um.
Nós observávamos tudo com muito silêncio e respeito. Foram poucas fotos e quase nenhum comentário.

Lembrando que os monges do templo de Rongbuk também prometeram que rezariam por nós, pensei que não seria por falta de proteção divina que teríamos algum acidente pois, muito mais que chegar no cume, sorte para os sherpas significa voltar vivo e inteiro para casa.
No final da tarde, o vento criou uma sensação térmica de 25 graus abaixo de zero. Enquanto os demais tomavam chá no refeitório, o Ramis e eu separávamos as cordas que deveriam ser fixadas até o colo norte e os equipamentos que seriam transportados até o Campo 4, a ser instalado em pleno colo. Depois, para não melindrar o Paulo e o Barney, que já tinham a prioridade de subirem primeiro, perguntei quem gostaria de subir no dia seguinte com o Ang Rita para iniciar o trabalho de fixação. Só o Paulo e a Lena se ofereceram, mas todos concordaram que eu também deveria ir por estar mais bem aclimatado.
Fomos dormir às 19 horas. Durante a noite a temperatura ficou em 20 abaixo de zero, mas parou de ventar. Só consegui dormir até meianoite. Depois não preguei mais o olho, pensando no momento de sair para escalar. Excitado e ansioso, percebi quando o sol começou a aparecer. O grande dia de começar a escalada havia chegado.

CAPÍTULO 11
O EVEREST NÃO DEIXA

"...A fantasia tem sido um dos fatores mais importantes em todas as minhas empreitadas alpinísticas. Graças a ela até agora nada de grave me aconteceu. Imagino todos os perigos de maneira tão plástica que automaticamente busco um modo de afastá-los. Atrevo-me inclusive a afirmar que quanto mais fantasia tem um alpinista, maior sua probabilidade de sobreviver. Uma boa imaginação é um seguro de vida. Mas o alpinista não necessita somente de fantasia, mas também de astúcia, e saber avaliar um risco; tem que intuir quando não existe a possibilidade de êxito e tem que ser bastante rápido para regressar no momento certo. Também necessita de muita astúcia para avaliar com exatidão suas próprias forças..." Peter Habeler

18 de outubro, décimo quinto dia de expedição. Anotei no diário:

"O dia nasceu bem claro e sem vento. Entusiasmado, vesti minhas roupas de escalada, calcei as botas e fui tomar café. O pessoal já estava reunido na cozinha, meio apático, reclamando por ainda não estar bem aclimatado à altitude de 6.500 metros. Mesmo assim a Lena, o Alf e o Kenvy disseram estarem disponíveis para ajudar. O Bá é o mais apático de todos, quieto, cabisbaixo e arredio.

...Naquela manhã ficou decidido que subiriam apenas o Paulo, eu e o Ang Rita."

A partir do campo-base avançado, o próximo passo seria escalar e fixar uma linha de cordas pela parede de gelo e neve, de 400 metros de altura, que leva ao colo norte. Essa parede é muito inclinada, tem gretas escondidas e está bloqueada por várias barreiras de *séracs* que se destacam da parede e estão sempre prontas a desmoronar. Não há nenhuma linha absolutamente segura para subir, pois as avalanches costumam ser freqüentes. Uma prova disso é que a maioria dos alpinistas que morreram no lado norte do Everest se acidentaram naquela parede. Sabíamos que seria a parte mais difícil e tensa de toda a escalada. A poderosa equipe de Patrick Morrow levou 14 dias para vencer esse trecho.

No colo norte, a 7.050 metros de altitude, montaríamos o campo 4. Como seria um ponto estratégico para abastecimento dos campos superiores e ataque ao cume, tínhamos planejado vários transportes de carga até lá.

Paulo, Ang Rita e eu partimos às 9h25min, com cerca de 14 quilos às costas. Apesar de praticamente ter passado a noite em claro, sentia-me bem e muito confiante. O dia estava lindo e pela primeira vez fazia tanto calor que tive que tirar meus casacos, enfiá-los na mochila e caminhar só com uma malha fina.

Subimos pela faixa de pedras até o final, quase na cabeceira da geleira. Foram 45 minutos de caminhada por sobre um terreno ondulado, chato e cansativo.

De repente aconteceu uma daquelas coisas que nos faz voltar à dura realidade da vida e reavaliar o que estamos fazendo.

À direita, bem na base do Changtse, avistamos uma cruz de madeira. Estava ali para lembrar um jovem alpinista chileno, morto num desmoronamento quando já estava no topo do colo norte. Por um instante fiquei pensando na minha família e nos meus amigos, todos tão distantes. Aquela pequena cruz e a lembrança de pessoas que eu tanto gosto me comoveram profundamente. Pensando em voz alta, prometi a "todos" que iria redobrar meus cuidados.

O Paulo chegou quase uma hora depois. Enquanto ele ficou descansando, o Ang Rita e eu entramos na geleira. Andávamos a uma distância de uns 25 metros um do outro e nenhuma corda nos unia. Eram 11 horas da manhã e o calor estava tão abrasador que chegava a incomodar. Ainda sentindo a rarefação do ar, avançamos bem lentamente. Naquela altitude havia menos de metade do oxigênio encontrado no nível do mar.

A partir do ponto onde entramos, a geleira ainda sobe suavemente e se estende por quase um quilômetro. No caminho, passamos por cima de umas doze gretas, aparentemente profundas, mas que não tinham mais que quinze centímetros de abertura. Depois de trinta minutos de caminhada, chegamos a uma área plana a cem metros da parede, onde paramos para esperar o Paulo. O lugar estava repleto de bambus espetados no gelo, usados como marcação de caminho por outras expedições. Demos ao lugar o apelido de "paliteiro".

Enquanto o Paulo não aparecia, ficamos estudando a parede à nossa frente. No início havia dois caminhos bem marcados por expedições anteriores, mas não vimos nenhuma corda fixa abandonada. Acompanhando com os olhos o trajeto da esquerda, percebemos que era mais limpo e direto, mas desaparecia subitamente sob um enorme bloco de gelo... que havia avalanchado! Engolindo em seco, escolhemos o da direita.

Percebemos que o caminho da direita também não era absolutamente seguro, mas seria nossa única opção de ultrapassar uma quase ininterrupta barreira de *séracs* que bloqueava o caminho.

Mais de meia hora se passou e nada de o Paulo aparecer. O rádio havia ficado com ele e não havia meios de saber o que se passava. Como o caminho até ali era bem seguro e o tempo estava perfeito, não entendíamos a demora. Apesar de preocupados, decidimos começar a escalar.

Na base da parede, começamos a nos encordar. Eu estava exultante. Para mim era uma honra estar ali no Everest escalando na ponta da corda com o melhor sherpa do mundo.

Antes de começar a subir, parei e dei uma olhada em volta. Com a sensibilidade à flor da pele, fiquei comovido com aquele magnífico cenário. O ar estava parado, silencioso, e o céu tinha um azul profundo, sem nuvens. À direita se erguia o cume branco do Monte Changtse, um quilômetro acima! À frente, a enorme barreira de gelo que eu teria que escalar e, à esquerda, a menos de 300 metros, avançando céu adentro, a desafiadora aresta nordeste do Everest, a mais longa e perigosa de todas. Também dava para ver com absoluta clareza a parte final da aresta norte e todo o caminho até o cume. Por alguns instantes fiquei olhando aquela ponta de gelo. O ponto onde termina o mundo, quase na estratosfera do planeta, estava mais de dois quilômetros acima da minha cabeça, totalmente impassível, indiferente aos meus esforços de alcançá-lo. Acho que nunca me senti tão insignificante como naquele momento.

A escalada começava abruptamente por uma parede de uns 100 metros de altura e até 70 graus de inclinação, que suavizava no final e levava a uma rampa pouco inclinada. A neve estava bem compactada, com a consistência perfeita para escalar. Logo no início da subida comecei a ter problemas para respirar, fui ficando ofegante e tive que parar para descansar. Eu não conseguia subir mais que 5 ou 6 metros sem parar para puxar o ar, que terminantemente se recusava a entrar nos meus pulmões. A mochila pesava uma tonelada. Enquanto ficava parado, agarrado à piqueta[14] com o coração quase saindo pela boca, suando sem parar, eu olhava para cima

---

14. Pequena picareta, geralmente com cabo de alumínio emborrachado, que o alpinista usa para cravar no gelo conforme vai escalando.

e tinha a sensação de que aqueles 100 metros não iam acabar nunca. Mas mantive a calma, afinal não era a primeira vez que eu sentia aquela falta de ar, comum nos primeiros dias de escalada em grandes altitudes. Ainda precisaria de mais um tempo para me acostumar àquele ar tão rarefeito. A agonia da subida durou pouco, menos de vinte minutos, mas fiquei tão cansado que parecia que tinha levado horas escalando até ali.

Além de cansativa, aquela primeira parede era muito perigosa. Qualquer descuido e meu corpo seria lançado de volta à geleira, cem metros abaixo.

Em pouco mais de uma hora, Ang Rita e eu havíamos fixado quase duzentos metros de cordas até o final da rampa. As cordas eram presas em estacas de alumínio que cravamos no gelo. Até ali, nem sinal das cordas abandonadas pelos canadenses. Enquanto estudávamos o próximo trecho, percebemos o Paulo se aproximando do "paliteiro". Como a parede seguinte logo ficaria na sombra e o restante das cordas estava na mochila dele, demos o trabalho por encerrado e, satisfeitos, descemos ao seu encontro. Quando o alcançamos, ele nos contou que seu *crampon*[15] havia quebrado e que ficou esperando o Phurba, chamado pelo rádio, lhe trazer outro. A volta para o acampamento foi interminável, mas estávamos felizes da vida. O primeiro dia de escalada fora perfeito. Se o tempo continuasse daquele jeito chegaríamos no cume em pouco mais de uma semana.

Mas o tempo não continuaria assim.

No dia seguinte foi a vez de os demais irem para a parede continuar o trabalho de fixação das cordas. O dia estava ensolarado mas ventava forte. Lá em cima devia estar pior, pois o Everest novamente mais parecia um vulcão, de tanta "fumaça" que saía do seu cume.

A Lena foi a primeira a sair, junto com os três sherpas, às 9h45min. Logo depois saiu o Alfredo. O Kenvy e o Ramis, muito lentos para se arrumarem, saíram meia hora depois. Cada alpinista levava 8 quilos de material coletivo. Assim que partiram, o Barney, abatido e chateado, veio me dizer que não estava se sentindo bem e que tinha tomado uma decisão: no dia seguinte, ou ele subiria para ajudar a equipe ou voltaria para o campo-base.

Enquanto a equipe subia, Paulo e eu ficamos descansando nas bar-

---

15. Peça metálica que vai presa ao solado das botas. Tem 12 pontas, sendo 10 voltadas para baixo e 2 para a frente. São essas pontas que dão a aderência necessária para o alpinista poder caminhar ou escalar o gelo.

racas, com os binóculos e os *walkie-talkies* a postos. Dali do acampamento tínhamos uma boa visão da metade superior da parede.

Às 11h45min a Lena chamou pelo rádio informando que finalmente estavam entrando na geleira. Por muito tempo não houve mais contato, deixando-nos muito preocupados. Foi quando percebemos que as pilhas de nosso aparelho haviam pifado. Depois da troca, recebemos um chamado do Kenvy, que registrei da seguinte forma no diário:

"As notícias não eram das melhores: com exceção dos sherpas e do Alfredo, os demais decidiram não subir para não encavalar com os que iam na frente fixando as cordas. Através dos binóculos víamos o Ang Rita quase no final da parede, com os outros 2 sherpas e o Alfredo seguindo-o meio à distância. Dava para perceber que a parede estava sendo fustigada impiedosamente por uma tempestade de vento, que arrancava a neve da superfície. O Kenvy pediu instruções. Sugeri que subissem o mais alto possível para se aclimatarem e depois deixassem a carga enterrada na neve. Uma hora se passou. De repente ouvimos sua voz novamente, gritando por sobre o vento, dizendo que os demais não haviam subido pois o vento e o frio estavam insuportáveis. Completou dizendo que esperariam o Alfredo descer para, juntos, retornarem o mais rápido possível ao acampamento. Não tive como retrucar."

Depois, complementei:

"Os sherpas e o Alfredo pareciam quatro pontos pretos numa parede branca de azulejos. O Ang Rita, que ia na frente, chegou bem próximo ao colo, desviou estranhamente para a esquerda e de repente sumiu. Os outros três, mais embaixo, enterraram sua carga na neve e rapidamente começaram a descer. A parede já estava na sombra (o sol bate ali das 7h até as 14h30min) e o frio deveria ser intenso.
Minutos depois o Ramis entrou em contato. Disse que todos estavam voltando. Pedi que alguém esperasse pelos sherpas e ele se voluntariou em fazê-lo. Depois, mais nenhum contato e nenhum sinal do Ang Rita. Comecei a ficar preocupado. Teria ele caído numa greta, ou escorregado pela parede sem que percebêssemos? Minha agonia só terminou quando, uma eternidade depois, ele finalmente reapareceu nas lentes do meu binóculo."

Assim que chegou no acampamento, o sherpa veio me contar que fixaram cordas até 20 metros do colo, viu a corda-fixa dos canadenses nesse último trecho, mas que existia uma greta separando-o do restante da parede. Para alcançá-lo seria preciso contornar a greta pela esquerda por um terreno com muita neve fofa. Completou afirmando que esses últimos 20 metros teriam que ser fixados novamente. Cumprimentei os quatro pelo excelente trabalho. Em apenas dois dias já tínhamos quase atingido o colo.

Os outros dois sherpas informaram que enterraram sua carga a um terço do final da parede, num lugar que passamos a chamar de *high-deposit*, enquanto o Alfredo preferiu deixar sua mochila pendurada na parede, presa às cordas.

Durante o jantar, os demais afirmaram que sofreram muito com o frio e o vento, por isso preferiram ficar na base da parede para não se desgastarem.

No dia seguinte, o vento ultrapassou os 120 km/h e todos ficaram de folga, discutindo uma estratégia para o ataque ao cume. Decidimos que na próxima subida ao colo, pelo menos dois de nós, junto com dois sherpas, iriam preparados para pernoitar lá em cima, para estarem em posição de instalar o Campo 5. Mais tarde, ficou acertado que esses dois seriam Paulo e eu, mais descansados que os demais. O restante da equipe ficaria encarregada de abastecer o campo 5 e abrir a via para o campo 6. O Alfredo, querendo integrar a dupla de ponta, ficou visivelmente decepcionado. Combinamos também que algumas garrafas de oxigênio seriam incluídas no próximo transporte de carga. O moral estava alto e depois melhorou ainda mais quando o Barney, todo disposto, afirmou que estava se sentindo muitíssimo bem e que iria subir para o colo norte com os demais.

Durante a noite, a temperatura novamente chegou a 20 graus abaixo de zero, e o vento era tão forte que quase destruiu nossas barracas. Logo cedo, ainda ventando, fui conversar com o Ang Rita e com os demais. Após analisarmos a situação, concluímos que seria impossível escalar naquelas condições. A sensação térmica descia abaixo dos 40 graus negativos. Passamos mais um dia no acampamento.

Pela manhã, um acontecimento insólito chamou nossa atenção. Era cedo ainda. Foi quando alguém gritou para olharmos para o céu: dois balões lentamente sobrevoavam o Everest. Vinham do Nepal. Fiquei impressionado com aquilo, tentando imaginar a vista fantástica que os balonistas teriam lá de cima. Acompanhei-os com os olhos até sumirem de vista.

A maioria passou o dia nas barracas. Durante a tarde ficamos testando as garrafas de oxigênio, as máscaras e os reguladores. As garrafas eram de origem soviética e continham 750 litros de oxigênio comprimido. Por serem de titânio, pesavam apenas 3,14 quilos. Os reguladores permitiam uma vazão de 0,5 a 4 litros por minuto. Assim, escalando com 2 a 4 litros por minuto, cada garrafa nos daria uma autonomia de 3 a 6 horas aproximadamente.

A decisão de levar esses equipamentos foi uma das questões que geraram o maior número de discussões durante a organização da expedição. Além do fator custo, havia a questão ética. Está estatisticamente provado que o uso do oxigênio artificial, principalmente acima dos 8.000 metros de altitude, aumenta significativamente as chances de sucesso de uma equipe, embora não seja imprescindível, como se julgava antes. Mas sua utilização faz com que se "diminua" o tamanho da montanha. Usar oxigênio complementar a 8.000 metros de altitude equivale a estar escalando numa altitude de 2.000 metros a menos, o que é mais confortável e seguro. Assim, o que discutíamos era o real objetivo da expedição: tentar chegar ao topo utilizando-nos da tecnologia da nossa época, ou saborear em grande escala as dificuldades e perigos do caminho. Tendo em vista nosso compromisso absoluto com a segurança da equipe, acabamos decidindo levar um mínimo de garrafas, pelo menos para o ataque ao cume.

Depois de dois dias inteiros de descanso, todos estavam mais que ansiosos para subir. Antes de entrar no saco de dormir, arrumei minha mochila com tudo que precisaria para pernoitar no colo e tomei um remédio para combater a insônia.

No dia seguinte, 22 de outubro, acordei cedo e às 8 horas já estava pronto para subir. Iluminado pela suave luz da manhã, o dia prometia ser bonito, além disso quase não ventava.

Ainda dentro da sua barraca, Paulo disse que não se achava em condições de pernoitar no colo e pediu para o Alfredo substituí-lo. Este topou na hora e rearrumou sua mochila bem rápido. Antes das 9h já estávamos indo para a geleira junto com os sherpas. Os demais ficaram de sair logo em seguida. A Lena, passando mal, ficaria no acampamento. O Paulo e o Edu subiriam somente até a cabeceira da geleira para filmar, enquanto o Ramis, Kenvy e o Barney estavam encarregados de nos acompanhar na subida, levando boa parte da carga para montarmos o campo 4. Depois regressariam ao acampamento.

Já bem aclimatados, em apenas 35 minutos os sherpas, o Alfredo e eu chegamos ao final da faixa de pedras, na borda da geleira. Ali ficamos esperando pelos demais, visivelmente atrasados. Depois de algum tempo, tentei chamá-los pelo rádio, mas estranhamente ninguém respondeu. Havia um aparelho com a Lena e outro com o segundo grupo que subia. Insisti e nada. Olhávamos para baixo em direção ao acampamento e nem sinal deles. Silêncio. Às 10h05min decidimos entrar no gelo e esperar por eles no "paliteiro". Pelo caminho tentei vários contatos, mas não obtive resposta. Comecei a ficar preocupado com o atraso e com a distração deles em relação ao rádio. Sem os demais, o Alf, os sherpas e eu não poderíamos subir até o colo, pois os equipamentos necessários para a montagem do campo 4 estavam na mochila deles.

Aos poucos um vento cortante começou a soprar vindo do Changtse. O vento foi ficando cada vez mais forte e começou a esfriar. O tempo passava e nada de os outros aparecerem. E o mais curioso era que ninguém respondia o rádio. De repente, o vento ficou tão furioso que tivemos que sentar no gelo para não sermos derrubados e arrastados com mochila e tudo. A velocidade das rajadas era superior a 120 km/h! E estávamos totalmente expostos à sua fúria. O vento atravessava nossas roupas e começamos a tremer de frio. O barulho era infernal. Apesar de tudo não era nem meio-dia, e o sol estava a pino. Eu, cada vez mais nervoso, insistia pelo rádio e nada. Os sherpas começaram a ficar impacientes. Ninguém entendia o atraso dos demais. Passados alguns minutos, os sherpas disseram que, se não começássemos a escalar antes do meio-dia, a parte superior da parede logo estaria na sombra e ficaria impossível para nós alcançarmos o colo. Pedi para esperarmos mais um pouco. Tínhamos que gritar para nos comunicar, tamanho era o barulho do vento.

"...De repente o vento começou a arrancar grãos de gelo do chão provocando uma tempestade semelhante às de areia no deserto. O gelo fustigava nossas roupas. A situação ficou insustentável. Chamei o rádio pela milésima vez e novamente não houve resposta. Perdi a paciência, praguejei e dei a ordem de baixarmos. Percebi um ar de alívio no rosto dos sherpas. Decidimos deixar nossa carga ali mesmo, amarrada... Chegando na borda do gelo encontramos com o Paulo e o Ramis filmando. O vento ali estava bem mais fraco e os demais estavam na redondeza, fotografando, tranqüilos, como se nada estivesse acontecendo. Parecia que

estavam passeando. Aí eu explodi. Xinguei todo mundo, perguntei onde eles pensavam que estavam e indaguei onde haviam escondido o rádio. O Edu, que estava com o aparelho, disse que não ouviu nenhum chamado. Enfurecido, eu não queria conversa. O Ramis tentou argumentar. Aí eu perguntei o porquê do atraso e expliquei, quase histérico, o que significou o atraso deles. Dito isto peguei minhas coisas e comecei rapidamente a voltar para o acampamento. Enquanto isso, os demais, quietos e sem graça, entraram no gelo e foram até a base da parede fazer algumas filmagens. Quando cheguei nas barracas percebi que o rádio da Lena... estava desligado! Mas que dia, meu Deus!"*

Depois a Lena explicou que os demais se atrasaram porque saíram uma hora depois de nós. Isso não me acalmou nem um pouco, pois eu não me conformava com tanta demora para sair.

Na hora do jantar, com todos reunidos e mais calmos, tocamos no assunto e todo mundo se explicou: eu, porque explodi, e eles, porque se atrasaram. Pedi para serem mais rápidos para sair e ficarem mais atentos dali em diante. Felizmente, aos poucos o ambiente foi ficando mais descontraído, e no final, estava todo mundo rindo do incidente. Durante a noite, o vento soprou com muita fúria.

Apesar de tudo terminar bem, tínhamos perdido mais um dia de trabalho. No dia seguinte o vento continuou forte, impossibilitando qualquer tentativa de subir. Anotei no diário:

"...Nossa estada aqui significa um eterno olhar para cima, em direção à aresta, ao colo norte e ao cume, para ver se o vento parou lá em cima. Que nada! E aqui embaixo, fortes rajadas ameaçam destruir nossas barracas."

Se no acampamento, relativamente abrigado, o vento era violento, na montanha era muito pior. Bastava observar seus contornos. O vento vinha quase sempre de oeste, por trás do colo norte. Quando ventava, nuvens espessas de neve se levantavam numa dança maluca, envolvendo todo o Everest. Quando o vento parava, as nuvens sumiam, mas infelizmente isso raramente acontecia.

Apesar do frio e do vento, ou por causa deles, os dias em que ficávamos parados no acampamento eram desprovidos de emoção, tornando-se até um tanto monótonos. Passávamos o dia conversando, comendo, filmando ou ouvindo música no *walkman*, que cada um tinha. O repertório de músicas era o mais eclético possível. A maioria também levou livros. Mas mesmo essas atividades banais eram difíceis de serem efetuadas. Lendo com luvas grossas para não congelar as mãos, tínhamos que assoprar as páginas para virá-las. O *walkman* tinha que ficar enfiado nas roupas para as pilhas não acabarem em 5 minutos. E a comida se congelava em segundos. Ir ao banheiro também era difícil. Tínhamos construído um cercado de pedras para centralizar as "ações", tentando assim manter um pouco de higiene no local. Além de tomar cuidado com as pedras que voavam de cima do Changtse, tínhamos que nos agarrar ao cercado para, na hora "H", não sermos carregados pelo vento. Invariavelmente terminávamos a operação com as mãos congeladas.

Ficávamos boa parte do dia reunidos no refeitório, uma barraca enorme, de lona azul escuro, sentados em bancos de pedra ao redor de uma "mesinha de centro", também de pedra. Lá fora a temperatura mal passava de zero grau.

A pior hora do dia era quando tínhamos que enfrentar o vento para procurar alguma coisa nos barris, que ficavam espalhados próximo ao refeitório. Nossas mãos, endurecidas pelo frio, encontravam muita dificuldade para abrir as tampas dos barris, também emperradas pelo frio. Os barris permaneciam constantemente fechados, primeiro para evitar que o vento espalhasse nossa comida e, segundo, para proteger nossos mantimentos do ataque de corvos gigantes que circulavam pelo acampamento. E como eram ousados! Uma vez presenciamos um deles criteriosamente abrir um saco de comida, empilhar cinco biscoitos, segurar tudo com o bico e levantar vôo. Até as caixinhas de filme roubavam.

Havia ratinhos também. É incrível como esses animaizinhos conseguem viver a 6.500 metros de altitude, num lugar onde só existe gelo e rocha.

Mas a fauna local não se limitava a corvos e ratos, não.

"...Tem um cachorro preto que há dias está aqui no acampamento. É grande, bem peludo e muito bonito. Pertence aos tibetanos, mas acabou ficando conosco. O safado é alpinista também e possui uma incrível resistência ao frio: certo dia, ele amanheceu todo encolhido e coberto de gelo. Quando acordou, deu uma bela chacoalhada, espalhou

gelo para todo lado e logo começou a abanar o rabo, todo feliz. Depois, seguiu o pessoal até a geleira e acabou escalando um trecho da parede onde os alpinistas tiveram que usar de toda técnica e equipamentos para subir. Só não conseguiu vencer um lance extremamente inclinado. Fico pensando até onde chegaria, caso conseguisse. Já imaginou um cachorro no cume do Everest?! Ele está sempre seguindo o Ang Nima e adora ficar em volta da cozinha. É mansinho e também adora um carinho. Ganhou o apelido de Nikita."

Durante o dia, mal víamos os sherpas. Eles ficavam enfiados dentro de uma barraca, jogando baralho e comendo tsampa. Quando precisavam pedir algo ou comida que estava nos barris, faziam-no via Phurba ou, raramente, via Ang Nima. Esses dois, vez por outra, ficavam um tempinho no refeitório admirando-nos, enquanto conversávamos em português.

Aamistosos e sorridentes, estavam sempre prontos a puxar conversa. O Ang Nima era o mais bondoso e bem humorado. Sempre com um gorro de lã na cabeça, mais parecia um duende, e ria de todas as brincadeiras que fazíamos uns com os outros. Adorava contar histórias, interessantes ou engraçadas, ocorridas em outras expedições. Numa dessas ocasiões, nos contou que participar de grandes expedições é o que traz mais dinheiro para os sherpas, por isso existe uma certa hierarquia entre eles. Primeiro começam, quando garotos, como ajudantes de cozinheiro. Depois passam a cozinheiros, *mail-runners*[16], carregadores em baixas altitudes, até serem "promovidos" a carregadores em grandes altitudes. Contou também que era viúvo. Ele tinha uma vida estável e era o único dos nossos sherpas que vivia "na cidade grande", Kathmandu. Já estava para se "aposentar", pois seus filhos já eram crescidos e estavam quase terminando a escola. Narrava suas aventuras nas maiores montanhas do mundo e suas quinze expedições ao Everest como se fosse um executivo falando do seu dia-a-dia no escritório, com a maior naturalidade do mundo. Era muito religioso, também. Todas as manhãs passava horas na barraca entoando um mantra em voz alta. Sem dúvida, esse homem é um típico integrante daqueles povos místicos que, há séculos, habitam o Himalaia.

O Phurba também era simpático e prestativo, mas, muito jovem, não tinha o jeitão tradicional dos sherpas, montanhistas resistentes e muito valentes. Assim que chegamos ao campo 3, ele foi logo avisando que não

---

16. São aqueles que trabalham como carteiros nas expedições, levando e trazendo cartas entre o campo-base e Kathmandu.

pretendia passar do campo 4. E é claro que não gostei nem um pouco disso.

O Ang Rita era o mais reservado deles. Nunca entrou no refeitório, nunca pediu nada diretamente e evitava ficar "jogando conversa fora" no meio de um grupo grande. Mas em rodas pequenas era tão simpático e amistoso quanto os outros. Ele e o Ang Nima eram amigos há anos, tinham participado de muitas expedições juntos e era bonito ver o carinho e respeito com que se tratavam. Também brincavam muito entre si e o Ang Rita adorava caçoar da viuvez e provável abstinência sexual do outro, que ria sem parar.

Os três só comiam, na cozinha, a comida que o Dawa lhes preparava, fumegante e hiper-super apimentadas. Vendo-os esmagar as gigantescas pimentas vermelhas com uma pedra e misturá-las à comida, fiquei na dúvida se eles eram fortes porque comiam aquela comida ou se comiam aquela comida porque eram fortes.

No final da tarde, a temperatura caía muitos graus em poucos minutos, e às 17h já estava por volta dos doze ou quinze graus negativos. Aos poucos o frio penetrava até os ossos. Os pés, mesmo dentro de pesadas meias e botas, eram os que mais sofriam. Pareciam pedras de gelo. Ficávamos no refeitório conversando, sentindo cada vez mais frio, e só íamos dormir quando o desconforto começava a ficar insuportável.

No dia 24, bem cedo, o Ang Rita veio me visitar na barraca, e foi logo entrando no assunto:

– "Thomá" (ele nunca pronunciava o z final), só temos duas semanas para escalar essa montanha. Por isso temos que fazê-lo mesmo com vento.

– Por que você acha que só temos mais duas semanas? – perguntei, intrigado.

– Depois disso, o frio vai ser tão intenso que fica muito perigoso. As chances de ocorrerem congelamentos de pés e mãos vão aumentar muito.

– Mas você já escalou essa montanha no inverno...

– Eu sei, mesmo assim temos que subir o mais rápido possível – enfatizou.

Ele falava calmamente, mas era nítido na sua expressão que sabia o que estava falando.

Reuni o pessoal para discutir o assunto. A conversa, acalorada e tensa, durou horas. Chegamos à conclusão de que o vento não permitiria subirmos aos poucos, instalando cordas fixas, para montarmos e abastecermos os campos 5 e 6, a 7.600 e 8.000 metros de altitude, respectivamente. Aos invés disso, a partir do campo 4 teríamos que subir em estilo alpino, isto é, fazer uma arriscada escalada relâmpago até o cume. Para isso, velocidade e boa aclimatação seriam fundamentais.

No final, ficou decidido o seguinte: o Ramis, Paulo, Lena, Barney e Kenvy subiriam com os sherpas para montar e, ao mesmo tempo, abastecer o campo 4 com equipamentos e mantimentos. Alfredo e eu, no momento mais rápidos e mais bem adaptados àquelas condições de frio e ar rarefeito, seríamos poupados para subir leves no dia seguinte. Do campo 4, com a ajuda dos sherpas, eu e ele tentaríamos subir até o cume em somente dois dias com apenas um acampamento intermediário.

Era um plano ambicioso e arriscado. Tínhamos consciência de que a qualquer momento poderíamos ser pegos por uma tempestade de neve ou vento; ou sermos surpreendidos pela noite. Nesse caso, teríamos que descer no escuro ou, pior ainda, teríamos que bivacar próximo ao cume. Poucos alpinistas voltaram ilesos após um bivaque a grandes altitudes. Mas não havia outras alternativas. A hipótese de empregarmos esse plano de ação já havia sido amplamente discutida e prevista no nosso planejamento.

Com uma coisa todos concordavam: ou tentávamos subir mesmo com mau tempo, até o limite das nossas forças, ou voltávamos para casa dali mesmo.

De uma certa forma, sabíamos que estávamos colocando nossas vidas em risco, mas, naquele momento, a vontade e a determinação de escalar aquela montanha falou mais alto. Mesmo assim, tomar essa decisão, onde a vida de pessoas estava em jogo, não foi nada fácil.

O simples fato de discutirmos o assunto já rendeu bons resultados. O ambiente entre nós melhorou sensivelmente, com todo mundo readquirindo a disposição e a confiança. Parece que quando existe um plano a ser seguido tudo fica mais fácil. Não que não houvesse um até então. Mas aqueles dias de mau tempo nos deram a nítida impressão que nossa estratégia estava inadequada às condições climáticas. Por isso era preciso rapidamente achar outra alternativa. Decidimos que o novo plano seria colocado em prática na manhã seguinte ou, o mais tardar, no outro dia.

À tarde, o vento diminuiu no acampamento mas continou a fustigar a montanha. Ávidos por movimentar as pernas e espantar o tédio, alguns de nós resolveram fazer uma caminhada até a base da aresta nordeste do Everest.

Em menos de duas horas cruzamos a geleira no sentido perpendicular ao acampamento. No caminho, praticamente plano e bastante exposto às rajadas de vento, tivemos que enfrentar um curioso fenômeno da natureza: de repente, uma contínua rajada de vento provocava uma violenta tempestade de neve, que nos envolvia, enchia de neve até os bolsos do casaco e, como num passe de mágica, desaparecia. Esse fenômeno se repetiu várias vezes. Nessas horas não conseguíamos enxergar um companheiro a menos de dois metros de distância, então nos limitávamos a nos agachar e esperar que ela passasse.

Nossa caminhada terminou no Rabu La, que é o colo que fica entre a base da aresta e a base de outro pico menor. Dali pudemos desfrutar de uma das melhores e mais fantásticas vistas do Himalaia. Era um mundo silencioso, com apenas três elementos: céu, rocha e gelo. Dois mil metros abaixo dos nossos pés, a geleira Kangshung se estendia por vários quilômetros. Bem mais perto, à nossa direita, fustigada ferozmente pelo vento, vimos toda a extensão da aresta nordeste do Everest, subindo em direção ao cume, escondido atrás das torres de rocha que se destacam da aresta. Abaixo, a temível face leste da montanha. Eu, particularmente, nunca vi um paredão tão assustador. Mais à esquerda, o Lhotse[17]. Depois, o Makalu.

Com o auxílio de uma teleobjetiva, vasculhava as encostas dessa última montanha. Vasculhava como se estivesse em busca do passado. Veria alguém trilhando meus passos? Estaria algum alpinista profanando "minha" cova no gelo? Com certeza ela nem existia mais, mas fiquei emocionado admirando aquela encosta e, através da lente, me imaginava ali, escalando.

Fechando o cenário mais à esquerda, uma infinidade de picos nevados, no lado nepalês da cordilheira.

Ficamos uns vinte minutos ali, deslumbrados com o que víamos. Depois, na volta para o acampamento, tivemos que encarar o vento de frente, o que nos deixou completamente exaustos. Mesmo assim, o passeio agradou e serviu para melhorar ainda mais nossa aclimatação. Infelizmente, durante o jantar, as rajadas de vento ficaram tão fortes que dava a impressão que o refeitório ia levantar vôo a qualquer momento. Provavelmente ultrapassavam os 150 km/h.

Fomos dormir rezando para todos os deuses nos ajudarem. Apesar de tudo, no dia seguinte o tempo permaneceu ruim, sem condições para

---

17. Com 8.511 metros de altitude, é a quarta montanha mais alta do mundo.

escalar. Decidimos, então, que na manhã seguinte o pessoal subiria de qualquer jeito. Não aguentávamos mais esperar. O grupo, todo animado, começou a se preparar. Para não ter chance de algo sair errado, todos os equipamentos foram rechecados e a comida novamente separada. Todos deixaram as mochilas prontas, para sair ao primeiro raio de sol. À noite, o Edu deu uma examinada rigorosa em todo mundo. Tudo estava bem. Ao presenciar toda essa movimentação, fiquei contente de ver toda a engrenagem se mexendo e, por alguns instantes, cheguei a sonhar com a vitória.

O único que não colaborava era o Everest. Como nos dias anteriores, mais parecia um vulcão: o vento lá em cima era constante. Daquele jeito seria impossível chegar ao cume. Durante toda a noite, como que furioso pela nossa ousadia de subir na manhã seguinte com qualquer tempo, o vento soprou mais forte que nunca, e ainda fez questão de ser bem barulhento e irritante. Uma vareta de alumínio da barraca do Kenvy foi quebrada e outras barracas quase foram destruídas. Provavelmente não resitiriam a outro ataque daqueles. Dentro delas tínhamos que segurar as paredes com as mãos para diminuir a força do impacto das rajadas.

Pela manhã, o vento ensurdecedor avisava-nos para não o enfrentarmos, tamanha era a violência com que varria o acampamento. Ao invés de levantarmos bem cedo, conforme combinado, decidimos esperar mais um pouco. Depois, tentando superar o barulho do vento gritei para os demais e todos disseram que estavam prontos para o que desse e viesse. Lutando contra a letargia provocada pelo frio extremo, rapidamente se aprontaram. Vestiram todos os casacos disponíveis e não deixaram nenhuma parte do corpo desprotegida. Às 8h45min, saíram. Não demorou e a Lena novamente passou mal e retornou ao acampamento. O Paulo a acompanhou, mas voltou a subir. O problema da Lena não era aclimatação, mas "aquele" que ocorre todos os meses com as mulheres.

Enquanto isso, o Edu, Alfredo e eu fomos para o refeitório tentar salvá-lo da destruição. Construímos um pequeno muro de pedras e reforçamos as amarras, mas percebemos que a enorme barraca estava com seus dias contados. Depois ficamos acompanhando pelo rádio o que acontecia com os demais.

O Ramis perdeu uma luva, sua mão começou a congelar e, ainda na base da parede, decidiu voltar. O Paulo, atrasado, e o Kenvy, não resistindo ao frio, também desistiram. Só o Barney insistiu, indo atrás dos sherpas. Pelo binóculo a visão da parede era estarrecedora. Os escaladores ficavam constantemente envoltos por uma espessa cortina de neve que varria a parede com muita violência. O frio devia ser brutal. O sofrimento e as dificuldades de quem estava na parede eram evidentes. Depois de algum tempo percebemos que o Bá também desistira.

Aos poucos os sherpas, certamente mais acostumados àquilo, foram se aproximando do final da parede e chegaram no colo às 15h45min. Meia hora depois começaram a descer. Enquanto isso, os demais entraram no acampamento e narraram sua agonia. Contaram que o frio e o vento estavam insuportáveis e que tinham perdido a sensibilidade nas mãos. Preferiram então voltar, para evitar o pior: um congelamento irreversível! Definitivamente o Everest não queria nenhum brasileiro lá em cima.

O Bá foi o último a chegar no acampamento, junto com os sherpas, mas estava tão furioso com eles que afirmou que a expedição tinha terminado para ele. Irritado, disse que iria embora. Contou que ficou sozinho na parede e que de repente as cordas fixas sumiram, encobertas pela neve. Não ousou continuar e tentou descer até chegar a um ponto que achou muito perigoso. Indeciso sobre o que fazer, preferiu esperar pela ajuda dos sherpas, quase se congelando de frio. Quando estes desceram, passaram tão rápido por ele que nem perceberam que estava em dificuldades, e isso o irritou profundamente.

Acredito que a pressão psicológica dos últimos dias, provocada pelo frio extremo, vento constante, barulho, desconforto, *stress*, isolamento, tédio, tudo isso ao mesmo tempo, misturado à pressão para subir a qualquer custo, tinha sido demais para ele. De repente, quando se viu em perigo de vida, ele atingiu seu limite. Os nervos naquele momento ficaram em frangalhos. De minha parte, eu esperava que com o passar dos dias ele voltaria a se acalmar.

Por ironia do destino, à noite o vento praticamente parou. Enfiado no meu saco de dormir, tomei um sonífero e ainda ouvi duas fitas inteiras no *walkman*, antes de desmaiar de sono.

CAPÍTULO 12
COLO NORTE

"Os dias que estes homens passam nas montanhas são os dias em que realmente vivem. Quando as cabeças se limpam de teias de aranha e o sangue corre com força pelas veias. Quando os cinco sentidos cobram vitalidade e o homem completo se torna mais sensível, e então já pode ouvir as vozes da natureza e ver as belezas que só estavam ao alcance dos mais ousados." *Reinhold Messner*

Cinco da manhã. O despertador de pulso acabara de tocar. Com o rosto ainda amassado de sono, tentei pôr a cabeça para fora do saco de dormir, mas... "não, não, não... tá muito frio, melhor ficar por aqui", pensei. Quentinho e todo encolhido dentro do saco, meu corpo se recusava a sair. Fiquei um instante parado, ouvindo minha respiração, pensando. Era nessas horas que me perguntava o que eu estava fazendo ali. Sentia aquela preguiça típica das manhãs de inverno, quando era garoto e tinha que levantar cedo para ir à escola. Ao meu redor estava tudo escuro, pois o sol ainda não tinha nascido. Fiquei tateando o interior do saco de dormir em busca da minha *head-lamp*[18]. Acendi a lanterna e olhei o termômetro: 25 graus abaixo de zero... dentro da barraca! Fiquei com medo só de pensar como estaria lá fora. Mas não tinha jeito. Havíamos planejado sair para escalar às 7h da manhã. Felizmente o vento tinha diminuído. Aos poucos saí do saco e somente com a luz da lanterna comecei a me vestir. Não conseguia parar de tremer de frio. Chamei o Alfredo e pedi para se apressar, mas seu sono era tão pesado que demorou "horas" para responder.

Depois de estar devidamente encapotado, abri o zíper da barraca. Os primeiros raios de sol estavam tentando sair por trás da planície de gelo que se estendia até a base do Everest. O céu ainda estava lilás, repleto de

---

18. Pequena lanterna que vai presa à cabeça.

estrelas. Pelo menos um bonito espetáculo para compensar o frio, pensei. Acordei todo mundo e fui à cozinha. Ainda escura, parecia um *freezer*. Do lado de fora, o Nikita estava totalmente coberto por uma película de gelo. Enquanto esfregava uma mão na outra para se aquecerem, chamei o Dawa. Pela minha boca saía um denso vapor da respiração. Assim que ele respondeu, pedi-lhe que se apressasse. Tínhamos que derreter o gelo que armazenáramos num barril e preparar um rápido café da manhã. Depois fui checar os equipamentos.

Como na vez anterior, estávamos decididos a chegar no colo norte a todo o custo. É claro que isso era pura pretensão. Sabíamos que se o Everest não "quisesse" que subíssemos, ficaríamos "de castigo" esperando nossa chance.

Como havíamos planejado, usaríamos toda a força disponível. Subiriam todos, exceto o Edu, a Lena, que ainda não se sentia bem, e o Barney, que definitivamente tinha desistido da escalada. O Paulo e o Phurba fariam um transporte de carga e retornariam ao acampamento. Alfredo e eu, junto com o Ang Rita e o Ang Nima, permaneceríamos no colo, preparados para um ataque ao cume. Dessa vez resolvemos que o Ramis e o Kenvy também pernoitariam no colo e serviriam de suporte ao nosso ataque. Combinamos que subíriamos em duplas para evitar o que aconteceu com o Barney, que de repente se viu escalando sozinho.

Uma infinidade de detalhes de última hora fez-nos perder tempo, e só começamos a subir às 8h15min. O Kenvy, sem motivo aparente, novamente foi o último a sair. Na entrada da geleira, pedi ao Paulo e ao Ramis que esperassem por ele, para subirem juntos.

Já no "paliteiro", perdemos mais de uma hora redistribuindo a carga dos sherpas, para incluir os mantimentos e equipamentos que estavam lá amarrados. Não demorou e o Paulo e o Ramis apareceram, dizendo que o Kenvy começou a passar mal do estômago e desistiu de subir. "Mais essa!", pensei. Era uma péssima notícia. Com isso o Ramis, que seria seu companheiro de escalada, teve que desistir da idéia de pernoitar no colo. "Pronto! Nem chegamos ao colo e já perdemos nossa dupla de apoio", desabafei. Ramis, então, deixou sua mochila no "paliteiro" e subiu sem nada, para pegar a mochila que o Alfredo havia deixado pendurada na parede dias antes. Ele levaria essa mochila, que continha algumas garrafas de oxigênio, até o colo e retornaria com o Paulo e o Phurba. Enquanto nos preparávamos, o Barney apareceu para nos filmar.

Fazia um sol gostoso e ainda não ventava. Com a mochila pesando cerca de 16 quilos, fui o último a entrar na parede, atrás dos demais. Formávamos uma longa fila. Deixamos os sherpas seguirem na frente para irem preparando o terreno para a montagem do campo 4.

Escalando devagar para compensar a falta de ar, subimos a primeira parede de 100 metros e a rampa seguinte, até nos confrontarmos com uma parede de 40 metros muito inclinada, que escalamos com todo o cuidado. Felizmente a neve estava dura, com a consistência ideal para escalar. O final da parede levava a uma perigosa travessia diagonal à esquerda, por sob a enorme barreira de *séracs*. O Paulo e o Ramis subiam na frente, quase juntos. Mais carregados, o Alfredo e eu seguíamos a uma certa distância.

A travessia, com mais de 150 metros de extensão, parecia interminável, mas aos poucos, parando sempre para respirar, cruzamos toda a parede, que tinha uns 50 graus de inclinação.

Subíamos ligados às cordas anteriormente fixadas. Isso aumentava nossa segurança e permitia que cada um subisse em seu próprio ritmo. Só torcíamos para que os *séracs* não desmoronassem, provocando uma avalanche de onde dificilmente escaparíamos com vida.

A travessia terminava no *high-deposit*, onde os sherpas haviam deixado algumas coisas enterradas na última subida. Ali a sombra nos alcançou e imediatamente a temperatura começou a cair, vertiginosamente. Do *high-deposit*, subimos por uma rampa que nos levou a um dos trechos mais difíceis: uma parede com 60 metros de altura e uma inclinação média de 75 graus. Enquanto esperava o Paulo e o Ramis terminarem de subir, fiquei recuperando o fôlego antes de começar a escalar.

Apesar de estar com duas luvas grossas, eu quase não sentia mais minhas mãos, entorpecidas pelo frio. Manejar a piqueta e o jumar[19] foi ficando cada vez mais difícil, a escalada foi tornando-se mais cansativa e a cada 3 a 4 metros de subida eu tinha que parar para puxar o ar.

Meu aspecto não devia ser dos melhores. O rosto, machucado pelo sol, estava lambuzado de filtro solar; e os lábios, rachados, não paravam de sangrar. A barba e o bigode, umedecidos pelo vapor da respiração, se

---

19. É um equipamento metálico de segurança, que serve para o alpinista subir por uma corda fixa ou escalar preso a ela. O escalador fica conectado ao jumar e, à medida que vai escalando, o aparelho corre pela corda. Mas em caso de parada ou de queda, ele é travado automaticamente, suportando o peso do escalador.

congelaram a ponto de formar estalactites de gelo. E a garganta, cada vez mais seca, deixava-me sedento, mas não havia condições de parar e pegar o cantil.

A parede ficou tão inclinada que a mochila me desequilibrava, puxando-me para trás. Nessas horas tudo era incômodo: os óculos embaçavam; o capuz do casaco encobria a visão; o gatilho do mosquetão[20] prendia na luva; o binóculo, a câmera fotográfica, o rádio e o altímetro que estavam por baixo da roupa atrapalhavam os movimentos; e, para complicar ainda mais, deu aquela vontade desesperada de fazer xixi... Bem, o xixi teve que esperar.

A cada parada para descanso percebia que o Alfredo, visivelmente cansado, estava ficando cada vez mais para trás.

Terminada a parede, a via dava num sistema de gretas, que foi contornado por uma perigosa travessia pela esquerda. Era um caminho irregular e estreito, com subidas e descidas curtas, bem na beirada do abismo.

Contornada a greta, entramos numa rampa diagonal e finalmente chegamos à última parede. Eram apenas 15 metros, mas totalmente verticais. Os últimos 3 metros tinham quase 90 graus de inclinação. Com a mochila ainda me jogando para trás, e sentindo cada vez mais frio, pacientemente fui subindo, centímetro a centímetro. Enquanto subia, esbaforido, dizia para mim mesmo: "vamos lá... falta pouco... você vai conseguir".

Cheguei no colo completamente extenuado e ofegante, depois de 4 horas de escalada. Estávamos a 7.050 metros de altitude, bem no meio entre o Everest e o Changtse. O relógio marcava 15h15min.

Já no colo, iluminado pelo sol, larguei minha mochila e fiquei sentado, recuperando o fôlego. Um metro à minha frente, a parede despencava de novo. O colo ali não tinha dois metros de largura. Assim que me viram, Ramis e Phurba vieram me cumprimentar. Estávamos emocionados e felizes. Parte da nossa estratégia tinha sido cumprida. Finalmente, tínhamos vencido o trecho mais difícil da escalada.

De repente, me dei conta do cenário à minha frente. Meus olhos se arregalaram. Uau! Dava para ver totalmente o outro lado do Everest!... os vales do Nepal e dezenas, talvez centenas de montanhas, a perder de vista. Era uma visão fantástica. Apesar de cansado, tentei desfrutar um pouco daquele momento. Afinal, não era esse um dos principais motivos que me levavam a escalar montanhas??

---

20. Pequena argola metálica com gatilho que, entre outras funções, serve para conectar o alpinista à corda. São ultraleves, mas a maioria agüenta mais de 2.000 quilos de peso.

Nessa hora, pensei na minha mãe. Tinha sido seu aniversário quatro dias antes. Ela havia me pedido que sempre que possível eu olhasse para baixo e aproveitasse por ela todo aquele visual.

– Está aí, mãe, o seu "presente" – comemorei.

O Ramis me desejou boa sorte e começou a descer junto com o Phurba. Eu ainda tinha que caminhar por mais uns 20 minutos para a esquerda, até o local onde os sherpas estavam cavando uma plataforma no gelo, para instalarmos nosso campo 4. Um pequeno termômetro pendurado em minha mochila indicava 16 graus abaixo de zero.

O trajeto até a plataforma era bem perigoso. A aresta, sempre inclinada de um lado e de outro, em alguns pontos não tinha mais que 50 centímetros de largura, com abismos de 400 metros de ambos os lados. Bem à minha frente, a gigantesca aresta norte do Everest subia de encontro ao céu. Ali estava nosso caminho para o cume. Dei uma parada e fiquei admirando-a. Eu estava exatamente no mesmo lugar onde, 70 anos antes, George Mallory viu-a de perto pela primeira vez. A sensação acho que foi a mesma. Em seu diário, o inglês escreveu:

"É impossível olhar para essa aresta sem estremecer. Ela é totalmente exposta à fúria dos ventos. E quanto mais para cima, mais assustadora. A neve fresca da gigantesca face do Everest é varrida com força, formando uma ininterrupta cortina, que a aresta onde está a nossa via recebe com toda fúria."

E continuou:

"...Nós podíamos ver a neve ser soprada para cima por um breve momento, quando o vento encontrava a aresta, para então ser jogada violentamente para baixo numa tempestade ameaçadora".

A visão dali era realmente assombrosa e era evidente que não seria nada fácil subir por ela. A metade inferior estava coberta de gelo e neve, mas daí para cima a rocha ficava totalmente exposta. Ela termina a 8.400 metros de altitude, quando encontra a aresta nordeste. Não é muito inclinada, mas é bem estreita e não há nenhum abrigo seguro em toda a sua extensão.

Será que acharemos algum lugar confiável para montarmos nossas barracas? Será que encontraríamos os corpos dos ingleses? Que surpresas estariam nos aguardando? Perguntas e mais perguntas. Aquela aresta tem muitos segredos, pensei eu. Espero ter chance de desvendá-los.

Já chegando ao local do acampamento, cruzei com o Paulo voltando. Com um rápido aperto de mãos, desejamo-nos boa sorte e cada um seguiu seu caminho.

Os dois sherpas estavam num plano mais baixo, num platô, à esquerda da aresta. Tinham recém-aplainado o local e agora estavam meio atrapalhados tentando montar a primeira barraca. Desci uma pequena rampa e fui até onde estavam. Logo vi que o platô estava separado da aresta por uma enorme greta.

Além de exausto, comecei a tremer de frio. Frio, exaustão, fome, sede, tudo ao mesmo tempo. Já na sombra e começando a ventar, a coisa piorou. Coloquei mais um casaco, mas não adiantou muito. O espaço para circular por ali era exíguo e, sem querer, acabei enfiando a ponta do *crampon* no meu colchonete inflável, que estava do lado de fora da mochila, bem na minha frente. Como o vento estava cada vez mais forte, fazíamos as coisas de maneira apressada pois não podíamos perder tempo.

Enquanto ajudava os sherpas a montar a barraca, num descuido, uma das varetas caiu na fenda. A barraca, de quinhentos dólares, estava inutilizada. Mais essa agora! Felizmente, tínhamos outra de reserva, que acabou sendo montada a 10 centímetros da greta.

Uma rápida analisada na situação me deixou preocupado. Estávamos espremidos entre uma greta de 12 metros e um abismo de 400! Na beirada, apenas uma pequena elevação nos protegia de voar lá de cima. A única vantagem era que ali estaríamos relativamente protegidos dos ventos que vinham por trás do colo. Além do mais, não havia outras opções.

Assim que acabamos de montar a primeira barraca, apareceu o Alfredo. Estava com um aspecto horrível, roxo de frio, com a barba congelada e, pior de tudo, sem sua mochila! Ficamos todos preocupados.

– O que aconteceu, Alf? Cadê sua mochila?

Ele mal conseguia falar. Com dificuldade, tirou os *crampons* e se enfiou na barraca para se aquecer.

– A barrigueira da minha mochila abriu, a mochila caiu bruscamente de lado e eu torci o pescoço – respondeu, ofegante.

Depois de respirar fundo, continuou. Sua voz quase não saía.

– Cansado e com torcicolo, decidi parar e chamei o Edu pelo rádio, que me aconselhou subir sem peso. Como não tinha como aliviar o peso da mochila, preferi deixar ela lá.

— Mas e agora? Como você vai conseguir passar esta noite aqui? Entre outras coisas, seu saco de dormir está lá!

— Eu sei, mas o que posso fazer?

Eu não sabia o que responder. A essa altura, o sol já estava abaixando e com ele a visibilidade. Cansados, naquele momento nem eu nem ele tínhamos condições de voltar até lá para pegá-la. Para piorar a situação, o vento, que já estava forte, começou a soprar impiedosamente. Isso nos deixou ainda mais tensos e agitados.

Resolvi pedir ajuda ao Ang Rita.

Pus a cabeça para fora da barraca e percebi que ele ainda estava ocupado em prendê-la bem. Gritando por cima do barulho do vento e totalmente sem graça, perguntei se ele poderia voltar até a base da última parede para pegar a mochila. Terminando o que estava fazendo, limitou-se a sorrir e fazer o sinal de positivo.

Enquanto ele voltava até a última parede, o Ang Nima, o Alfredo e eu tratamos de derreter neve para fazermos alguns litros de chá. Estávamos sedentos, há mais de 8 horas sem beber um gole d'água. Em grandes altitudes isso é muito perigoso, pois o organismo se desidrata com incrível rapidez.

O Ang Rita retornou uma hora depois com a mochila do Alfredo às costas. Não parecia cansado, mas estava com muito frio e rapidamente entrou para beber conosco. Dentro da barraca, sentados com as pernas encolhidas, mal podíamos nos mexer. Havíamos enfiado tudo dentro dela: cordas e mais cordas, as botas, vários sacos de comida, garrafas de oxigênio, panelas... enfim, todos os equipamentos e mantimentos que levaríamos para cima.

Bebíamos em silêncio, sob a luz de uma lanterna. Todos tinham a expressão do frio e do cansaço estampada no rosto. Terminado o precioso líquido, os dois sherpas saíram, cavaram mais um pouco a neve para aumentar a plataforma, montaram outra barraca e se enfiaram nela para passar a noite. Apesar de importante para a recuperação, ninguém quis jantar. Iria demorar muito prepará-lo, então todos preferiram se deitar.

Depois de me ajeitar num canto para dormir, dei uma última olhada no termômetro antes de apagar a lanterna: "Ué! Cadê a coluna de mercúrio?!?" Havia sumido! Por um momento pensei que ele estava quebrado. Mas não! O mercúrio "apenas" tinha descido à escala mínima: 30 graus abaixo de zero! "Ah, bom..."

Ventou tão forte durante a noite que eu pensei que iria destruir a barraca. Depois da uma hora da madrugada não preguei mais o olho e a manhã custou a chegar. Sem meu *walkman* para me distrair, fiquei pensando nos momentos vividos nos últimos dias e tentando adivinhar o que ainda viria pela frente.

Nessas horas é difícil deixar de ficar apreensivo. A posição de um alpinista no alto de uma grande montanha é extremamente frágil. Sua proteção contra os elementos limita-se ao tecido de *nylon* da sua barraca. Seu estoque de comida é limitado e não existe nenhuma mercearia por perto para comprar mais. Ele não tem sequer as duas coisas mais essenciais à vida: água e oxigênio!

Se algo acontecesse, o fogareiro não funcionasse, o vento destruísse a barraca, um braço quebrado, ou, pior ainda, se o platô onde estávamos avalanchasse, para quem pedir ajuda?

Apesar de a experiência e o bom senso ajudarem a prever e evitar a maioria desses problemas, nem sempre é possível prever como vai se comportar a natureza, nem se teremos forças para enfrentá-la.

Essa sensação de impotência, à espera do que poderá acontecer, não me era estranha. Anos antes, no Monte McKinley, no Alaska, eu e meu companheiro estávamos no meio de uma geleira de 60 quilômetros de extensão, rodeada de montanhas por todo lado, quando, de repente, ficamos presos em meio a uma tempestade de vento e neve que durou dois dias e uma noite. Nevava tanto que mal dávamos conta de tirar a neve de cima da barraca, que estava sendo esmagada. Se isso acontecesse, para onde correríamos? No episódio ocorrido naquela cova de gelo no Makalu, foi algo semelhante. Demos sorte que conseguimos descer.

Naquela noite no colo norte, a única certeza que eu tinha era que tínhamos vencido o trecho mais difícil tecnicamente para se chegar ao topo do Everest. E isso já me deixava feliz.

Dali para frente, havia apenas incertezas. Aliás, é a emoção de viver essas incertezas do destino, e o desafio de saber lidar com o que ele me traz, que me leva para as grandes montanhas.

Como sempre, o dia amanheceu bonito: céu azul e muito sol. Seria perfeito... não fosse o vento. Estava descansado e ansioso para subir, mas logo percebi que seria mais um dia perdido.

O que aconteceu, daí para a frente, fui anotando aos poucos numa pequena caderneta:

"*Campo 4* – *As horas custam muito a passar e o desconforto é enorme, principalmente para o Alfredo, que é mais alto. Agora pela manhã amontoamos todas as nossas roupas e objetos sobre o saco de dormir e largamos nosso corpo em cima de tudo. Dentro da barraca, a temperatura até que é suportável. Estamos confinados num cubículo de 1 x 1,8m e o teto da barraca fica a um palmo do nariz. Deixamos a entrada fechada para evitar que o vento encha a barraca de neve, mas isso nos sufoca. Falta ar, espaço. As rajadas de vento minam nossa paciência e estão prestes a destruir nossa barraca. Estamos tensos. As barracas estão montadas a apenas 10 centímetros da borda da greta. Temos que torcer para o terraço não desmoronar.*

...O barulho é ensurdecedor e o dia parece interminável. Os segundos, os minutos, as horas se arrastam com irritante lentidão.

...O Ang Rita nos contou que praticamente nenhuma expedição que tentou subir o Everest pelo Nepal chegou no cume. Ele soube disso através de uma rádio nepalesa captada no radinho à pilha que ganhou do Alf, que ele carrega para todo lado. Isso não me animou nem um pouco.

Eram 17h30min quando o Ang Nima veio nos ajudar a fazer algo para bebermos. Devido ao calor dos nossos corpos e ao frio que fazia lá fora, logo o ar começou a condensar dentro da barraca, revestindo as paredes com uma espessa camada de gelo. O ambiente, que já era frio, ficou úmido. Era só resvalar no teto para se encher de gelo: gorro, cotovelos, ombros, tudo. Do lado de fora, o vento ia acumulando neve que aos poucos foi nos pressionando, diminuindo ainda mais o espaço interno. Acho que não vamos agüentar muito tempo por aqui. Ou subimos ou descemos.

...Fizemos só bebidas quentes, pois novamente ninguém quis comer. Os sherpas afirmam que nessas altitudes só tomam líquidos. Passam o dia inteiro bebendo chá ou café com leite. O Alf também não quer comer. Diz que está sem apetite. Mais tarde, preparei um rápido jantar que só eu comi. Não queria passar fome à noite. Já basta a insônia.

...O vento, cada vez mais forte, insistente e chato, fez um enorme rasgo na barraca. Agora não pára de entrar neve aqui dentro. Aos poucos tudo foi sendo coberto de branco.

...Finalmente anoiteceu... vamos passar mais uma noite neste lugar... não consigo pregar o olho. Queria conversar, mas em cinco minutos de papo o Alf adormeceu.

...Só há uma posição para ficar. Tudo é apertado, exíguo. Acho que pessoas não acostumadas a isso entrariam em desespero. O dedão da minha mão esquerda está doendo muito. Só agora percebi que existe uma enorme bolha de pus embaixo da unha. Estou com medo de que ele se congele.

Às 22h, com gelo por todo lado, acendi a lanterna e tomei um Dormonid. Dormi um pouco e tive sonhos horríveis. Lá fora, as rajadas de vento não paravam de golpear as barracas e eu só estava vendo a hora que o nylon arrebentaria. O barulho lembrava um helicóptero pousando bem na minha orelha. Não entendo como o Alfredo consegue dormir com um barulho desses."

A essa altura, abatido pela insônia duas noites seguidas, eu estava sofrendo uma terrível pressão psicológica, e escrever era minha válvula de escape e meu passatempo.

Novamente vi o dia amanhecendo. Dessa vez o Ang Nima apareceu logo cedo. Durante o café me disse que, se eu quisesse tentar subir, o Ang Rita me acompanharia. O café foi demorado. Aliás, tudo era demorado, incômodo, gelado.

Não dava nem para ir ao banheiro. Eu me limitava somente a fazer xixi, mas dentro da barraca, num cantil reservado especialmente para isso. Quando ele estava cheio, eu punha meio corpo para fora da barraca e o esvaziava num buraco na neve. O vento era tão chato que quando tentei fazer lá fora, o xixi caía para todo lado... menos para baixo.

Depois do café, peguei o rádio e chamei o restante da equipe que estava no campo 3, para discutir nossos próximos passos. Querendo registrar esse momento importante da expedição, pedi para o Edu gravar nossa conversa. Ele me pediu um tempo, dizendo que ia buscar o gravador no refeitório. O que se passou, a seguir, anotei no diário.

" ...Minutos depois ouvimos o chiado característico do rádio. Soltando o botão, ouvi sua voz, alta e clara: "o refeitório não existe mais!..." Pausa... "Repito: o refeitório não existe mais! Foi destruído pelo vento durante a noite... Quase tudo que estava dentro dele sumiu!... O que vamos fazer?"

Surpreso com a notícia, decidi conversar com os demais, um por um. Lá embaixo a situação também estava cada vez mais crítica, mas todos torciam por nós. Tudo indicava que o vento não pararia tão cedo e era evidente que não daria para ficarmos muito tempo no campo 4 esperando. Já estávamos há 14 dias acima dos 6.500 metros! Esperar mais, seria muito desgastante."

A conversa foi importante para dar mais ânimo à equipe. Concluímos que devíamos tentar subir, pelo menos até o local onde pretendíamos montar o campo 5, por volta de 7.600 metros de altitude. Como seria uma operação arriscada, combinamos que subiriam somente o Ang Rita e eu.

Mais tarde, anotei na caderneta:

"...Vesti quase todas as roupas que tinha e o pouco de carga coloquei na mochila do Ang Rita. A preparação para sair foi demorada e irritante. O vento não parava e, com as luvas grossas, era difícil ajeitar uma roupa sobre a outra, colocar as botas, crampons *etc.*

...Saímos às 9h45min. Uma corda de 20 metros unia nossos corpos, nossas vidas. Para mim era tranqüilizador me encordar com um sherpa que já havia estado 6 vezes no cume do Everest.

Foi só sair da área protegida do nosso acampamento e entrar na aresta para sentir na pele (e no corpo todo) a incrível fúria do vento. Não conseguíamos nem andar. A que velocidade estaria? 150 km/h? 200 km/h? Impossível dizer. O que sei é que o barulho era infernal. A corda formava um arco em pleno ar, e tivemos que nos agachar e cravar a piqueta no gelo para não sermos carregados. Não deu nem para olhar para os lados e admirar a paisagem. Só podíamos olhar para os nossos pés. A aresta era estreita e o abismo estava a 3 metros à nossa esquerda. Quando o vento diminuía um pouco, avançávamos alguns passos. Aos poucos, subimos cerca de 50 metros e paramos. Não conseguíamos nos mover nem manter o equilíbrio. Dava medo de tirar o pé do lugar. Esbaforido, eu procurava respirar fundo, mas o vento arrancava o ar da minha boca e enregelava até a alma. Aflito, tinha que virar o rosto e proteger a boca com a mão para conseguir um pouco de ar. Eu, que já havia escalado durante o inverno himalaiano, nunca tinha visto nada tão violento. Seria a fúria dos deuses?

...O Ang Rita me olhava com ansiedade. Era evidente na sua expressão que ele esperava a ordem de voltarmos. Fiquei um tempo agachado, agarrado à minha piqueta, pensando no que fazer.

Qualquer descuido seria fatal. A aresta à nossa frente era cada vez mais estreita e estava sendo furiosamente fustigada pelo vento. Uma fina cortina de neve nos envolvia. Estávamos a 7.100 metros de altitude. Enquanto o vento uivava descontroladamente, dei uma olhava para cima e vi o cume. Ele parecia 'tão perto'... O que fazer?"

A emoção naquele momento era enorme. Eu estava tenso e com o coração disparado. Sentia o sangue pulsando nas veias. Tantos planos, tantos sacrifícios, tantas pessoas torcendo por nós... Não! Não podíamos desistir assim.

"...Fiquei com raiva! Teríamos que insistir mais! Levantei-me e o Ang Rita fez o mesmo. Com muito custo demos mais alguns passos, mas logo tornou-se impossível continuar. O vento, indignado pela nossa teimosia, aumentava a cada instante, uivando sem parar.

De repente, por alguns segundos, o vento diminuiu e, como por milagre, tudo ficou calmo. Tranqüilo. Lentamente olhei em volta, relaxei e respirei fundo. Silêncio. Com o coração ainda a mil tentei levantar. Foi quando uma súbita rajada, bem mais violenta que as anteriores, quase me empurrou lá de cima. Não, não dava para subir. Não seria dessa vez, pensei. Com as mãos acenei para voltarmos. Mas descer foi tão difícil quanto subir, pois o vento nos desequilibrava da mesma forma."

Chegamos de volta nas barracas enregelados e ofegantes. Apesar de decepcionados por não alcançarmos o local do campo 5, tínhamos certeza de que a decisão de voltar foi a mais acertada.

O Ang Nima estava de pé, esperando-nos, adivinhando que isso aconteceria. O Alfredo tinha saído para filmar nossa subida, mas agora já estava enfiado dentro da barraca, totalmente desanimado.

Durante a tarde, o Ang Rita e eu ficamos tirando a neve acumulada no lado de dentro e fora das barracas, que quase as esmagava. Tiramos tanta neve que parecia que a barraca dobrou de tamanho.

De vez em quando eu dava uma olhadinha lá para cima. A aresta continuava envolta numa cortina de neve, provocada pela ventania. Inegavelmente ela era belíssima. Era uma beleza selvagem! Desafiadora! Colossal! George Mallory tinha razão.

Analisando com calma, pudemos perceber que tivemos muita sorte de o vento nos pegar logo no início. Se tivéssemos subido até os 7.600 metros e aquele vento nos surpreendesse lá em cima, acredito que dificilmente conseguiríamos descer. Seria o nosso fim.

Depois chamamos o campo 3 pelo rádio e novamente discutimos com o restante da equipe nossa situação. Era evidente que naquelas condições seria impossível subir. Conversando novamente com cada um, pude perceber que o moral de todos estava muito baixo.

É difícil e perigoso tomar decisões quando se está há mais de duas semanas respirando pouco oxigênio, dormindo sem conforto, comendo pouco e lutando contra o frio. A paciência se acaba e o raciocínio é obscurecido pelo mais íntimo instinto de preservação. Nesses momentos, para continuar lutando, é preciso ter uma força de vontade infinita e muita frieza para raciocinar com lucidez.

Resolvemos que, se no dia seguinte o vento parasse, tentaríamos subir novamente; caso contrário, desceríamos imediatamente de volta para o campo 3, e dali regressaríamos para o campo-base para um período de descanso. Todos concordaram.

Afetado pela insônia, passei a noite numa grande expectativa. O que aconteceria no dia seguinte? A única coisa que me importava, agora, era os 1.748 metros de desnível que me separavam do meu sonho.

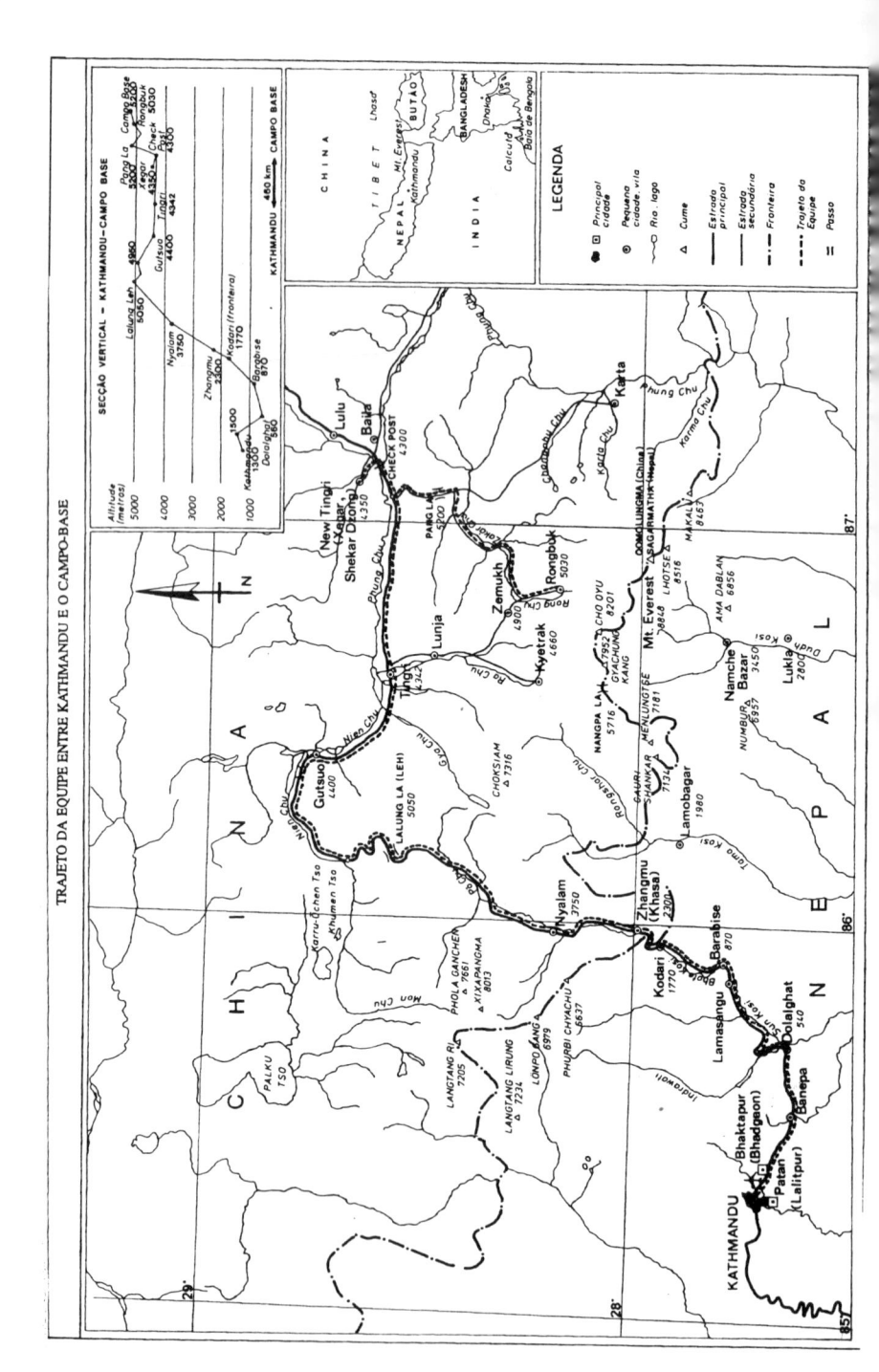

TRAJETO DA EQUIPE ENTRE KATHMANDU E O CAMPO-BASE

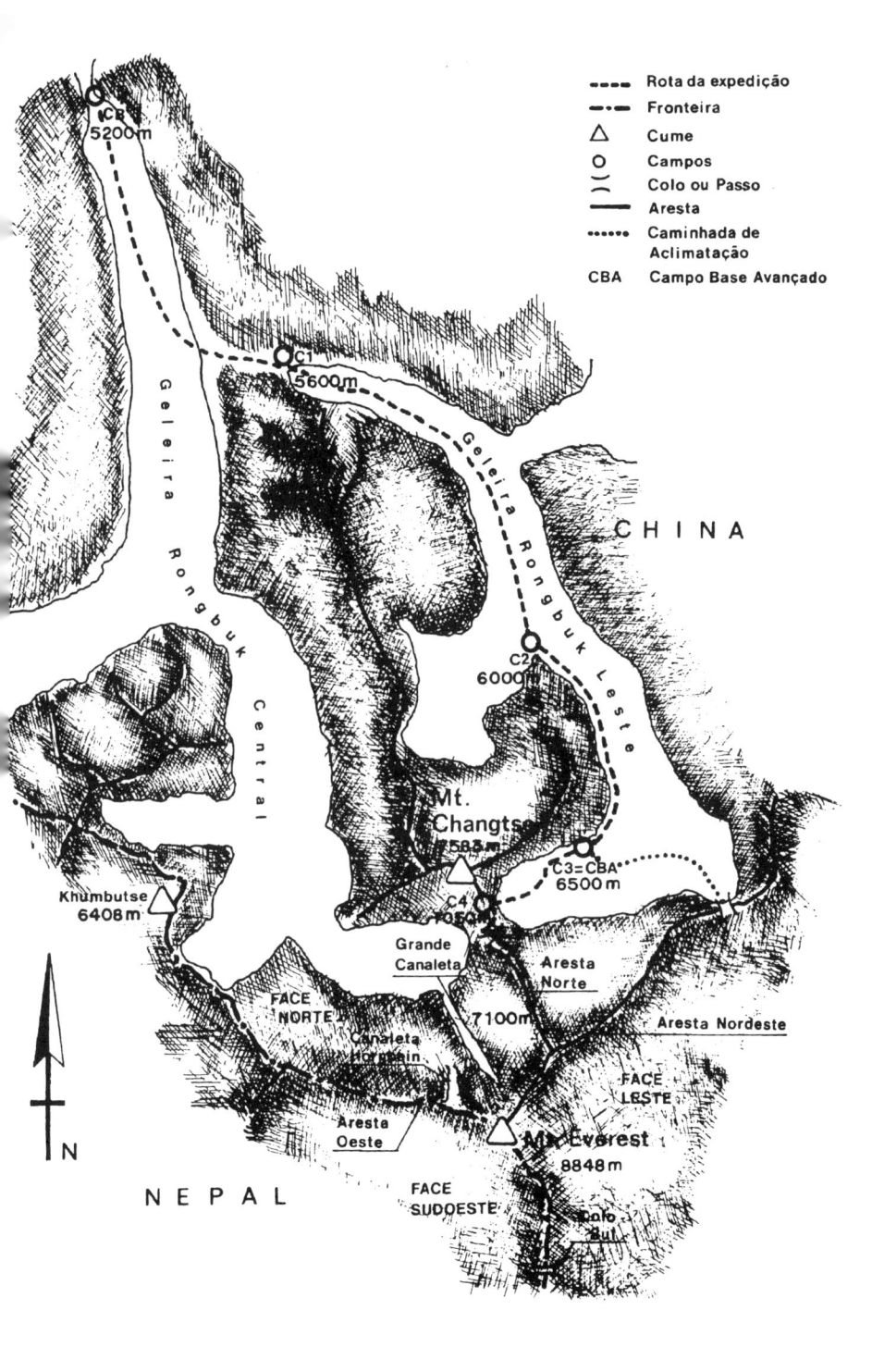

VISTA AÉREA DA REGIÃO DO EVEREST

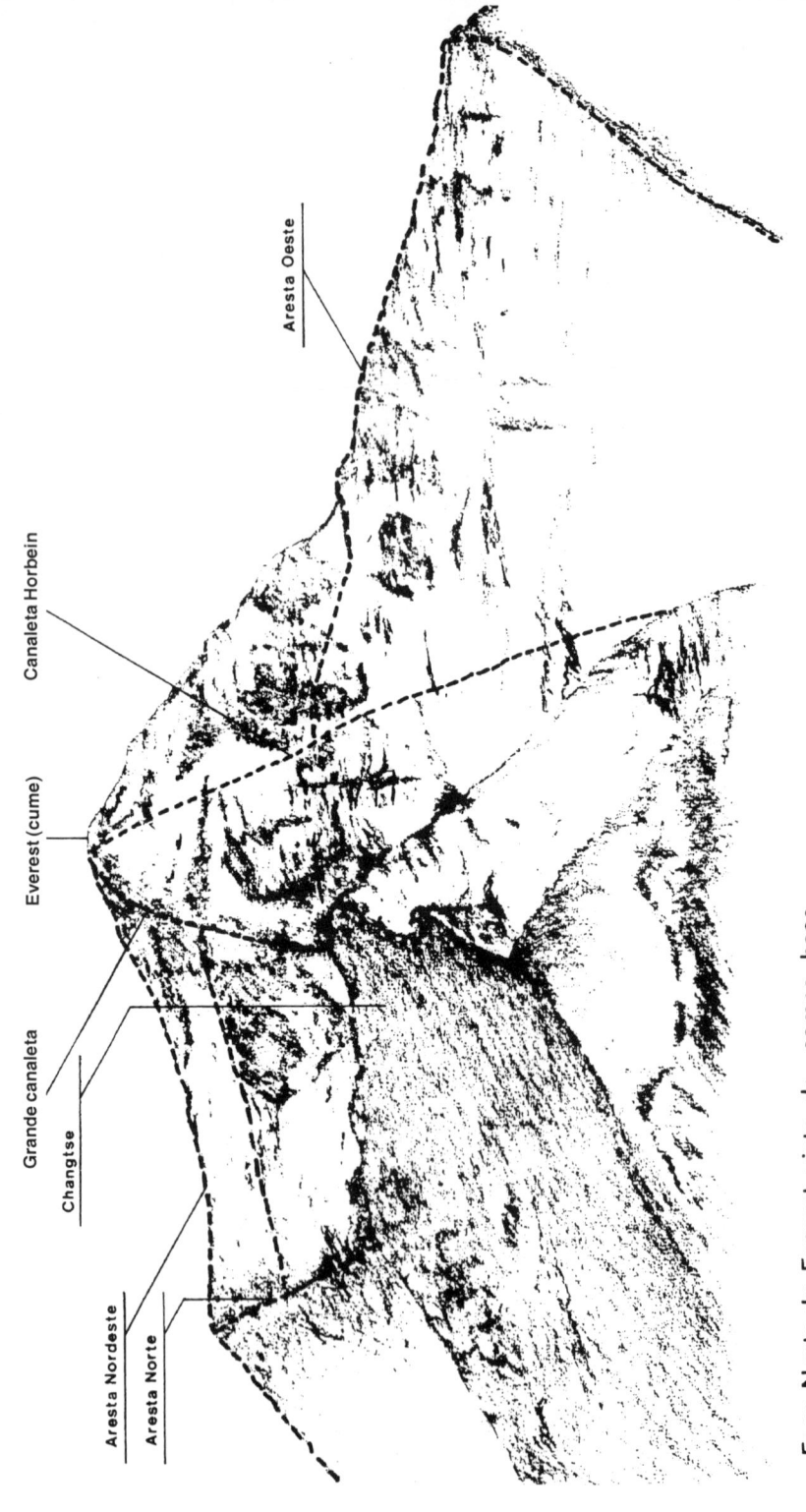

Face Norte do Everest vista do campo base.
O Monte Changtse está em primeiro plano.
As linhas pontilhadas representam as principais vias
já escaladas no lado Norte do Everest.

CAPÍTULO 13
PAGANDO O PREÇO

"O valor pertence ao homem que está agora na arena, com o rosto coberto de pó, suor e sangue; que se esforça valentemente; que erra, mas volta novamente e de novo. Quem conhece o grande entusiasmo, as grandes devoções, e se desgasta assim mesmo por uma causa valiosa, no melhor dos casos conquista grandes triunfos e, no pior dos casos, se falha, ao menos falhou enquanto o faz em grande forma. Assim é que seu lugar nunca estará entre aquelas almas frias e tímidas, que não conhecem a derrota nem a vitória..."
Pierre de Coubertin

O vento diminuiu durante a noite e o dia amanheceu sem nuvens no céu. Às 7h30min, o sol alcançou nosso acampamento, esquentando o ambiente e os ânimos. Mas não demorou e o vento forte recomeçou.

Tomamos o desjejum bem devagar, numa silenciosa esperança de ver o tempo mudar, mas a cada minuto que passava ele piorava. Não tinha mais jeito. Teríamos que descer! Deixamos, então, apenas uma barraca montada e, antes de sair, colocamos dentro dela tudo que ficaria no campo 4.

Carregando nas mochilas todos os nossos pertences pessoais e os equipamentos mais caros, que poderiam se perder num desmoronamento ou tempestade de neve, subimos a pequena rampa de acesso e entramos na aresta do colo. Saindo da relativa calma do terraço, novamente tivemos que enfrentar a fúria do vento. As rajadas mais uma vez nos tiravam o equilíbrio. Eu me sentia asfixiado com aquele vento arrancando o ar da minha boca. Andando meio encurvado e puxando o ar com força, passo a passo fui avançando em direção às cordas fixas. De ambos os lados, um cenário magnífico, com montanhas a perder de vista.

Os sherpas dispararam para baixo enquanto o Alfredo e eu descemos mais devagar. Um rapel[21] atrás do outro. Quando já havíamos descido dois terços da parede, vimos duas pessoas se aproximando do "pali-

---

21. Técnica de descida através da corda. Ela passa por um pequeno aparelho, preso à cintura do alpinista, que serve como freio.

teiro". Eram o Phurba e o Ramis. Descemos os últimos 100 metros em dois rapéis e, por fim, pisamos na geleira. Finalmente estávamos de volta a um lugar relativamente seguro. Com passos curtos e lentos fomos nos arrastando até onde eles estavam. Foi emocionante rever os amigos. Parecia que fazia meses que não os víamos. O ar rarefeito nos deixou muito sensíveis e emotivos. É bonito perceber o grau de amizade e confiança que se cria num lugar desses, onde a vida de um literalmente depende do outro. Eles tinham subido até ali, enfrentando o frio e o vento, apenas para nos dar solidariedade e algum conforto, aliviando o peso das nossas mochilas.

Quando chegamos nas pedras, o Paulo e a Lena também nos aguardavam. Ficamos um tempão conversando, contando nossas peripécias, enquanto nos desvencilhávamos de nossos equipamentos de alpinismo e trocávamos nossas pesadas botas por um confortável par de tênis. Antes que a sombra nos alcançasse, descemos para o campo-base avançado.

Entrando no acampamento, foi deprimente ver os destroços do que era o nosso refeitório. A lona da barraca praticamente desintegrara-se. Felizmente, nossos painéis solares que ficavam presos do lado de fora nada sofreram.

O grupo todo se reuniu na cozinha e ficamos batendo papo, devorando uma panela de pipoca. Todos disseram o quanto ficaram apreensivos conosco lá em cima.

Logo surgiu a conversa que o Barney e o Kenvy estariam descendo no dia seguinte e que do campo-base iriam embora para Kathmandu. Diziam que já não se sentiam aptos a produzir para a expedição.

Depois de ir até a barraca colocar roupas mais quentes, voltei para a cozinha e fui direto ao assunto.

– Não acho justo vocês irem embora antes dos demais. Tinham se comprometido perante toda a equipe de que dariam o melhor de si para escalar essa montanha.

Além disso, argumentei que o moral dos demais baixaria muito. Qual seria o entusiasmo da equipe de subir de volta ao campo 4, enfrentar condições extremas, enquanto os dois estariam no conforto de uma cidade? Se nossas chances de chegar ao cume eram grandes ou pequenas não importava. Teríamos que tentar subir. Éramos uma equipe, tínhamos planejado ficar pelo menos dois meses na montanha e não estávamos nem na metade desse período.

– Não faz sentido ficarmos no campo-base torcendo por vocês, sem poder ajudar – responderam.
– E quanto ao moral do grupo? – insisti. – O que o grupo acha? – perguntei.
Todos concordaram comigo.
– Bem, sendo assim, ficaremos no campo-base esperando a expedição acabar e faremos o possível para ajudar o grupo – responderam resignados.
O Kenvy até que tinha razão para querer ir embora. Ele estava constantemente se queixando de desarranjos intestinais e diarréia. Esses problemas sabotaram todo seu invejável condicionamento físico. Ele disse ter certeza de que, uma vez no campo-base, não teria condições de retornar aos 6.500 metros de altitude e produzir alguma coisa.

Quanto ao Barney, eu sentia que ele simplesmente havia perdido o entusiasmo, e eu achava que isso não era motivo para ele ir embora, independente das suas razões. Ele estava tão desanimado que chegava a passar mal, sentindo dores de cabeça e mal-estar, mas o Edu o havia examinado diversas vezes e garantiu-me que fisicamente ele estava bem. Provavelmente o que o afetava era a pressão psicológica.

Bem, fosse o que fosse, o fato era que dali para a frente nossa equipe teria dois alpinistas a menos.

No dia seguinte, os dois desceram para o campo-base enquanto os demais ficaram fechando o acampamento. Desmontamos as barracas, colocamos tudo nos barris e nos preparamos para descer bem cedo na manhã seguinte.

O Alfredo foi o primeiro a sair, às 8h da manhã, logo seguido pelo grupo do Paulo, Lena e o Edu. Como a Lena havia torcido o pé e caminhava mais devagar, pedi para o Ang Nima acompanhá-los o tempo todo, pois havia chance de eles não chegarem no campo-base naquele dia. Ramis, eu e os sherpas saímos por último. Pedi para o Phurba, Dawa e Ang Rita desmontarem o campo 2 e levá-lo mais para baixo num lugar intermediário entre ele e o campo 1. Já que estávamos mais aclimatados, pretendíamos fazer o trajeto de volta para o base avançado em apenas dois dias, com apenas um pernoite no meio.

A descida pelos 22 quilômetros de geleira recoberta por pedras foi muito cansativa. Em pouco mais de uma hora chegamos ao campo 2. Protegido pela muralha do Changtse e 500 metros mais baixo, o clima ali era totalmente diferente: quente, abafado até!... e sem vento!

Aos poucos o grupo foi se espalhando. Depois de duas horas e meia de caminhada, cheguei ao local onde seria nosso campo intermediário e vi que o Ang Rita me esperava. O Phurba e o Dawa já tinham sumido na frente. Esperamos pelo Alfredo e o Ramis e recomeçamos a descer. O grupo da Lena vinha mais atrás.

Durante a tarde, o tempo continuou bonito, ensolarado e quente, com raras rajadas de vento. Acompanhando o ritmo forte do Ang Rita, rapidamente me afastei dos demais, mas isso me deixou cansado e com os pés doloridos. Os últimos quilômetros até as barracas foram intermináveis.

Chegamos no campo-base às 17h, após oito horas e meia de descida. O Ma Simin e o Zheng ficaram tão felizes ao nos verem que fizeram questão de carregar nossas mochilas nos últimos 50 metros. O Bá e o Kenvy também nos esperavam. Tinham montado todas as barracas do acampamento e solicitado ao Tenji que preparasse um suculento jantar. Assim que anoiteceu, chegou o Ramis e logo em seguida o Alfredo. Os demais só chegaram às 20h.

Cansados e famintos, devorávamos tudo o que víamos pela frente.

A noite foi extremamente "quente"! Não chegou nem a 15 graus abaixo de zero (!). No dia seguinte, todos acordaram tarde e passaram o dia se empanturrando de comida. Aproveitei também para fazer um curativo definitivo no meu dedo, que continuava com um pouco de pus.

À tarde, chegou um Toyota azul no acampamento. Era a perua que havíamos contratado pela Associação Chinesa de Montanhismo. Chegou ali com um mês de atraso. O veículo, de cinco lugares e com tração nas 4 rodas, serviria para alguma emergência ou para buscar alguma coisa na cidade de Xegar.

À noite, fui conversar com os chineses em sua gigantesca barraca. Era a primeira vez que eu entrava ali e fiquei impressionado: havia espaço para mais de 20 pessoas! Os dois estavam jantando acompanhados do motorista da perua. Este era tibetano, aparentando uns 45 anos, muito simpático, apesar de eu não entender nada do que falava. Presenteou-me com algumas maçãs e laranjas. Perguntei aos três da possibilidade de podermos ir até Xegar, nos próximos dias, buscar legumes, um pouco de carne fresca e alguns itens da alimentação dos sherpas que já haviam acabado.

O modo como conversei com o motorista foi bem interessante: eu falava em inglês para o intérprete, que traduzia para o chinês para o Ma Simin, que repetia em tibetano para o motorista. A resposta vinha no sentido contrário. Levava uns cinco minutos para conseguir um simples "ah, sim, tudo bem". Combinamos que desceríamos dali a dois dias, 5 de novembro. Além do motorista, desceriam 4 pessoas: Ma Simin e três *members*.

Durante o jantar, ofereci duas vagas ao grupo. A terceira eu daria para o Ang Rita. Além de ele ser muito útil como nosso intérprete, seria uma forma de demonstrar aos sherpas que eles eram importantes para nós. Apesar de a viagem ser longa e cansativa, voltar a Xegar, mesmo por apenas um dia, significava descer 1.000 metros de desnível. Daria para se recuperar um pouco dos efeitos da altitude, e seria um bom descanso para a cabeça.

Estranhamente, o Paulo e o Alfredo não quiseram ir. A Lena não poderia, pois teria que dividir o quarto do hotel com o sherpa, o que causaria um certo constrangimento. O Edu teria que ficar para cuidar do grupo. O Barney queria ir, mas eu não via sentido em mandá-lo, ou o Kenvy, visto que ambos já tinham desistido da escalada. Sendo assim, decidi que iríamos o Ramis e eu. À noite, recebemos uma visita do Zheng, que ficou contando-nos detalhes curiosos do seu dia-a-dia em Beijing.

No dia seguinte, senti que o clima entre a equipe era de muita melancolia. Estavam todos, inclusive eu, muito apáticos e com a expressão de cansaço e desânimo estampada no rosto. No corpo, as marcas do esforço: os rostos estavam macilentos e machucados pelo sol, os lábios sangrando e os dedos das mãos ressecados e rachados. O Alfredo, impaciente com aquela situação de apatia, propôs subirmos imediatamente para acabarmos logo com aquela escalada. O Ramis, o mais ponderado de todos, pedia calma, afinal nós ainda não tínhamos descansado.

A causa disso tudo foi o terrível desgaste provocado pelo fato de termos permanecido 17 dias acima dos 6.500 metros de altitude. Ficamos mais de duas semanas respirando menos da metade do oxigênio que existe no nível do mar. O ar rarefeito junto com as terríveis condições climáticas foram aos poucos, mas de forma inexorável, minando a resistência de cada um. Estávamos todos exauridos, irritados, impacientes, visivelmente desgastados psicologicamente. E o mais impressionante era que esses problemas tinham sido previstos no planejamento e não foi possível evitar. Estávamos a ponto de explodir por qualquer coisinha. E foi isso que aconteceu.

Naquele dia, na hora do almoço, aconteceu o pior incidente da expedição. Narrei assim o episódio:

"...Logo que foi servido o almoço, comecei a ouvir várias e insistentes críticas e reclamações sobre o cozinheiro, o tempero da comida etc. e aquele interminável e já irritante papo dos restaurantes maravilhosos que existem por toda parte e aos quais todos irão quando retornarmos à civilização.

Fiquei tão aborrecido que perdi a paciência. Exaltado, dei uma bronca geral:

— Estou ouvindo muitas reclamações, mas não vejo ninguém se mexer para mudar a situação.

Ainda irritado, disse ao Alfredo que se tal tempero lhe fazia mal, ele por sua vez já estava na montanha há mais de um mês e ainda não tinha ido à cozinha falar com o cozinheiro sobre isso. Ele se calou pelo resto da tarde.

O fato é que todos reclamam, mas ninguém se dispõe a orientar o cozinheiro, separar algum prato especial ou coisa parecida. Deixam tudo por conta do Tenji e querem que ele adivinhe o que gostaríamos de comer, com que tempero etc.

Lembrei a todos que, como alpinistas, deveríamos valorizar mais a oportunidade única de estarmos na montanha mais alta do mundo, e parar de reclamar de tudo, ou do cozinheiro que exagerou no tempero da sopa.

À hora do jantar o papo continuou. O Paulo achava que aquele estado de espírito era devido ao cansaço. A Lena, falando de forma agressiva, achava que o problema surgiu porque o grupo não funcionou como equipe, pois sempre que alguém falhou ou decepcionou, recebeu bronca ao invés de apoio. Depois, os dois insinuavam que a culpa era minha. Ainda exaltado, perguntei se achavam isso mesmo e os dois disseram que a culpa era geral.

Continuei dizendo que o grupo reclamava sem motivos. A Lena, sempre ácida nos seus comentários, achava que eu estava ofendendo o grupo.

Aí o Ramis entrou na minha defesa. Disse que o que eu queria dizer era que estávamos com muita frescura. Tínhamos os melhores sherpas, o melhor sistema de oxigênio, equipamentos de última geração e comida em grande quantidade e da melhor qualidade, mas parecia que quanto mais tínhamos mais reclamávamos. O Alfredo concordou com ele.

Continuei dizendo que se só valorizávamos o que há de bom lá fora, então por que não íamos embora? Disse à Lena que se alguém ficou ofendi-

do por alguma coisa e por isso não rendia, era pura frescura, pois todos são experientes e adultos. Eu era o chefe da expedição, não o psicólogo.

De uma certa forma, o recado era para o Barney, que quase não abriu a boca. Na verdade eu não conseguia aceitar o fato de ele ter desistido de escalar.

O assunto acabou se dispersando quando apareceram os dois chineses para nos visitar."

O que aconteceu de fato era que estávamos pagando o preço por termos enfrentado o frio permanente que nos congelava até os ossos, a falta de ar, o vento forte e ensurdecedor, o desconforto, o perigo iminente, a monotonia dos dias parados e o isolamento. Estávamos estressados, abalados emocionalmente, por estarmos vivendo em grupo, confinados num lugar apertado e desconfortável, sem a menor privacidade. Não havia, portanto, culpados.

Essas discussões são muito comuns em expedições desse tipo e são raros os relatos que não as mencionam. No nosso caso, serviu para que todos desabafassem e aliviassem a pressão.

Passamos o resto da noite escrevendo cartas, e eu fui o último a ir dormir. A possibilidade de escrever cartas e colocá-las no correio era nossa única opção de escapar um pouco ao isolamento, funcionando como uma verdadeira válvula de escape à tensão.

Logo cedo ouvi o barulho do jipe e percebi que estava atrasado. Na confusão da véspera eu havia esquecido de combinar com o Ma Simin se sairíamos às 9 horas no horário nepalês (o mais lógico, que seguíamos) ou no chinês. Apesar de a China ter um território maior que o Brasil e o Tibet estar a milhares de quilômetros de Beijing, ali, como em toda a China, só existe um fuso horário: o da capital! Conclusão, no meu relógio ainda eram 7 horas. Levantei-me às pressas e fui para a cozinha tomar café.

Como sempre, o sol nasceu brilhante e o céu ficou bem azul.

Às 8h50min, partimos: o motorista, Ma Simin, Ramis, Ang Rita e eu. O Ang Nima ficou chateado por ter sido preterido, mas preferi o Ang Rita por uma questão de hierarquia, afinal ele era o *sirdar*.

O dia estava maravilhoso e a viagem, agradável, apesar de pularmos feito cabritos, batendo a cabeça no teto a todo instante. À medida que fomos nos aproximando das aldeias o caminho melhorou um pouco, mas o Toyota começou a falhar. Engasgou, engasgou, até que finalmente parou.

Problema na bomba de gasolina! Putz! Onde é que iríamos achar uma bomba de gasolina para um jipe japonês naquele lugar, a milhões de quilômetros da oficina mais próxima? O motorista e Ma Simin abriam o capô, mexiam em alguma coisa e o carro andava mais um pouco até morrer novamente. As paradas foram ficando cada vez mais freqüentes, mas não duravam mais que 5 ou 10 minutos. Chegou a um ponto de pararmos a cada 300 metros. Aos poucos o Ramis e eu fomos ficando preocupados. Estávamos a mais de 30 quilômetros do acampamento e a mais de 60 quilômetros de Xegar. Não tínhamos sacos de dormir nem roupa suficiente para passar a noite naquele fim de mundo. E obviamente não havia a menor chance de aparecer algum mecânico "salvador", apesar de vários tibetanos da região cercarem o veículo e nos olharem como se fôssemos peixinhos num aquário.

A vantagem dessas paradas era que podíamos admirar com calma a paisagem. Dessa vez pudemos ver coisas que passaram despercebidas na ida, um mês antes.

O caminho era realmente muito interessante. Tínhamos que cruzar vários riachos, alguns cobertos por gelo, o que exigia muita destreza do motorista. Pudemos ver também um engenhoso sistema de captação de água das encostas, construídos pelos tibetanos para a irrigação daquele lugar tão árido. Muitos desses canais foram escavados na própria pedra, alguns com vários quilômetros, que tinham seu início na borda das geleiras. Outra coisa que nos chamou a atenção foi a quantidade de ruínas de vilas antigas. Algumas tinham sido construídas dentro de cavernas naturais, na borda do vale. Aquilo mais parecia um cenário de filme de ficção. Com certeza, aquele é um lugar que merece uma visita mais demorada.

Depois de umas 15 paradas, deixamos a última vila para trás. Ao chegarmos no início da ladeira que levava ao passo de 5.200 metros de altitude, o motor morreu. Se o jipe não andava no plano, quanto mais numa ladeira tão longa e íngreme. O motorista virou a chave várias vezes ...nhec, nhec, nhec... e nada. Já tínhamos percorrido mais da metade dos 90 quilômetros até Xegar. Passaram-se uns 15 minutos de tentativas. Quando já estava me imaginando andando uns 50 quilômetros de volta até o acampamento, como que por milagre o motor (ufa!) funcionou... e, inexplicavelmente, não morreu mais pelo resto do caminho!

No topo do passo demos um parada para algumas fotos. Na ida para o campo-base tínhamos passado por ali com o sol nascendo e não foi possível parar.

Kathmandu. Ao fundo, o Himalaia.

emplo de Swayambhunath, Kathmandu.

Cerimônia em Kathmandu.

Kodari, Zhangmu (no meio, ao fundo) e Ponte da Amizade.

Amanhecer em Nyalan.

Crianças tibetanas fazem fila para espiar pela câmera.

Altar subterrâneo próximo ao mosteiro de Rongbu

Nômade tibetano cozinhando dentro de sua barraca.

(Acima)Face Norte do Everest vista do campo-base. (Abaixo) Parte superior da Face Norte com a Grande Canaleta(esq. na sombra) e canaleta Hornbein.

(Acima) A perigosa parede de acesso ao Colo Norte. (Abaixo) Alpinista (pequeno, embaixo) subin[do a] perigosa parede de acesso ao Colo Norte.

(cima) Ao atingir os 7.050m de altitude do Colo Norte, Ramis se ajoelha para descansar. (Abaixo) No Colo Norte, olhando para o lado nepalês do Himalaia.

(Acima) No Colo Norte. Atrás, o Monte Changtse. (Abaixo) À esquerda, Ang Rita no campo 4 e a Aresta Norte fustigada pelo vento. À direita, Thomaz e Ang Rita antes de atingiram os 7100m.

Agora, olhando com calma uma grande extensão da Cordilheira do Himalaia, dava para deduzir porque os tibetanos, há séculos, "sabiam" que o Everest era a montanha mais alta e a batizaram de Chomolungma, a Deusa-Mãe do Mundo. Daquele ponto, nenhuma montanha aparentava ser mais alta que o Everest.

Inegavelmente, todo o trajeto até Xegar é belíssimo, às vezes até surrealista. Em muitas colinas, todas altíssimas, aparecem dobramentos e formações geológicas as mais "malucas". E no topo da maioria delas havia sempre um pequeno totem de pedras, feito pelos tibetanos, para dar sorte. Era como se o homem, num esforço supremo, quisesse dar um toque pessoal àquela incrível manifestação da natureza. Apesar do aspecto dramático, para qualquer lado que se olhasse a sensação era de muita paz.

Chegamos na cidade ainda a tempo de ir a uma espelunca comer uma autêntica comida chinesa com palitinhos. Como já estava meio tarde, deixamos para fazer as compras no dia seguinte.

Sabíamos que naquela noite no campo-base a equipe estaria celebrando o aniversário do Paulo. Soubemos que o Tenji caprichou e fez até um bolo com velinhas, num forno improvisado.

No dia seguinte fomos ao correio, compramos tudo de que precisávamos no mercado e voltamos para o hotel. Aí começou uma "sessão oficina" no jipe.

Enquanto esperávamos, o Ang Rita veio me dizer, pela primeira vez, que os sherpas estavam insatisfeitos com o salário que estavam recebendo. Ele falava em tom de confidência, meio constrangido. Isso me deixou preocupado, pois sherpas desmotivados significariam maiores dificuldades para se atingir o cume. Expliquei-lhe que pagamos mais que o preço de mercado para o Kaldhen, que foi o intermediário que os contratou. Ele sabia disso, mas explicou que o Kaldhen ficou com a maior parte do dinheiro. Lendo relatos de outras expedições, nós prevíamos que isso aconteceria.

Conclusão: são explorados pelos donos das agências que os contratam.

Bem, não foi possível consertar o Toyota; então tivemos que passar mais uma noite naquele lugar.

Na manhã seguinte, sem ter nada para fazer, fui dar umas voltas. O hotel, afastado da cidade, estava cercado de pequenos filetes de água, todos congelados.

O dia-a-dia tranqüilo de uma vila tibetana parece ser o mesmo de centenas de anos atrás.

"*...Veio na minha direção um garoto conduzindo um rebanho de ovelhas e logo fui cercado por várias delas, que me ignoraram totalmente. Fiquei com inveja da intimidade que o rapaz tinha com os bichos! Mais adiante, vi passarem duas mulheres, com vestidos escuros e empoeirados. Tinham o rosto corado e carregavam cestos de vime às costas. Num deles havia um bebê todo enrolado num cobertor. Elas sorriram para mim, que me sentia um alienígena.*

De repente, vejo um bando de crianças com roupas muito surradas, brincando no pátio de uma escola. Devia ser hora do intervalo. Faziam as mesmas estrepulias que eu quando era garoto. Moleque é igual em qualquer parte do mundo, pensei. Ao lado, um pequeno trator passou rebocando um vagão apinhado de gente. Vi também alguns rapazes passarem calmamente pedalando velhas bicicletas. Continuei andando. O dia estava lindo e não fazia muito frio.

Nos arredores do hotel, homens e mulheres trabalhavam no campo. Dava para ver que as mulheres fazem o trabalho mais pesado. Na beira da estrada havia um pequeno grupo de pessoas. Estava rodeado por sacos e trouxas, tudo muito surrado. Provavelmente era tudo o que tinham em vida. Estariam de passagem ou viveriam por ali? Percebi que esperavam algum coisa, um transporte talvez, totalmente alheios à poeira que o vento soprava em sua direção. Mas será que passa alguma coisa por ali? Eles deviam saber. Estavam integrados àquele lugar! Sua pele curtida, acostumada ao frio e ao vento daquelas paragens, os denunciava. Todos vestiam roupas escuras e tinham longas tranças enroladas na cabeça. Alguns seguravam um cigarro entre os dedos. Fiquei pensando de onde viriam essas pessoas. Para onde vão? O que fazem? Como vivem? O que pensam quando vêem um ser de 'outro planeta', loiro e olhos claros, como eu? O silêncio daquele lugar, as perguntas sem respostas, a paz, a extrema simplicidade daquele povo me fascinou profundamente."

Para mim, ver tudo aquilo era a realização de um antigo sonho, que começou a se concretizar quando avistei aquele platô pela primeira vez, quatro anos antes.

De volta ao hotel e à realidade, o Ma Simin me informou que havia conseguido outro veículo. Aliás, dois. Um dos motoristas estava indo buscar um grupo de franceses que estava acampado próximo ao Mosteiro de Rongbuk. Ao meio-dia, saímos. Ma Simin foi na perua da frente. Depois do posto policial, em 50 minutos chegamos ao topo do passo. Inexplicavelmente, fazia tanto calor que cheguei até a tirar a camisa. Na subida, pude perceber que aquela estrada era recente, pois havia outra ao lado, na lateral do morro, parcialmente erodida. A que estávamos cortava totalmente a encosta, da direita para a esquerda, num gigantesco ziguezague.

Chegando aos arredores do mosteiro de Rongbuk, vimos nosso pessoal caminhando na direção do campo-base. Tinham ido conhecer melhor os monges e as várias ruínas que existem ali em volta.

O lugar realmente impressiona. Próximo ao mosteiro, existem várias ruínas de pedras espalhadas pela encosta do vale. E uma vez que foram construídas com as pedras do local, as construções ficam mimetizadas com o ambiente. Existem também várias torres pequenas, feitas de tijolo, cujo interior está repleto com milhares de medalhas de barro, onde aparecem, em alto relevo, figuras de deuses e outras divindades.

Mas o que mais chamou a atenção foi um conjunto de ruínas construído sobre um amontoado de enormes blocos de pedra, entre o mosteiro e o campo-base. Ao entrar numa espécie de sala, ornamentada com alguns móveis antigos, aparentemente abandonados, nos deparamos com um buraco no chão, tapado com algumas tábuas. Aquilo nos deixou intrigados. Não resistindo à curiosidade, eu e o Ramis tiramos a tampa e descobrimos uma escada. Mais curiosos ainda, resolvemos descer. Avançamos por um pequeno túnel e descobrimos uma coisa inimaginável: um altar subterrâneo! O lugar era ricamente decorado, repleto de estatuetas, cálices dourados e imagens do Dalai Lama. O mais incrível era que estava todo iluminado por velas à base de gordura de iaque.

Os monges tinham construído esse altar subterrâneo para protegê-lo da destruição promovida pelos chineses durante a Revolução Cultural. E até hoje zelam para que todas as velas fiquem acesas. Para nós, era como se tivéssemos viajado no tempo e voltado dezenas de anos.

Apesar do belo passeio, na hora do jantar, com o grupo todo reunido, pude perceber que o ambiente havia deteriorado muito, nos dois dias em que estive fora. O Alfredo estava irritado e reclamava de insistentes dores de cabeça. Dizia que não se sentia em condições de subir. O Edu, com os dedos dos pés insensíveis e na iminência de se congelarem, comunicou que permaneceria no campo-base até o final da expedição.

Para piorar, o Paulo e a Lena começaram a me provocar, contestando minhas decisões, e fazendo brincadeirinhas inconvenientes. Tudo isso me enervou demais.

Eu tinha que tomar alguma providência para deixar o ambiente menos carregado. Após discutir o problema com o Ramis, concluí que precisaria ter uma conversa franca com cada um, para tentar desarmar os espíritos e levantar os ânimos através do diálogo.

Na manhã seguinte, dirigi-me à barraca do Paulo e da Lena, e com muito tato entrei no assunto. Disse que não gostei de nada do que fizeram na véspera e eles se comprometeram a parar com as brincadeiras e as indiretas. Depois, mais descontraídos, conversamos sobre algumas táticas para subirmos a montanha.

A conversa com o Alfredo também surtiu algum efeito. Mais calmo, disse-me que já estava se sentindo melhor, mas que preferia esperar mais um dia para ver se teria condições de subir.

Mas os problemas não haviam terminado. À tarde, o Kenvy veio falar comigo:

– Thomaz, o Barney e eu não temos mais o que fazer aqui e estamos querendo ir embora.

– Vocês sabem o que eu acho – respondi. – Sou contra, pois acho que vai baixar o moral da equipe – insisti. – O que é que os demais acham disso?

– Os outros não se importam. Não estou me sentindo bem de saúde e o Barney insiste que está sem a menor vontade de permanecer nesse lugar.

Pedi um tempo para pensar, e fui lavar algumas peças de roupa. Logo me arrependi: a temperatura baixou e as roupas, ainda úmidas, se congelaram: ficaram parecendo "chapas de aço", de tão duras. Só voltaram ao normal dois dias depois.

No final da tarde, mais calmo, chamei o Kenvy:

– Como alpinista, sou contra a idéia de vocês irem embora, mas como chefe da expedição farei o que for melhor para o grupo. Se a equipe acha que vocês devem ir embora, então está OK. Eu os ajudarei da melhor forma possível.

À noite, fui até a barraca dos chineses. Eles, sem terem absolutamente nada para fazer, passam o dia e a noite comendo macarrão, tomando chá e jogando uma espécie de xadrez. Conversando à luz de velas, sob uma incômoda temperatura ambiente de 18 graus abaixo de zero, combinei com eles que o jipe levaria o Barney e o Kenvy até Xegar e de lá eles tentariam carona até a fronteira. Partiriam tão logo o grupo começasse a subir para o base avançado.

Aproveitei também para acertar os últimos detalhes da nossa retirada da montanha, ao final da expedição. Apesar de o Ma Simin entender inglês, era ao Zheng que eu tinha que me dirigir para as negociações referentes à expedição. Eles levavam tão a sério esse negócio de hierarquia que a única pessoa que podia pedir alguma coisa ao oficial, relativa à expedição, era eu, por ser o chefe.

Um episódio engraçado aconteceu entre eles e os sherpas enquanto estive fora. Foi na noite de aniversário do Paulo. Nosso intérprete, um jovem estudante comunista de Beijing, adorava caçoar dos sherpas dizendo que estes eram muito supersticiosos e tinham medo de assombração, coisa de gente atrasada. Mas estes não se fizeram de rogados. No final da noite, criaram um clima de mistério, comentando que o Yeti, o abominável homem das neves, vivia por ali e que costumava visitar as barracas durante a noite. A única coisa que impedia sua visita era deixar uma vela acesa dentro da barraca.

Se o jovem chinês acreditou na lenda ninguém sabe, mas todos perceberam que daquela noite em diante sempre tinha uma luz acesa ao lado do seu saco de dormir. Pela manhã, na rodinha dos sherpas, a gargalhada era geral.

Uma outra coisa muito curiosa ocorria no refeitório, praticamente desde a nossa chegada, há mais de um mês. Quase toda comida que deixávamos em cima da mesa durante a noite, inclusive pesadas latas de doce, sumiam na manhã seguinte. Aquilo nos intrigava, pois não poderiam ser os sherpas, sempre tão honestos. Perguntamos para o Tenji, mas ele também não tinha visto nada. Seriam os chineses? Dificilmente! O segredo só foi desvendado quando, numa certa manhã, um dos alpinistas levantou-se para ir ao banheiro. Foi quando viu o "ladrão" sair de dentro do refeitório. Era um enorme coelho (!!) carregando sua preciosa carga. Nos dias seguintes, observando com mais calma, percebemos que nos arredores do campo-base existia uma fauna das mais variadas: desde pequenos pássaros, até ratinhos, corvos, cabras-montanhesas e, claro, coelhos! Um verdadeiro espetáculo da natureza.

Dia 9 de novembro. Depois de uma semana no campo-base nos recuperando, já era hora de subirmos. O Everest continuava sendo açoitado por violentas tempestades de vento e quase sempre tinha a aparência de vulcão, mas não tínhamos escolha. A monotonia já estava nos consumindo. Tínhamos que subir e lutar para alcançar nosso objetivo. O sonho de chegar ao cume ainda nos dominava por completo.

Como havíamos combinado com os chineses, à tarde apareceram 2 tibetanos com 3 iaques para nos ajudar a subir de volta para o base avançado. Queríamos subir com o menor peso possível nas mochilas para evitar qualquer desgaste.

Nos últimos dias, percebemos uma mudança no clima. Os dias continuavam excepcionalmente bonitos, com muito sol e céu azul; as noites continuavam claras e muito estreladas, e as rajadas de vento ainda eram freqüentes. Como nossos sherpas já tinham nos prevenido, o que mudou foram as temperaturas, que estavam cada vez mais baixas. Na véspera da subida, chegou a 21 graus abaixo de zero, indicando que dali para a frente teríamos que enfrentar mais frio. Nem durante o mês de dezembro, quando estive no Makalu, as temperaturas eram tão baixas.

Assim, na manhã do dia 10, com a equipe desfalcada do Kenvy, do Barney e do Edu, começamos a longa subida ao base avançado, para um período de duas semanas. Colocando quase tudo nas costas dos 3 iaques, nossas mochilas iam praticamente vazias. Na última hora, o Alfredo decidiu subir.

Mas o que mais nos preocupava era a ausência do médico. Sem ele, a escalada como um todo ficaria mais perigosa, agravada pelo fato de não termos um contato direto via rádio entre o campo-base e o base avançado. Apesar da grande potência dos nossos *walkie-talkies*, ela não era suficiente para vencer o enorme obstáculo que existia entre os dois acampamentos: os 7.583 metros do Monte Changtse. Em casos de emergência seriam pelo menos 8 horas de descida e mais um ou dois dias de subida para qualquer socorro. No íntimo, acho que subimos menos confiantes que da primeira vez.

O Ang Rita preferiu subir no dia seguinte para não tumultuar o improvisado campo intermediário, entre os extintos campos 1 e 2.

Combinei com o Ma Simin que ele deveria mandar 12 iaques subirem no dia 26 para nos buscarem. Os caminhões deveriam chegar no base dia 30. Assim, teríamos pelo menos mais duas semanas de tentativas. Dessa vez, dificilmente agüentaríamos mais do que isso acima dos 6.500 metros de altitude.

CAPÍTULO 14
A ÚLTIMA ESPERANÇA

"Decidir por seu próprio julgamento o momento de voltar – este é um sentimento de satisfação!" *Reinhold Messner*

Com pouco peso às costas e devidamente aclimatados, em apenas quatro horas e meia de caminhada fizemos o que tínhamos levado um dia e meio no início da expedição: chegamos à metade do caminho entre o campo-base e o base avançado. Ali montamos acampamento. O Ang Nima, Phurba e Dawa vinham mais devagar, acompanhando os iaques. Por falta de barracas, o Ramis, Alfredo e eu tivemos que nos espremer numa barraca de dois lugares. O Paulo e a Lena dividiram outra.

Pela manhã, enquanto tomávamos café, percebemos uma enorme quantidade de nuvens vindas do Everest, indicando o prenúncio de uma nevasca. Quando já estávamos quase saindo, chegou o Ang Rita, vindo do campo-base. Fez em duas horas e meia o que nós, simples mortais, levamos quatro horas e meia!

Do campo intermediário a trilha descia abruptamente, atravessava algumas torres de gelo, e subia a encosta da *moraina* central, que levava ao local onde havia sido o campo 2.

À medida que fomos avançando, o tempo foi se deteriorando. Pela segunda vez em mais de 40 dias de expedição, o céu ficou cinzento, carregado de nuvens. Logo começou a nevar. Para combater o frio, comecei a apertar o passo e me distanciei dos demais. Percebi que a configuração da geleira havia mudado e que em alguns pontos seria muito difícil para os iaques passar: o número de fendas havia aumentado e o gelo havia aflorado em vários lugares, principalmente nas passagens mais inclinadas, formando enormes degraus. Isso forçou os tibetanos a fazer alguns desvios. Fiquei impressionado com a habilidade dos iaques de se locomoverem sobre gelo duro e liso. Com mais de 60 quilos às costas e sem nenhuma espécie de ferradura, os animais se equilibravam em trechos com apenas alguns centímetros de largura, com abismos de ambos os lados.

Novamente em quatro horas e meia de caminhada cheguei ao campo-base avançado, completamente envolto por neblina, e esperei pelos demais. Como estávamos em número ímpar de alpinistas, combinamos que eu dormiria sozinho. Assim minha insônia não incomodaria nem o Alfredo nem o Ramis, que dormiam feito pedra. Os tibetanos e os iaques também pernoitaram por ali, descendo no dia seguinte.

Durante aquela primeira noite fez um frio medonho, mas logo parou de nevar. O vento, uivando furiosamente a noite toda, acabou levando as nuvens embora, descobrindo um céu repleto de estrelas. Iluminado pela lua, o acampamento adquiriu um aspecto bucólico, todo coberto de neve. Dentro da barraca o termômetro registrou 21 graus negativos.

Sem conseguir dormir, vi o dia nascendo e com ele minhas esperanças de poder escalar.

Mas lentamente os dias foram passando.

"...Escalar! Nossa! Já faz duas semanas desde o dia que escalei até o colo. Depois disso, rechaçados pela ventania, só descemos.

Ontem o Ang Rita levantou todo animado, pronto para escalar. Uma hora depois desistiu. Logo ele, tão forte. Hoje o dia amanheceu, adivinhem como? Ventando, é claro!

E vai ser mais um dia sem ter o que fazer. Ah, se ao menos eu conseguisse dormir como o Alfredo e o Ramis. Os dois dormem de 10 a 12 horas seguidas. O dia é bem mais curto para eles. Quanto a mim, são mais de 20 horas acordado, enfiado na barraca. Só saio daqui para entrar na cozinha, comer alguma coisa e logo voltar. Não há muito o que fazer. Tédio. Ociosidade. Melancolia. Desgaste. Meu Deus, quanto tempo perdido esperando! Valerá a pena? Já estamos aqui há cinco dias e o vento ainda não parou. E o frio, então? Durante o dia fica entre menos quinze, menos dez... Minto! Teve um dia que chegou a 6 negativos! Senti até calor!

Faz tanto frio que só vemos a cara um do outro duas vezes por dia: às 9 horas da manhã, na hora do café, e às 16h30min, na hora do jantar. Fora desses horários mal dá para ficar na cozinha ou circular por aí. Nossas vestimentas, ultramodernas, parece que não fazem muito efeito.

Os pés começam a doer de frio. Desanimados, conversamos pouco. Não há muito o que falar. Pela falta de assuntos, as conversas se tornam repetitivas, invariavelmente sobre alguma estratégia de ascensão ou sobre nossas chances de chegar ao cume. O bom humor ainda existe, mas diminuiu muito em relação ao início da expedição. A razão é simples. Embora a vontade de chegar lá em cima ainda seja enorme, a cada dia que passa fica mais evidente que dificilmente conseguiremos.

...Se os minutos não passam, o que falar das horas? A morosidade dos ponteiros do relógio me irrita. Sempre no mesmo ritmo. É uma tortura! Deviam inventar um relógio onde os ponteiros ora andem devagar ora andem depressa. Só para quebrar a monotonia.

Isso me faz lembrar a Antártida, quando também ficamos confinados nas barracas, dias a fio, devido ao mau tempo. A diferença era que lá, apesar da ansiedade, pelo menos havia oxigênio.

Minhas noites se resumem a me virar de um lado para o outro dentro do saco de dormir; beliscar algumas castanhas; devorar alguns bombons; passar creme hidratante nas mãos; fazer alongamentos; coisas assim que distraem e ajudam a passar o tempo. A monotonia só é quebrada quando tenho que levantar para fazer xixi. Quatro a cinco vezes por noite. Ajoelhado sobre o saco de dormir, com uma mão afasto um monte de roupas e abaixo 3 calças; e com a outra seguro a boca da escorregadia garrafa plástica. Com a lanterna apagada, a operação provoca uma certa emoção: já pensou deixar a garrafa cair?

Para ajudar a passar o tempo, ouço música no walkman. *Trouxe várias fitas, mas acabei pegando outras emprestadas com os demais. Ouço de tudo, principalmente MPB, Kitaro, Cat Stevens e clássicas. Depende do estado de espírito. Um comando no aparelho faz com que a fita toque ininterruptamente, ora um lado, ora o outro. Às vezes, deixo uma fita tocar até acabar a pilha do aparelho, o que não demora muito. Então, tateando no escuro, troco as pilhas e a fita. Já ouvi tantas vezes cada uma delas que já enjoei de todas. Mas a música faz o pensamento voar. Penso muito na minha casa, nos meus pais. Sim, eles, que sempre me incentivaram, devem estar preocupados com a falta de notícias e com medo de que algo me aconteça. Penso nos amigos também. E o que dizer dos companheiros de trilha? Ah, eles devem estar pensando que estou me esbaldando. Não conseguem imaginar a dureza que estamos enfrentando. Fico com muita saudade do Brasil.*

Penso na vida também. Divago. Filosofo. Penso na minha existência; no que vou fazer quando voltar. E em tantas outras coisas. Penso no futuro, penso no passado. É gozado como valorizamos certas coisas quando estamos tão afastados do mundo. Que tal um banho? Há quanto tempo, hein? Hoje bati meu recorde: 33 dias sem água. Ler um jornal... ouvir um rádio. Que saudade! E uma praia, então? Prometi a mim mesmo que na próxima vez que for visitar minha amiga Inês no Rio de Janeiro, vou à praia todos os dias. Mesmo que chova!

Fico preocupado com esses pensamentos. Será um sinal de queda do moral? Estarei perdendo minha aclimatação? Ou será que atingi meu limite psicológico? O fato é que esses pensamentos tornam o desconforto mais intolerável, mais difícil de suportar. Tento afastar a melancolia e me manter otimista, desejoso de subir e de agüentar firme todas as dificuldades. Mas devo confessar que não é fácil. Com muita determinação acabo conseguindo, mas às vezes tenho recaídas... Deve ser normal!!

Tento direcionar meus pensamentos para o presente. Penso no significado dessa única e maravilhosa experiência que estou vivenciando. Existirá lugar mais bonito que este? E quanto aprendizado! Principalmente sobre o ser humano e sobre mim mesmo.

Procuro analisar o lado prático também. Nos erros e nos acertos. Tínhamos acertado: na via escolhida; na decisão de trazer os sherpas; na qualidade dos equipamentos; na alimentação; até no número de alpinistas, já prevendo que 2 ou 3 não chegariam até o fim da expedição. O vento também fora previsto, é claro, mas não imaginávamos que poderia ser tão contínuo. Nem no Makalu, em pleno inverno, foi assim!

Tínhamos errado: subestimamos os efeitos do frio e do vento, e superestimamos nossa capacidade de escalar 'rápido'. Mas tenho a consciência tranqüila de que estou fazendo o máximo possível e dando o melhor de mim.

...O Alfredo está cada vez mais impaciente. Disse que se até amanhã o tempo não melhorar ele voltará ao campo-base para chamar os iaques. Ele não vê a hora de ir embora desse inferno. Os demais preferem esperar um pouco mais. Quanto a mim, tenho que ficar até o fim mas, sem conseguir dormir, vai ser duro agüentar por muito tempo. Espero que o vento pare logo. Ando nervoso também. Ontem, durante o jantar, fui ríspido com todo mundo. Implico com o pessoal pela falta de iniciativa, generalizada, para resolver os problemas do dia-a-dia! Mas acho que isso não justifica.

...Vou passar o dia lendo e escrevendo. Hoje à tarde, o Paulo, o Ramis e o Phurba, devidamente escoltados pelo fiel Nikita, vão até a base da aresta nordeste fazer algumas filmagens. A Lena não quis ir. Nem eu.

...Ainda bem que preferi ficar. Eles foram duramente açoitados pelo vento.

...Ele está piorando. Na noite retrasada, ventou tão forte que a barraca foi deslocada de lugar... comigo dentro! Pela manhã, constatei que todas as cordas de nylon que a prendem às pedras haviam se partido. Abriu um rasgo, também. A vida aqui em cima está ficando intolerável.

O vento, aliás, já está abusando: bem à hora que o Paulo estava no 'banheiro', uma rajada mais forte jogou-o a três metros de distância. Ele caiu nas pedras e se cortou todo."

Além do tédio, surgiu um novo problema: só tínhamos gás de cozinha para mais um dia. O Dawa tinha desperdiçado muito gás deixando os fogareiros acesos quase o dia todo. Os de grande porte, a querosene, tinham ficado no campo-base, por isso dali em diante teríamos que usar nossos fogareiros portáteis, mais lentos e inadequados às nossas enormes panelas.

Depois demos uma analisada na situação: o vento, ao invés de diminuir, estava aumentando, enquanto a temperatura caía sensivelmente. Olhando para o Everest, vimos que as nuvens de neve estavam cada vez mais espessas e velozes... o dia todo... e todos os dias! Concluímos que talvez fosse possível alcançar o colo, mas dali para cima seria impossível! Os sherpas concordaram.

Meio conformados com a situação, combinamos que no dia seguinte, 16, o Alfredo desceria ao campo-base para tentar adiantar a data da subida dos iaques do dia 26 para o dia 20. Enquanto isso, os sherpas subiriam ao colo para tentar resgatar o que tivesse sobrado do campo 4.

Mais tarde, sozinho na barraca, eu estava arrasado. Praticamente tínhamos decretado o fim da expedição. Depois de tantos sonhos, tanto trabalho e tantos sacrifícios, não seria dessa vez que chegaríamos ao cume do Everest.

Mas ainda não tinha me dado por vencido. Pensei, pensei e por fim tomei uma decisão. Eu ia tentar subir sozinho. Sim, sozinho! Decidi que não desistiria enquanto tivesse forças. Seria minha última, quase desesperada, tentativa. Eu ainda me sentia bem fisicamente e estava confiante.

Sozinho, entregue a mim mesmo, totalmente independente, sem sherpas ou companheiros, eu estaria livre para impor meu ritmo. Escalaria à noite, se fosse possível. Seria só eu para tomar as decisões. E eu tinha experiência e bom senso para isso.

Mas eu teria que subir o mais leve possível. Velocidade seria fundamental. Por isso, algumas roupas extras iriam no corpo. A comida, isto é, alguns envelopes de sopa e saquinhos de chá, iriam nos bolsos. O rádio iria pendurado. Na mochila, só o saco-de-dormir, um fogareiro, uma panelinha e combustível para apenas 3 dias. Levaria também um grampo de gelo[22], caso tivesse que me prender para não ser carregado pelo vento. Nada de oxigênio nem barraca. Apenas uma pá para fazer uma cova onde decidisse parar para descansar. Até onde subiria? Não sabia. Também não importava. Alguma força interior me impulsionava em direção àquele cume! Eu tentaria chegar o mais alto que pudesse, até onde meu organismo agüentasse ou meu medo permitisse.

Eu tinha plena consciência dos riscos que estava assumindo. A escalada solitária em si não é mais difícil, apenas mais perigosa. Apesar da velocidade ser um fator de segurança, não haveria margem para erros. A única coisa que me importava era tentar. Era lutar para subir! Eu tinha plena certeza que saberia avaliar os perigos e saberia voltar antes que pudesse ser tarde demais.

Durante a noite, o destino pareceu me ajudar. A temperatura subiu para 16 graus abaixo de zero, praticamente parou de ventar e toda a montanha se iluminou sob uma gigantesca lua cheia.

Logo cedo, os sherpas partiram em direção ao colo. Antes de eu sair, o Ramis se ofereceu para ajudar a levar alguma coisa e o Paulo se propôs a filmar o início de minha tentativa.

Já com a mochila nas costas, entreguei ao Alfredo uma carta para o Ma Simin, com novas instruções, pedindo para adiantar as datas de chegada dos iaques e dos caminhões. Assim que os veículos chegassem, estaria terminada a expedição.

Impondo um ritmo forte para testar meu condicionamento, rapidamente cheguei à borda da geleira e esperei pelo Paulo e o Ramis. Este trazia minhas botas de escalada na sua mochila.

---

22. Uma espécie de parafuso, geralmente tubular, que é rosqueado no gelo, para o alpinista se prender ou fixar alguma coisa, como uma corda, por exemplo. Existe em vários tamanhos e modelos, para diferentes tipos (consistência, espessura etc.) de gelo.

Mais de meia hora se passou e nada de o Ramis aparecer. Sem minhas botas, eu nada poderia fazer. Não estava com muita pressa, pois tinha decidido que escalaria mesmo anoitecendo, quando o vento aparentemente diminui, mas comecei a ficar preocupado. Depois, impaciente. Para mais tarde ficar enfurecido. Cadê o Ramis? Depois de esperá-lo por quase uma hora, com adrenalina correndo nas veias, comecei a descer. Ele estava a poucos metros dali, parado, cabisbaixo, totalmente exausto. Olhei para ele com tristeza.

Eu e ele sabíamos o que isso significava. Esse cansaço após vários dias de inatividade só demonstrava uma coisa: sua resistência ao ar rarefeito tinha chegado praticamente ao fim. Seu organismo já estava se degradando. Depois de uma longa permanência em grandes altitudes, chega um momento que o corpo não agüenta mais e, mesmo em repouso, não consegue se recuperar. Nesse caso só existe uma solução: descer, perder altitude, e o mais rápido possível. Talvez tenha sido isso o que aconteceu ao Barney e ao Kenvy. Esse fenômeno acontece com qualquer pessoa, mas a velocidade com que isso ocorre varia muito.

Há dias que o Ramis sofria com a má circulação sangüínea, principalmente nas extremidades. Ele passava os dias esfregando as mãos e pés, que estavam sempre a um passo de se congelarem irreversivelmente. A dor e o medo de perder alguma parte do corpo eram terríveis. Para ele era o fim da expedição. Em silêncio, peguei sua mochila e a levei até a borda da geleira.

Mais do que depressa calcei as botas e os *crampons* e fui para a parede, com o Paulo logo atrás de mim. Eram 10h50min. Quando já estávamos para começar a subir, aconteceu o que eu mais temia: começou a ventar. De repente, vimos o Ramis teimosamente se aproximando do "paliteiro". O Paulo e eu admiramos sua atitude. Apesar de estar se arrastando, no limite de suas forças, ele se esforçava para ser útil. Queria ajudar de alguma forma. Entregou-me uma corda, desejou-me boa sorte e lentamente começou a descer.

O Paulo subiu na frente e me filmou subindo, afastado das cordas fixas. O frio era intenso e manusear a filmadora com apenas um par de luvas era um martírio. O vento foi ficando cada vez mais forte e as mãos do Paulo começaram a se congelar. As baterias pifavam uma atrás da outra. Sem mochila às costas, ele subia mais rápido para me filmar de cima. Depois era eu que ia na frente. Pára. Ajeita a câmera. Troca a bateria. Pára.

Esquenta as mãos. Continua. Subo. Paro. Descansamos. O vento rouba nossas forças e nos deixa exaustos. Ele grita para mim algumas instruções. Não consigo ouvir. Grito de volta. O barulho do vento tornava impossível qualquer diálogo. O trabalho de filmar custava a passar. E o vento aumentando. E o frio atravessando nossas roupas. A cada cinco minutos o Paulo tinha que parar para esquentar as mãos. Eu escalava no meu ritmo, mas para o Paulo, escalar e filmar estava se tornando impossível naquelas condições. As rajadas nos jogavam jatos de neve e nos tiravam o equilíbrio. O vento começou a ficar mais furioso, uivando em nossos ouvidos.

Cruzamos com os sherpas descendo do colo. Berraram que o vento quase os atirara lá de cima e que algumas cordas fixas haviam desaparecido. Tudo que tinha sido enterrado no *high-deposit* havia sumido, soterrado pela neve, mas conseguiram resgatar quase tudo no campo 4. Só deixaram uma barraca, semidestruída. Insistiram para eu desistir da idéia de subir.

Eu já não sentia mais as mãos. Mais abaixo, o Paulo sofria com a filmadora, mas insistimos em subir mais um pouco, até o limite das nossas forças. Quando o frio se tornou insuportável, paramos. Ficamos analisando a situação lá para cima. O colo estava sendo varrido por uma tempestade de neve. Não tinha jeito, a escalada estava ficando muito perigosa, e além das nossas forças. Antes que a sombra nos pegasse, decidimos descer. Apesar de estar vestindo várias camadas de roupa, eu não agüentava de frio. Minha resistência às baixas temperaturas já não era a mesma de algumas semanas antes. Estávamos a 6.750 metros de altitude. Resignados, voltamos ao acampamento.

No dia seguinte, o Paulo, Lena e Ang Nima desceram de volta para o campo-base. O tempo voltou a melhorar e eu decidi voltar para a parede na manhã seguinte. Foi quando o Ang Rita veio falar comigo.

– "Thomá", você é muito determinado! E sei que está bem fisicamente. Por isso quero subir com você – disse ele, vendo meu esforço.

– Ora, Ang Rita, você não tem mais obrigação de me acompanhar.

– Ah, mas eu insisto em te ajudar a chegar pelo menos nos 8.000 metros de altitude.

Eu não poderia esperar nada melhor. Seria nossa derradeira chance, pois dali a alguns dias os iaques chegariam para nos buscar.

– Só teremos 3 dias para atingir o cume, ou desistir – avisei.

Então, na maior calma do mundo, ele sugeriu:

– Se amanhã o tempo estiver bom, nós subimos até a barraca

semidestruída no campo 4, passamos a noite lá – uma só, frisou bem – e partimos para o cume no dia seguinte, em estilo alpino, ao primeiro raio de sol. E carrego duas garrafas de oxigênio para você, pois eu não preciso delas!

Aquela conversa com ele deixou-me profundamente comovido e animado. Eu não havia pedido para ele subir comigo. A essa altura, o Alfredo já deveria ter entregado a minha carta ao Ma Simin adiantando a data da vinda dos caminhões. Portanto, a expedição já havia praticamente terminado, e só estávamos esperando os animais. Logo, ele não precisava fazer aquilo. Mas fez! Fez porque era importante para mim e para a expedição.

Fui dormir cheio de esperança. Com o Ang Rita junto, a escalada ficaria mais segura.

O céu estava repleto de estrelas como eu nunca tinha visto antes. Iluminado pela lua, o Everest era uma gigantesca pirâmide resplandecente.

Mas a ilusão durou pouco. Durante a noite, o vento atingiu uma velocidade nunca vista, e simplesmente estraçalhou minha barraca... comigo dentro! Não tive outro remédio senão fugir às pressas para a barraca do Ramis.

Pela manhã, mal conseguíamos ficar de pé no acampamento. Tínhamos que andar curvados para a frente. O vento, provavelmente acima dos 200 km/h, uivando raivosamente, tinha carregado para bem longe qualquer chance de escalada. O Ang Rita e eu nos olhamos decepcionados e não tocamos mais no assunto. Era o fim. Os iaques chegariam dali a um ou dois dias.

Sem mais perspectivas de subir, o negócio então era descer. E o quanto antes. Estava ficando difícil permanecer naquele lugar.

"...Já era quase meio-dia, mas a cozinha estava deserta. Tentei cortar um pedaço de queijo de iaque, mas estava mais duro que um tijolo. Usei o martelo, mas não consegui parti-lo.

...Os sherpas demoraram para aparecer. Faz muito frio e agora eles estão sentindo muito isso. Uma vez decidido que vamos embora, não vemos a hora de os iaques chegarem. A vida aqui em cima está muito dura, monótona, gelada. Praticamente no limite da tolerância humana. Alguns itens de comida que trouxemos aqui para cima já estão no fim. E só temos cartuchos de gás para mais 4-5 dias. Ainda temos muita benzina e querosene, mas é muito trabalhoso (às vezes, impossível) colocar os fogareiros para funcionar."

Para diminuir o sofrimento da equipe, pedi ao Dawa, Phurba e Ramis que descessem para o base. Já desgastados pelo frio e o ar rarefeito, Ramis e Dawa quase não saíam das barracas. Nem jantavam. Além disso, economizaríamos combustível. O Ang Rita e eu ficaríamos ali esperando pelos animais.

Phurba e Dana retornaram ao campo-base. Apesar da minha insistência, o Ramis se recusou a descer. Mesmo sofrendo com o frio, ele procurava manter a tranqüilidade e o moral elevado. Disse que ficaria comigo até o fim, não importando o que acontecesse.

Passamos a jantar mais cedo: às 15h30min. Não dava para comer mais tarde. Devido ao frio, ninguém agüentava ficar naquela cozinha após as 16h30min.

No dia seguinte, o vento destruiu a lona que cobria a cozinha. Pronto! Mais essa! O que a princípio parecia ser um problema, acabou sendo uma solução. Como estávamos só em três, passamos a fazer as refeições na barraca do Ang Rita. Foi a melhor coisa que fizemos. Com os fogareiros ligados e os três enfiados na minúscula barraca, o ambiente esquentava e finalmente podíamos tirar nossos pesados casacos. Dava até para jantar mais tarde, enquanto lá fora a temperatura ficava por volta dos 15 a 20 abaixo de zero.

"Estou começando a sentir problema de frio nos pés, coisa que ainda não tinha me acontecido nesta expedição. Felizmente a diarréia passou. À noite, a lua cheia ilumina com tanta intensidade o acampamento que nem precisamos de lanterna. O Everest sob essa lua fica prateado. É magnífico!... Durante a madrugada a temperatura foi de 23 graus abaixo de zero, e a barraca, como sempre, ficou cheia de gelo, devido à condensação... De dia, o sol não consegue elevar a temperatura..."

Sem absolutamente nada para fazer exceto esperar, ficávamos horas na barraca do sherpa conversando sobre nossas vidas, nossos países, namoradas, etc.

Quanto mais conhecíamos, mais admirávamos o Ang Rita, e ficávamos ora encantados, ora aterrados com suas histórias. Uma delas se passou ali mesmo, onde estávamos. Era uma expedição inglesa, durante o mês de outubro. Nevou tanto naquele mês que o caminho de volta para o campo-base ficou atolado de neve. Havia tanta neve que os iaques não conseguiram subir para buscá-los. Conclusão: eles tiveram que descer esquiando e abandonaram tudo para trás!

Músico em Xegar.

Em Kathmandu, um "limpador de ouvidos" profissional executa seu trabalho nas orelhas do Barney. (Foto de Kenvy Chung Ng)

Nepalês transporta barril em Kodari.

Nosso intérprete compra um carneiro inteiro num "açougue" em Tingri.

O Himalaia (Everest no meio) visto do passo Pang, a caminho do campo-base.

"Acaricie a moça..." (dentro da casa dos tibetanos em Nyalan). (Foto de Kenvy Chung Ng)

Jovens monges estudando num templo em Xegar.

Os caminhões e nossos quase 80 barris no campo-base.

Ang Rita e um tibetano checam o peso de cada barril.

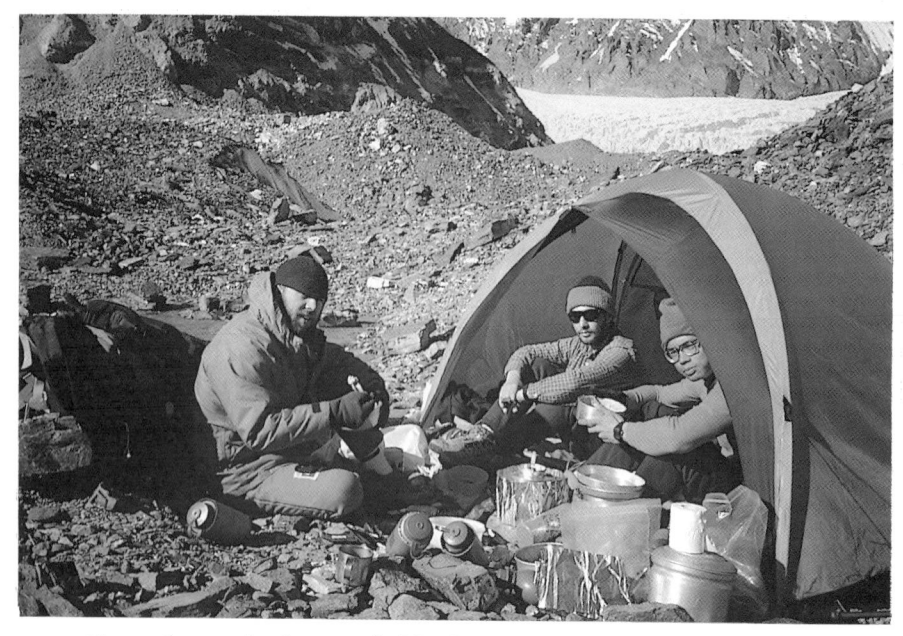

Thomaz (com seu "garfo-espeque"), Eduardo e Kenvy almoçando no campo 2.

"Consulta" médica a 6500 metros de altitude.

Antes de sair para escalar, Ang Nima se benze diante do altar no base avançado.

No "paliteiro". Em primeiro plano, o fiel Nikita. (Foto de Kenvy Chung Ng)

Uma das inúmeras vezes que nosso jipe quebrou.

Na volta para Xegar, a estrada cede e nosso caminhão quase capota.

Depois de 2 meses na montanha, finalmente um banho, em Tatopani (Kodari). (Foto de Alfredo Bonini)

Um dia. Dois. Três dias e nada de os iaques aparecerem. "Quem sabe amanhã?", cogitávamos. Passávamos mais de dez horas seguidas deitados, enfiados no saco de dormir, vendo as horas se arrastarem. O único ruído que ouvíamos era o vento. Os dias começaram a nublar, o frio começou a ficar cada vez mais intenso, mas eu só torcia para não começar a nevar como aconteceu com os ingleses. Afinal de contas, não tínhamos esquis, e eu não estava disposto a abandonar nenhum equipamento!

Quando o quinto dia amanheceu, ameaçando nevar, a ansiedade e o desânimo eram evidentes. Já estávamos conformados que o pessoal não havia conseguido adiantar a subida dos iaques. Provavelmente subiriam no dia previamente combinado, isto é, dali a dois dias. O jeito era esperar.

– Acho que ouvi um sino – disse o Ang Rita, preparando nosso café da manhã.

– Deve ser impressão sua – respondi, não dando muita atenção.

– Acho melhor checarmos – disse o Ramis.

Pusemos a cabeça para fora da barraca. Parecia um sonho! Um tranqüilo bando de iaques rodeava nosso acampamento! Iupii! Eu me sentia como um náufrago, que estava sendo resgatado. Desligamos nossos fogareiros e saímos para recepcionar os tibetanos.

Eles estavam cansados e tomaram litros e mais litros de chá. Eram oito homens e dezoito iaques. Como cada um tem seus próprios animais, fizeram um sorteio (!) para ver com quem ficariam os barris mais pesados. Alguns barris só foram aceitos depois que lhes presenteamos com garrafas de alumínio, barris vazios e alguns rolos de corda.

Eram duas e meia da tarde quando começamos a dar os primeiros passos em direção à nossa casa.

Antes de fazer a curva por trás do Changtse, parei e, com calma, dei uma última olhada para o Everest. Com a superfície coberta por agitadas nuvens de neve, ele não parecia mais uma coisa inanimada de rocha e gelo, mas uma coisa vibrante, com vida! Ele parecia me dizer que "se sentia" exultante, vitorioso. E eu, olhando-o fixamente, "respondia" que ainda ia voltar a vê-lo.

Achando graça do "diálogo", dei meia volta e comecei a descer sem olhar mais para trás. Nesse momento, senti que viver vale muito mais a pena quando vamos realmente atrás dos nossos sonhos.

Naquela noite pernoitamos no campo intermediário e chegamos ao campo-base no dia seguinte. Horas depois, chegaram dois caminhões.

Mas as emoções ainda não tinham terminado. A poucos quilômetros do acampamento, já voltando para Xegar, a beirada da estrada cedeu e um dos caminhões, lotado com nossos barris, quase capotou, ficando perigosamente adernado à beira de um pequeno precipício. Teve que ser cuidadosamente esvaziado para que não caísse dentro do rio. Um quilômetro depois, o outro caminhão atolou num riacho congelado. Já era noite quando chegamos ao hotel.

Dois dias depois, 28 de novembro, chegamos a Kathmandu.

Ali ganhamos um pequeno consolo. Fomos informados de que a temporada pós-monções daquele ano havia sido a pior dos últimos tempos. Treze expedições, incluindo a nossa, haviam tentado escalar o Monte Everest. Pelo Nepal foram nove expedições e 119 alpinistas: apenas 8 escaladores chegaram ao cume. Pelo lado tibetano, foram quatro expedições e 53 alpinistas: ninguém chegou lá em cima! Quase nenhum outro pico de 8.000 metros foi escalado.

CAPÍTULO 15
UM DIA VOLTAR

"O Everest produz no escalador tensões emocionais muito fortes, que são o resultado de sua determinação e de sua força de vontade. Sem dúvida, ninguém experimenta uma tensão tão forte e tão prolongada como o líder da expedição. Dele parte a idéia de reunir o grupo. Elege seus companheiros, a estratégia geral e supervisiona todo o complexo projeto e sua aplicação ao Everest. É responsável pela vida dos homens e é sobre ele que recaem todas as críticas, incluindo as difamações de alguns alpinistas e parte do público, se esta onerosa aventura não dá certo..." Sir John Hunt

Após dois anos e meio de planos, trabalho e sacrifícios, e dois meses na montanha, foi muito difícil simplesmente virar as costas e ir embora. Foram tantas pessoas que nos ajudaram nessa empreitada, que torceram por nós e que, como nós, colocaram amor nesse projeto, que é muito duro admitir que fomos vencidos. É como se a chama de uma paixão se apagasse no coração de cada um. Mas mesmo assim, agora, meses depois da volta, não posso deixar de sentir muita saudade pelos dias maravilhosos que passei naquele lugar.

Ir ao distante Tibet e tentar chegar ao cume do Everest deixou de ser sonho para se tornar realidade.

Sabíamos, é claro, que não seria fácil. No montanhismo nunca se sabe se chegaremos ao cume ou não. Se soubéssemos, talvez nem tivesse sentido escalar. Uma prova das dificuldades de se chegar no ponto culminante da Terra é o pequeno número de alpinistas que conseguiram chegar lá em cima nesses últimos setenta anos. Nesse período, foram milhares que tentaram e não conseguiram, muitos pagando o fracasso com a própria vida.

O importante é que lutamos, demos o melhor de nós, tentamos até onde foi possível, e voltamos inteiros e com saúde. E esse era o nosso principal compromisso. Mais que para com os outros, compromisso para conosco mesmos.

Infelizmente, dessa vez a montanha demonstrou uma nítida superioridade. Insistir mais seria inútil e perigoso. Nenhuma montanha vale uma vida. E nunca valerá.

Jogando no limite da vida, aprendemos a respeitá-la e a valorizá-la. Por isso, a importância e o fascínio de se desafiar uma montanha como o Everest está muito além de apenas chegar ou não ao cume. É muito mais que isso. Deixando de lado o conforto do mundo moderno e entrando em contato íntimo com as forças da natureza, aprendemos a ouvir e a conhecer melhor nosso interior, ajudando-nos a encontrar um sentido à nossa própria existência. Acredito que todo ser humano tem um "Everest" para alcançar. Uns vão atrás dele. Outros desistem pelo caminho. Poucos o alcançam.

Particularmente, não só conheci um dos lugares mais bonitos desse planeta e incorporei novos valores, como adquiri novas habilidades para superar barreiras técnicas e psicológicas, exercitando todos os meus sentidos, toda minha percepção e sensibilidade para me guiar naquele meio puro, mas infinitamente hostil.

Amadureci, aperfeiçoei minha capacidade de concentração e autocontrole, aprendi mais sobre o valor da amizade e companheirismo, e descobri que com paciência e determinação nossos sonhos acontecem. São experiências desse tipo que deixam marcas na alma da gente pelo resto de nossas vidas. E isso é o mais importante.

Apesar de todas as dificuldades e perigos, nós sobrevivemos. Dessa vez não chegamos lá em cima. A luta foi justa? Pode a luta no Everest ser justa? Como disse Reinhold Messner, a montanha não é justa nem injusta. Ela é apenas perigosa. Perto dela somos pequenos e fracos. Todos os homens, seus mais sofisticados equipamentos e estratégias são frágeis perante a força dos seus ventos e tempestades. Talvez por isso seja ela uma ótima arena para nos testar diante de nós mesmos, em busca da nossa superação pessoal.

Bem, e agora? Existe no homem uma necessidade íntima de concluir as coisas, e enquanto me sentir com condições físicas e psicológicas de chegar lá em cima não pretendo, nem posso, desistir. Por isso, sei que vou voltar! Afinal, o Everest, desde o primeiro momento que o vi, tocou-me profundamente, e ainda não desvendei todos os seus mistérios.

Mas enquanto esse dia não chega, existem outros desafios para enfrentar, outros planos para realizar, outros sonhos para alcançar.

E sinto-me feliz por continuar lutando.

APÊNDICE

I - EQUIPE

As informações são referentes à época da expedição (set./out./nov. 91).

THOMAZ ALBERTO BRANDOLIN – Empresário da área de turismo e instrutor de montanhismo, 31 anos, solteiro.
Realizou expedições e ascensões na Cordilheira dos Andes – Peru e Argentina; nos Estados Unidos; no Alaska; na Cordilheira do Himalaia e na Antártida. Chefe da expedição.

ALFREDO LUIZ BONINI – Físico nuclear do Instituto de Física da Universidade de São Paulo, 39 anos, solteiro.
Participou de expedições e ascensões nos Andes argentinos, nos Alpes e na Antártida, onde passou 9 meses. Foi o encarregado das áreas de rádio-comunicação, energia e sistema de oxigênio.

PAULO ROGÉRIO PINTO COELHO – Físico nuclear do Instituto de Pesquisas Energéticas (IPEN), 40 anos, casado.
Realizou expedições e ascensões nos Andes peruanos e argentinos, e também esteve na Antártida. Foi o principal cinegrafista da equipe.

HELENA GUIRO PACHECO PINTO COELHO – Professora, 38 anos, casada.
Participou de expedições e ascensões nos Andes peruanos e argentinos, e também esteve na Antártida. Foi a encarregada pela área de alimentação e controle do estoque dos mantimentos.

ROBERTO LINSKER – Empresário da área de turismo, instrutor de montanhismo e fotógrafo profissional, 27 anos, solteiro.
Participou de expedições e ascensões nos Andes peruanos e argentinos, na Patagônia e nos Estados Unidos. Responsável pela documentação fotográfica.

KENVY CHUNG NG – Engenheiro civil, 28 anos, solteiro.
Realizou expedições e ascensões nos Andes – Peru, Argentina e Equador. Paramédico da equipe e supervisor da atividade de preparação física.

RAMIS TETU DE LIMA E SILVA – Engenheiro agrônomo e empresário do ramo imobiliário, 29 anos, solteiro.
Participou de expedições e ascensões nos Andes peruanos e argentinos. Encarregado pelo controle de estoque e fluxo de equipamentos e mantimentos.

EDUARDO NOGUEIRA GARRIGÓS VINHAES – Médico especializado em cirurgia torácica, 28 anos, solteiro.
Participou de expedições e ascensões nos Andes peruanos e argentinos e já esteve no Himalaia. Médico da expedição.

Todos os integrantes da equipe são membros do Clube Alpino Paulista.

SHERPAS

ANG RITA SHERPA, nosso Sirdar, 43 anos. Era sua 11ª expedição ao Everest, a 4ª pelo lado tibetano. Já esteve no cume dessa montanha 6 vezes. Vive em Thami, na região do Solu Khumbu, Nepal.

ANG NIMA SHERPA, 44 anos. Era sua 16ª expedição ao Everest, a 6ª pelo Tibet. Numa delas chegou a 100 metros do cume. Vive em Kathmandu e parte do ano em Namche Bazaar, na região do Solu Khumbu.

PHURBA SHERPA, 21 anos. Era sua 2ª expedição ao Everest, a 1ª pelo Tibet. Pelo lado do Nepal chegou a 8.000 metros de altitude. Vive em Kaku, região do Solu Khumbu.

DANU SHERPA, 28 anos. Era sua primeira expedição ao Everest. Vive em Namche Bazaar.

DAWA SHERPA, 24 anos. Cozinheiro. Vive em Tamakhani, na região do Solu Khumbu.

TENJI SHERPA, 31 anos. *Kitchen-boy* (auxiliar de cozinha). Vive em Tamakhani.

CHINESES

MA SIMIN, 29 anos. *Liaison Officer* (oficial de ligação). Vive em Lhasa.

ZHENG XIAU HUAI, 23 anos. Intérprete. Vive em Beijing.

II – CALENDÁRIO

8 de junho de 1989 – Chega de Beijing a autorização para a realização da expedição.

30 de outubro – É assinado entre a Associação Chinesa de Montanhismo e Thomaz Alberto Brandolin o contrato que autoriza a expedição a tentar escalar o Monte Everest pela aresta norte, via colo norte, nos meses de outubro e novembro de 1991.

31 de agosto de 1991 – Embarque do primeiro grupo de expedicionários rumo ao Nepal, via EUA e Tailândia.

11 de setembro – Chegada do primeiro grupo a Kathmandu, capital do Nepal.

15 de setembro – Chegada a Kathmandu do restante da equipe.

27 de setembro – Liberação da carga pelas autoridades alfandegárias, para trânsito pelo território nepalês.

28 de setembro – Partida para Kodari, na fronteira com o Tibet.

29 de setembro – Entrada no território tibetano e pernoite na cidade de Zhangmu, a 2.300 metros de altitude.

30 de setembro a 3 de outubro – Viagem, de ônibus e caminhão, de Zhangmu até o Vale de Rongbuk, local do campo-base, a 5.200 metros de altitude. No caminho, passam pelas cidades de Nyalan (3.750m), Tingri (4.342m) e Xegar (4.350m).

12 de outubro – O grupo formado por Paulo, Helena, Ramis e Roberto (Barney), acompanhados de 4 sherpas e 21 iaques, instalam o campo 1, na geleira de Rongbuk Leste, a 5.600 metros de altitude. Durante a permanência no campo-base até essa data, os dias foram ensolarados, com rajadas de vento durante a tarde.

13 de outubro – O mesmo grupo instala o campo 2, a 6.000 metros de altitude. Enquanto isso, Alfredo, Kenvy, Eduardo e Thomaz, acompanhados de um sherpa, partem para o campo 1.

14 de outubro – Paulo e Helena, acompanhados dos 4 sherpas e dos iaques, instalam o campo 3, campo-base avançado, a 6.500 metros de altitude. Ramis e Barney permanecem no campo 2, enquanto o outro grupo ali chega.

16 de outubro – Toda a equipe se encontra no campo 3. Tempo nublado pela primeira vez. O sherpa Danu tem uma infecção dentária, passa mal e é mandado de volta para o campo-base, de onde parte para Kathmandu. Mais 10 iaques chegam ao campo 3, com a segunda parte da carga.

18 de outubro – Paulo e Thomaz, acompanhados do sherpa Ang Rita, começam a fixar cordas na parede de gelo que leva ao colo norte. Dia ensolarado, quente e sem vento.

19 de outubro – Alfredo, Kenvy, Helena e Ramis, acompanhados de 3 sherpas, fazem a primeira tentativa de atingir o colo norte. O sherpa Ang Rita fixa cordas até 20 metros do colo. Dia claro, frio e com muito vento.

22 de outubro – Alfredo e Thomaz, acompanhados de 3 sherpas, vão até o "paliteiro", chamam pelo rádio e esperam por Ramis, Paulo, Kenvy e Barney, que se atrasam e não aparecem, o que gera muita discussão. Helena passa mal. Dia claro com muito vento.

24 de outubro – Ramis, Barney, Kenvy e Thomaz caminham até o colo na base da aresta nordeste do Everest. Dia claro, com muito vento.

26 de outubro – Barney, Kenvy, Ramis e Paulo, acompanhados dos sherpas, fazem a segunda tentativa de atingir o colo norte. O Barney atinge o meio da parede, enquanto os sherpas chegam ao colo. A parede é açoitada por violentas rajadas de vento. Muito frio. Barney decide abandonar a expedição.

28 de outubro – Alfredo, Paulo, Ramis e Thomaz, acompanhados dos sherpas Ang Rita, Ang Nima e Phurba, finalmente alcançam o colo norte. Paulo, Ramis e Phurba deixam sua carga e retornam ao campo 3, enquanto os demais instalam o campo 4 a 7.050 metros de altitude. Dia claro, muito frio, com ventos fortes no final da tarde.

30 de outubro – Thomaz e o sherpa Ang Rita tentam escalar até o local onde seria instalado o campo 5, mas violentas rajadas de vento os impedem de subir acima dos 7.100 metros de altitude. Dia claro mas muito frio e vento.

31 de outubro – Grupo que está no campo 4 retorna ao campo 3.

1 de novembro – Barney e Kenvy retornam ao campo-base.

2 de novembro – Restante da equipe retorna ao campo-base.

5 a 7 de novembro – Thomaz e Ramis, acompanhados do Ang Rita e do oficial de ligação chinês, viajam de jipe a Xegar para comprar mantimentos.

10 de novembro – Paulo, Helena, Ramis, Alfredo e Thomaz, acompanhados dos sherpas e de 3 iaques, recomeçam a subir e instalam um campo intermediário provisório, entre os campos 1 e 2. Eduardo permanece no campo-base enquanto o Barney e o Kenvy retornam para Kathmandu. Dia claro, frio mas sem vento.

11 de novembro – Equipe chega novamente ao campo-base avançado. Neblina e, pela primeira vez, ligeira queda de neve.

16 de novembro – Depois de um período de 5 dias de muito frio e vento, finalmente o dia amanhece calmo, mas volta a ventar durante a tarde. Thomaz tenta subir sozinho até o colo norte, mas só atinge metade da parede de acesso. Paulo o acompanha filmando. Enquanto isso os sherpas desativam o campo 4 e o Alfredo retorna ao campo-base.

17 de novembro – Paulo e Helena, acompanhados do Ang Nima, retornam ao campo-base, pernoitando no campo 2. Depois o Dawa e o Phurba fazem o mesmo.

19 de novembro – É decidido encerrar toda e qualquer tentativa de subir a montanha.

24 de novembro – Finalmente, 10 tibetanos e 18 iaques chegam ao campo-base avançado. Ramis, Thomaz e Ang Rita abandonam o acampamento e começam a descer de volta ao campo-base. Pernoitam no campo intermediário.

25 de novembro – Thomaz, Ramis e Ang Rita, acompanhados dos iaques, chegam ao campo-base. A expedição é dada por encerrada. Os caminhões chegam naquela noite.

26 de novembro – Pela manhã, toda a equipe abandona o local do campo-base e chega à noite em Xegar.

28 de novembro – A equipe chega a Kathmandu.

17 a 23 de dezembro – A equipe finalmente retorna ao Brasil.

III – INFRA-ESTRUTURA

EQUIPAMENTOS

Nessa expedição empregou-se o que há de melhor e mais moderno em praticamente todos os itens de equipamentos técnicos de escalada, camping (barracas, fogareiros etc.), vestimentas, oxigênio, rádio-comunicação, vídeo, orientação, gravação e fotografia. Alguns foram levados pelos próprios alpinistas. Outros foram adquiridos nos Estados Unidos dias antes da chegada ao Nepal, a maioria de uso coletivo. No critério de seleção, levou-se em conta principalmente o peso, a resistência e a confiabilidade.

1. VESTIMENTAS

Visto que cada alpinista fazia uma combinação diferente de roupas, conforme sua preferência, será citado aqui apenas o que se tinha disponível.

A maioria das roupas foi adquirida junto aos seguintes fabricantes: Patagônia, Outdoor Research, North Face e REI. Os nomes citados aqui muitas vezes são marcas registradas dos fabricantes (Thinsulate, Goretex etc.), mas todos fazem parte do jargão alpinístico.

Calçados:

– Tênis de caminhada, para cobrir o acidentado percurso de 22 quilômetros entre o campo-base e o base avançado. Sua utilização só foi possível porque a geleira é totalmente recoberta por pedras, cuja superfície estava totalmente desimpedida de neve.
– *Moon-boot* para o dia-a-dia nos campo-base e base avançado. É uma bota leve, de cano bem alto, quente e flexível, muito utilizada em pistas de esqui. Mostraram-se imprescindíveis, pois os tênis não conseguiam manter os pés aquecidos e as botas duplas de escalada são muito desconfortáveis.
– Botinhas de *nylon*, forradas com penas de ganso, para dormir.
– Durante a escalada, foram utilizadas botas-duplas de plástico, marca One-Sport, com cobre-botas (espécie de polaina, que impede a entrada de neve dentro da bota) de *nylon* acoplado. São excelentes: mesmo nos dias mais frios, sob sensações térmicas abaixo dos 50 graus negativos, alguns de nós calçava somente um par de meias.
– *Crampons* rígidos, ajustáveis e de engate rápido, da marca Salewa.

Calças e Jaquetas:

– Calça tipo agasalho para caminhada entre o campo-base e o base avançado.
– 2 a 4 conjuntos de calças e blusas, de diferentes espessuras, de capilene, para usar como primeira camada.
– 1-2 conjuntos de calças (ou jardineiras) e jaquetas de poliéster, tipo *pile*; e/ou de *nylon* tipo *fleece*.
– 1 conjunto de calça (praticamente não foram usadas) e jaqueta de *nylon* forrado com penas de ganso.

– 1 conjunto de calça e jaqueta de *nylon* impermeável, tipo Goretex, para cortar o vento.

Meias: Vários pares, de diferentes espessuras, de polipropileno puro ou misturado com lã, de poliéster, e de *nylon* impermeável extrafino, para funcionarem como "barreira de vapor".

Luvas: Vários pares, de diferentes espessuras e modelos: algodão grosso para trabalhos pesados; neoprene; capilene; *fleece; pile*; lã, (tipo *Dachstein*); e Goretex forrado com polipropileno ou Thinsulate.

Gorros: Tipo Balaclava, que envolvem toda a cabeça e o pescoço, de capilene, *pile* e de Goretex, alguns integrados entre si. Tínhamos ainda uma máscara de neoprene, para cortar o vento. Os capacetes foram deixados no campo-base, pois não eram necessários.

Óculos: Cada um de nós tinha dois pares, com lentes escuras especiais para grandes altitudes; e *goggles* (óculos de esquis), com lentes duplas escuras, intercambiáveis e antiembassantes.

2. CAMPING

Mochilas: da marca Mountainsmith, de grande capacidade, estáveis, com armação interna semi-rígida e desenho anatômico.

Sacos de dormir: modelo topo de linha da marca Boulder Designs (para -40° C), de Goretex por fora e forrado com penas de ganso.

Colchonetes: infláveis, da marca Therm-a-Rest, e de espuma de células fechadas. Cada um dispunha ainda de um saco de bivaque, feito de Goretex, para emergências.

Barracas: para campo-base foram alugadas 9 em Kathmandu. Eram modelo canadense, de algodão, com sobreteto de lona e 2 lugares. Algumas foram destruídas pelo vento. Para refeitório, alugamos uma para o campo-base e outra para o campo 3 (campo-base avançado). Eram de lona, com estrutura tubular de ferro. Tinham cerca de 5 metros quadrados, por 1,8 metro de altura. Uma delas foi destruída pelo vento.

Para os campos 1, 2, 3 e 4 tínhamos 22 barracas de alta-montanha no total. Eram leves, portáteis, de 2 lugares, práticas de montar e desenhadas para reter o calor e resistir à pressão do vento. Dessas, 16 eram de parede única de Goretex (isto é, sem sobreteto), da marca Bibler (EUA), nos modelos Eldorado, Awhanee e Satélite; e com peso de 1,9 kg. Resistiram bem às violentas rajadas de vento e somente quatro foram parcialmente destruídas, já no final da expedição. Apesar de a parede ser de *nylon* "respirável", o ar condensava na superfície interna de todas elas, formando uma película de gelo. Pelo fato de serem de parede única, retinham menos o calor interno. As Eldorado, por não possuírem janelas, eram as que tinham pior ventilação. Pela leveza, praticidade e rapidez com que podiam ser montadas, mostraram-se ideais para uma escalada em estilo alpino e para um rápido ataque ao cume. No entanto, para longas permanências, como ocorreu no campo-base avançado, deixaram um pouco a desejar pelo reduzido tamanho.

Além daquelas de Goretex, utilizamos ainda:

Duas da marca Helsport. Uma delas, espaçosa e de três lugares, foi montada apenas para um pernoite no campo 1. A outra, menor, modelo túnel, foi instalada no colo norte e lá permaneceu até o final da expedição, sendo mais tarde abandonada, parcialmente danificada. Apesar de ambas terem mais de dez anos de uso, agüentaram bem o frio e o vento.

Uma da Gerbier, minúscula, foi usada durante dois dias no campo 3;

Uma da Moss ficou montada no campo 3 durante 17 dias. Não resistiu ao vento e teve uma de suas varetas de alumínio quebrada;

Uma da North Face, modelo VE-24, de 3 lugares. Demonstrou ser a mais confortável e confiável, pois praticamente não deformava mesmo sob enorme pressão. Ficou montada durante toda nossa permanência no campo 3;

Uma da Salewa, que não foi utilizada.

Exceto no campo-base e no colo norte, todas as barracas foram montadas sobre terreno pedregoso; por isso, ao invés de espeques, foram cercadas e presas por pedras de grande tamanho, o que consumiu quase 1 km de cordinhas de nylon. Além das barracas, tínhamos 3 lonas de grande tamanho que serviam como teto para as cozinhas de pedra, no campo-base e no base avançado.

Lanternas: Cada alpinista tinha uma ou duas *head-lamps*, sendo que uma delas usava bateria de lítio, que dura cerca de 20 horas mesmo sob temperaturas muito abaixo de zero.

No campo-base e no avançado, dispúnhamos de 2 lampiões portáteis a querosene e 2 que utilizavam cartuchos descartáveis de gás.

Fogareiros e combustíveis: No campo-base, o cozinheiro utilizava dois fogareiros de grande porte, alugados em Kathmandu, movidos a querosene. Apesar de novos, ambos apresentaram defeitos no decorrer da expedição. No campo-base avançado utilizou-se um fogão de camping de duas bocas, portátil, a gás de cozinha. Para os demais acampamentos, tínhamos 10 fogareiros da marca MSR, americanos, que podiam ser operados com diferentes combustíveis, e 9 fogareiros da marca Epi-gaz, ingleses, que utilizavam cartuchos de gás descartáveis.

Os MSR, quando utilizados com querosene de péssima qualidade adquirido em Kathmandu, entupiam com excessiva facilidade e com freqüência levávamos mais de uma hora para acendê-los. Foram totalmente desmontados várias vezes, para limpeza. Já com benzina, funcionavam muito bem.

Os fogareiros Epi-gaz consistem, na verdade, de apenas um minúsculo queimador que vai atarraxado ao bico do cartucho. Possuem um dispositivo que permite sacá-los mesmo com o cartucho ainda cheio. São tão leves e compactos que podiam ser transportados no bolso das roupas. Uma vez que não era necessário bombeá-los para conseguir pressão, mostraram-se muito mais práticos e confiáveis.

Um dos grandes problemas que enfrentamos para organizar essa expedição foi a impossibilidade de levarmos combustível do Brasil até o Nepal. Virtualmente, nenhuma companhia aérea aceita carregar esse tipo de produto, principalmente em grandes quantidades; e enviar por outros meios também seria muito complicado.

Em vista disso, decidimos proceder como as demais expedições e preparamo-nos para utilizar os combustíveis encontrados no mercado local. Os combustíveis ideais para esse tipo de expedição são a benzina e o gás butano misturado com propano, engarrafados em cartuchos descartáveis.

A vantagem da benzina é que ela é limpa e econômica. E economia de combustível é muito importante numa expedição desse tipo, pois, além de cozinhar, usamos os fogareiros para derreter neve, única maneira de se obter várias centenas de litros d'água. A desvantagem da benzina é que ela não é encontrada em parte alguma daquela região da Ásia. Os canadenses pagaram uma verdadeira fortuna para transportar alguns galões até lá.

A grande vantagem dos cartuchos de gás é a sua simplicidade e confiabilidade, pois requerem fogareiros simples, que raramente apresentam problemas e não precisam ser bombeados para ganhar pressão. Levamos apenas cartuchos de gás butano misturados com propano, por serem mais adequados às condições de baixa pressão atmosférica. Outra vantagem é que uma quantidade razoável desses cartuchos pode ser encontrada em Kathmandu, embora alguns só contenham butano. São, em geral, de origem inglesa e coreana. A principal desvantagem dos cartuchos é o preço e o fato de não serem econômicos. Quatro escaladores consumiram dez cartuchos durante os 3 dias que permaneceram no campo 4.

Por essas razões, e para não depender de apenas um tipo de combustível, geralmente de péssima qualidade, encontrado em Kathmandu, acabamos utilizando seis tipos deles, cinco dos quais adquiridos naquela cidade:

– 100 litros de querosene comum;
– 100 litros de querosene de aviação (mais limpa que a comum);
– 35 litros de gasolina, que foram misturados à querosene para aumentar o poder de combustão;
– 80 cartuchos descartáveis de butano com propano, ideais para condições de baixa pressão, da marca Epi-gaz;
– 4 bujões pequenos de gás de cozinha. Foram adquiridos mais 4 no campo-base, da expedição indiana. Cada um durou cerca de 6-7 dias;
– 35 litros de benzina, adquiridos no campo-base, da expedição canadense.

No final, os chineses ainda nos cederam um pouco de querosene e gasolina.

3. EQUIPAMENTOS TÉCNICOS DE ESCALADA

Equipamentos levados para os alpinistas, visto que os sherpas possuíam equipamentos próprios:

– 12 piquetas;
– 6 martelos de gelo;

- 12 pares de *crampons*;
- 10 pares de bastões de esqui;
- 8 aparelhos para descida, tipo "oito";
- 8 pares de jumar;
- 12 *boudriers*, ou "cadeirinhas" (cintas que envolvem a cintura e as pernas do escalador, conectadas à corda), sendo 8 da marca Black Diamond;
- 40 estacas de alumínio de diferentes tamanhos;
- 22 *dead-man* (espécie de âncora de alumínio, conectada a um cabo de aço, muito usada para fixação em neve fofa);
- 20 grampos de gelo;
- 12 pitons (grampos de rocha);
- 70 mosquetões;
- 6 cordas de escalada, entre 50 e 90 metros de comprimento;
- 3.200 metros de corda de *nylon*, para fixação em parede (adquiridos em Kathmandu);
- 500 metros de cordins de *nylon* de 3mm (foram insuficientes);
- 6 pás ultraleves;
- 1 serra de alumínio para cortar gelo e 1 serrote, para a mesma finalidade;
- Vários metros de fita tubular.

A maioria desses equipamentos já pertencia aos alpinistas.

4. ORIENTAÇÃO E APOIO

- 1 altímetro para 9.000 metros (marca Thommen) e 1 para 7.000 metros. Serviam como barômetro;
- 2 binóculos Nikon Venture II, 10 X 25;
- 2 bússolas;
- 3 termômetros com registro de máxima e mínima;
- 1.000 pilhas alcalinas pequenas (foram usadas cerca de 700);
- 3 painéis solares portáteis Solarex MSX 10, de 10W cada. No campo-base, dois desses painéis foram conectados em paralelo a uma bateria de 12V através de um diodo. A essa bateria foram conectados os recarregadores das baterias das filmadoras e dos rádios. No campo-base avançado utilizamos apenas um painel, com a mesma finalidade.

5. RÁDIO-COMUNICAÇÃO

Numa expedição a uma grande montanha como o Everest, a rádio-comunicação tem um papel fundamental na coordenação dos trabalhos de cada alpinista, em diferentes pontos da montanha, simultaneamente.
No caso específico da face norte do Everest, onde existe um obstáculo com mais de mil metros de altura (o Monte Changtse, de 7.583 metros de altitude) entre o campo-base e o base avançado, é fundamental que se leve uma estação completa de rádio para contorná-lo. Devido a problemas orçamentários de última hora, acabamos não levando essa estação, e dispusemos apenas de 4 aparelhos portáteis, tipo *walkie-talkies*, de múltiplas freqüências.

Nossos aparelhos eram da marca Yaesu, modelo FT 411, bem menores que os convencionais. Operavam na faixa de freqüência entre 144 e 147,9995MHz. A potência era de 2,5W quando utilizados com pilhas recarregáveis (uma para cada rádio) de níquel-cádmio (NiCd) ou 2,0W quando utilizados com 4 pilhas alcalinas comuns.

Para uma comunicação direta entre o campo-base e o Brasil, no outro lado do planeta, os chineses só autorizam os telefones portáteis via satélite. Como esses aparelhos custam cerca de US$ 15 mil e são muito frágeis, também não tivemos possibilidade de levá-los. Infelizmente, rádios de ondas-curtas, ou tipo rádio-amador, não são permitidos pelos regulamentos da ACM.

6. OXIGÊNIO

Todos os itens eram novos, ainda na embalagem original, e de origem soviética. Prevíamos usar as garrafas para dormir e escalar acima dos 8.000 metros de altitude, ou para alguma emergência. Devido às circunstâncias, não utilizamos nenhuma garrafa. Tínhamos:

– 22 garrafas de titânio, com 750 litros de oxigênio comprimido e peso de 3,14kg;
– 6 reguladores, com ajustes para saída de 0,5 a 4 l/min;
– 6 máscaras;
– 2 adaptadores em T, para uso simultâneo por duas pessoas, durante a noite.

7. DIVERSOS

– 50 bambus para sinalização;
– 10 garrafas térmicas ultra-resistentes;
– 2 geladeiras portáteis com isolamento térmico produzido a partir do sistema Voratec. Muito úteis na proteção das baterias e equipamentos eletrônicos, sensíveis ao frio;
– 2 balanças de mola;
– 10 jogos de panelas portáteis;
– 10 kits de reparo para fogareiros e barracas;
– Milhares de sacos plásticos, marca Zip, de vários tamanhos;
– Ferramentas diversas;
– Mapas topográficos;
– 78 barris plásticos, de grande capacidade e resistência, com tampa de encaixe, fechados a cadeado, para transporte dos mantimentos e equipamentos. Oito deles foram comprados em Kathmandu. Esses barris são a única maneira de proteger a carga das intempéries, impactos, roubos e dos maus tratos que os nepaleses e chineses a submetem. Alguns dos barris caíram do lombo dos iaques, rolaram vários metros e, mesmo assim, a carga continuou intacta. São também muito valorizados naquela região e, uma vez vazios, transformam-se em "moeda forte" para barganhas.

IV – ALIMENTAÇÃO
Inar Alves de Castro – Liotécnica

A escolha dos produtos liofilizados para integrar o programa alimentar foi determinada pela perfeita adequação das exigências da expedição às características desses produtos.

Alimentos liofilizados apresentam uma textura porosa, que permite a rápida reidratação; valores de umidade inferiores a 3%, que quando embalados adequadamente se mantêm em perfeitas condições para o consumo por mais de dois anos, mantêm as propriedades nutricionais (proteínas e vitaminas), sensoriais (aroma, cor e sabor), estrutura e textura originais.

A preocupação com a satisfação do paladar também teve grande importância na conclusão do programa. Os cardápios planejados foram preparados para apreciação de toda equipe de alpinistas, antes da finalização.

PRINCIPAIS EXIGÊNCIAS

– Facilidade e rapidez de preparo, devido às baixas pressões atmosféricas e dificuldade de obtenção de água através do derretimento de neve.

– Pesos e volumes mínimos.

– Aporte energético *per capita* de 4.500 calorias/dia em rações balanceadas de acordo com as condições (acesso e altitude) dos acampamentos.

– Prazo de validade de no mínimo um ano sem refrigeração.

– Embalagens práticas e resistentes a umidade e variações de temperatura.

PLANEJAMENTO DAS RAÇÕES

O projeto, elaborado para atender 16 alpinistas durante 82 dias, foi dividido em cinco etapas de acordo com a altitude e as condições dos acampamentos.

1ª Etapa: Ração de Aclimatação

– *16 pessoas/30 dias* – total de 480 refeições.
– *Altitude média:* 5.200 metros.
– *Objetivo*: a ração deveria ser consumida no acampamento-base durante o período de aclimatação e, numa segunda etapa da expedição, repouso.
– *Embalagem*: a granel, em sacos de alumínio com aproximadamente 2kg cada.
– *Características*: café da manhã, lanche e jantar. Nesta etapa, os alpinistas tiveram livre escolha das mais diversas matérias-primas para prepararem suas refeições, além de produtos formulados como sopas, risotos, molhos, sobremesas etc.

2ª Etapa: Ração de Trânsito

– *16 pessoas/16 dias* – total de 256 refeições.
– *Altitude média*: 5.100 a 6.000 metros.
– *Objetivo*: a ração deveria ser consumida nos campos 1 e 2, no trajeto entre o campo-base e o campo-base avançado.

– *Embalagem*: *sachets* de alumínio acondicionados em kits para duas pessoas.
– *Características*: café da manhã, lanche e jantar. Foram preparados 8 cardápios totalmente diferentes, para serem repetidos duas vezes alternadas, compostos por produtos prontos para serem consumidos.

3ª Etapa: Ração Campo-Base Avançado

– *16 pessoas/30 dias* – Total de 480 refeições.
– *Altitude média*: 6.500 metros.
– *Objetivo*: a ração deveria ser consumida no período de aclimatação em altitude mais elevada.
– *Embalagem*: a granel, em sacos de alumínio com aproximadamente 2kg cada.
– *Características*: café da manhã, lanche e jantar. Nesta etapa, os alpinistas também tiveram livre escolha das mais diversas matérias-primas para prepararem suas refeições.

4ª Etapa: Ração de Altitude

– *15 pessoas/18 dias* – total de 270 refeições.
– *Altitude média*: 7.600 metros.
– *Objetivo*: a ração deveria ser consumida nos acampamentos 4 e 5.
– *Embalagem*: *sachets* de alumínio acondicionados em kits para duas pessoas.
– *Características*: café da manhã, lanche e jantar. Foram preparados 9 cardápios diferentes a serem repetidos duas vezes alternadas, compostos por produtos prontos para serem consumidos.

5ª Etapa: Ração de Topo

– *4 pessoas/16 dias* – 64 refeições.
– *Altitude*: 8.848 metros.
– *Objetivo*: a ração deveria ser consumida entre o campo 6 e o cume da montanha.
– *Embalagem*: *sachets* de alumínio acondicionados em kits para duas pessoas.

– *Características*: café da manhã, lanche e jantar. Nesta etapa, foram desenvolvidos 4 cardápios diferentes para serem repetidos 4 vezes, caso houvesse necessidade. Foram utilizados produtos totalmente liofilizados que seriam consumidos na própria embalagem, apenas com adição de água quente, e produtos prontos para serem consumidos.

Rações Complementares e de Emergência

Foram desenvolvidas rações obstipantes (10 kits) e antiobstipantes (20 kits), para serem consumidas no caso de ocorrerem problemas intestinais; além de pastilhas contendo refeições completas, liofilizadas e prensadas na forma de comprimidos, para eventuais emergências.

DESCRIÇÃO DAS RAÇÕES

Rações a granel (Etapas 1 e 3)

Matérias-primas

– Maçã em fatias liofilizada
– Jardineira de legumes
– Couve em flocos
– Espinafre em flocos
– Feijão pré-cozido liofilizado
– Arroz pré-cozido liofilizado
– Cebola em flocos
– Alho em pó
– Salsinha em flocos
– Cebolinha em flocos
– Pimentão verde e pimentão vermelho em flocos
– Champignon em fatias liofilizado
– Ervilha liofilizada
– Cenoura em flocos
– Frango em flocos liofilizado
– Carne em cubos liofilizada
– Proteína vegetal texturizada sabor frango e sabor carne
– Café solúvel
– Farinha de milho

– Leite em pó desnatado
– Açúcar refinado
– Sal refinado
– Orégano
– Amido de milho
– Farinha de trigo especial

Produtos formulados (prontos para consumo)

– Misturas lácteas aveia com banana, aveia com baunilha, coco com aveia, baunilha, chocolate, coco e caramelo
– Gemada
– Mingau de chocolate
– Mingau de cereais
– Refrescos sabores abacaxi, guaraná, laranja, limão, uva, tropical, maracujá e tangerina
– Omelete
– Sopas: de mandioquinha; cereais com legumes, carne e ovos; batata com macarrão; carne com legumes; ervilha; feijão; legumes; e sopa caseira
– Canja
– Risoto latino
– Risoto carne
– Risoto frango
– Arroz à grega com carne; com feijão e charque; com espinafre; e com lentilhas e frango
– Molho de tomate à bolonhesa e de tomate com frango
– Caldo de carne e de galinha
– Tempero completo
– Pudins de baunilha, caramelo, chocolate, coco e morango
– Flans de coco, chocolate, morango e baunilha
– Gelatinas de abacaxi, cereja, limão, morango, tangerina e uva
– Curau.

Produtos Suplementares

– Torradas
– Bolachas salgada, doce e recheada
– Queijos tipo provolone, fundido e parmesão ralado

- Salame
- Musli e granola
- Geléias de diversos sabores
- Mel
- Chás
- Banana passa
- Paçoca de amendoim
- Goiabada
- Chocolates
- Doce de leite pastoso
- Ameixa em calda
- Uvas passas
- Macarrão instantâneo
- Torrone
- Cocada
- Bananada
- Óleo de milho
- Azeite
- Catchup
- Mostarda
- Maionese
- Fermento químico
- Farinha de mandioca
- Frutas em calda (abacaxi, pêssego, cereja, figo)
- Azeitonas
- Sardinha e atum em lata
- Chocolate em pó
- Pé-de-moleque
- Shoyo
- Amêndoas
- Nozes
- Castanhas de caju e do Pará
- Avelãs
- Frutas secas
- Leite condensado
- Milho para pipoca
- Amendoim torrado
- Balas de diversos tipos

RAÇÕES INDIVIDUAIS

Ração de Trânsito (Etapa 2)

RT1: Café com leite, Torrada, Queijo, Gemada liofilizada, Morango liofilizado, Refrescos sabor uva e tangerina, Sopa de mandioquinha, Risoto latino, Chocolate (peso total 892g/kit).

RT2: Mistura láctea chocolate, Bolacha salgada, Geléia, Omelete, Abacaxi liofilizado, Refrescos sabor limão e uva, Macarrão com molho de tomate e frango, Sopa de cereais, Doce de leite (peso total 899g/kit).

RT3: Mistura láctea baunilha, Bolacha doce, Geléia, Banana em fatias liofilizada, Refrescos sabor tropical e laranja, Sopa de ervilha, Arroz com espinafre e ovos, Paçoca, Jardineira de legumes (peso total 864g/kit).

RT4: Mistura láctea caramelo, Mingau de cereais, Torradas, Refrescos sabor maracujá e abacaxi, Maçã em fatias liofilizada, Cuscuz de frango, Sopa minestrone, Bananada, Omelete (peso total 864g/kit).

RT5: Mistura láctea café com leite, Torradas, Queijo, Gemada, Refrescos sabor tropical e limão, Arroz com lentilha e frango, Sopa de macarrão com carne, Torrone (peso total 879g/kit).

RT6: Mistura láctea chocolate, Omelete, Refrescos sabor uva e guaraná, Bolacha recheada, Banana em fatias liofilizada, Sopa outono, Risoto latino, Pé-de-moleque (peso total 897g/kit).

RT7: Mistura láctea café com leite, Gemada, Bolacha salgada, Queijo, Refrescos sabor laranja e tropical, Morango inteiro liofilizado, Sopa creme de legumes, Risoto frango, Chocolate (peso total 922g/kit).

RT8: Mistura láctea, Omelete, Bolacha doce, Geléia, Refrescos sabor uva e maracujá, Mingau de aveia com baunilha, Sopa de ervilha com bacon, Risoto carne, Paçoca (peso total 1027g/kit).

Ração de Altitude (Etapa 4)

RA1: Mistura láctea baunilha, Bolacha salgada, Geléia, Refrescos sabor laranja e uva, Maçã em fatias liofilizada, Mingau de aveia com banana, Canja, Risoto latino, Paçoca (peso total 932g/kit).

RA2: Mistura láctea café com leite, Torradas, Queijo, Refresco sabor maracujá, Gemada, Banana em fatias liofilizada, Sopa de cereais, Arroz com couve e ovos, Doce de leite (peso total 891g/kit).

RA3: Mistura láctea chocolate, Bolacha salgada, Geléia, Mingau de cereais, Refrescos sabor tangerina e limão, Sopa de legumes, Arroz com lentilhas, Torrone (peso total 780g/kit).

RA4: Mistura láctea baunilha, Bolacha doce, Geléia, Gemada, Morango inteiro liofilizado, Refrescos sabor abacaxi e tangerina, Queijo, Sopa de cebola, Arroz com liogalinha, Pé-de-moleque (peso total 1.002g/kit).

RA5: Mistura láctea café com leite, Torradas, Queijo, Refrescos sabor uva e laranja, Abacaxi liofilizado, Sopa de feijão, Arroz com espinafre, Torrone (peso total 812g/kit).

RA6: Mistura láctea caramelo, Bolacha salgada, Geléia, Refrescos sabor laranja e limão, Gemada, Coco em fatias liofilizado, Sopa de mandioquinha, Risoto carne, Pão de mel (peso total 892g/kit).

RA7: Mistura láctea café com leite, Torrada, Queijo, Refrescos sabor limão e uva, Banana em fatias liofilizada, Sopa caseira, Risoto frango, Chocolate (peso total 1.007g/kit).

RA8: Mistura láctea chocolate, Bolacha doce, Geléia, Refrescos sabor abacaxi e tangerina, Maçã em fatias liofilizada, Sopa de feijão com macarrão, Risoto latino, Chocolate (peso total 857g/kit).

RA9: Mistura láctea café com leite, Torrada, Queijo, Refrescos sabor limão e laranja, Mingau de aveia com coco, Sopa outono, Cuscuz de frango, Chocolate (peso total 946g/kit).

Ração de cume (Etapa 5)

RC1: Mistura láctea chocolate, Bolacha doce, Abacaxi liofilizado, Torrada, Geléia, Refrescos sabor uva e tangerina, Sopa de cebola, Arroz com legumes e frango liofilizados, Paçoca (peso total 821g/kit).

RC2: Mistura láctea café com leite, Bolacha doce, Queijo, Refrescos sabor abacaxi e limão, Maçã em fatias liofilizada, Canja, Arroz com feijão e carne liofilizados, Bananada (peso total 832g/kit).

RC3: Mistura láctea chocolate, Gemada, Torrada, Geléia, Morango inteiro liofilizado, Refrescos sabor guaraná e tangerina, Sopa de mandioquinha, Risoto latino liofilizado, Doce de leite (peso total 922g/kit).

RC4: Mistura láctea café com leite, Bolacha salgada, Geléia, Banana em fatias liofilizada, Refrescos sabor laranja e guaraná, Arroz com legumes e carne liofilizados, Sopa de ervilha, Chocolate (peso total 987g/kit).

Ração Obstipante (Emergência)

RO: Banana passa, Mingau de baunilha, Maçã em fatias liofilizada, Sopa de milho, Cuscuz de frango, Arroz liofilizado temperado, Refresco sabor abacaxi, Chá (peso total 786g/kit).

Ração Antiobstipante (Emergência)

RAO: Mistura láctea mamão, Ameixa seca, Refrescos sabor tropical e laranja, Mingau de aveia com coco, Sopa de aveia, Arroz com espinafre e ovos, Torrone (peso total 672g/kit).

V – MEDICINA
Dr. Eduardo Nogueira Garrigós Vinhaes – Médico da equipe

INTRODUÇÃO

A escalada em montanhas com mais de 7.000 metros de altitude é uma atividade perigosa e que requer muitos cuidados por parte de cada alpinista. O clima extremamente frio e seco, e a gradativa redução da quantidade de oxigênio no ar devido à diminuição da pressão atmosférica, fazem deste tipo de ambiente um dos mais inóspitos de todo o planeta, tornando muito difícil a própria sobrevivência humana.

Nesse sentido, vários aspectos foram observados durante a fase de preparação da expedição, sempre lembrando que a prevenção seria o nosso principal recurso para manter a saúde e a integridade física de cada membro da equipe.

Inicialmente, foram realizados exames de avaliação geral em cada alpinista, cerca de dez meses antes da partida para o Nepal, onde se analisou principalmente as capacidades cardíaca e respiratória de cada um. Nessa avaliação médica, foi levantada uma história detalhada sobre a saúde de cada um, exame físico completo, exames laboratoriais (sangue, urina etc.), Raio X do tórax, uma avaliação ergométrica em bicicleta e cálculo do consumo máximo de oxigênio (VO2).

Além desta avaliação física, foi realizada, como treinamento, uma simulação de condição de altitude em uma câmara hipobárica, isto é, houve uma diminuição gradativa da pressão atmosférica dentro da câmara. Este teste foi realizado no Centro de Instrução Especializada da Aeronáutica, no Rio de Janeiro, e mostrou o quanto seria difícil qualquer atividade em altitudes superiores a 8.000 metros.

Durante a fase de preparação, também treinamos alguns procedimentos de primeiros socorros e ensaiamos as atitudes que cada alpinista poderia tomar diante de uma suposta situação de emergência. Até mesmo uma situação de emergência onde o nosso médico estivesse ausente poderia ser contornada já que, inclusive, um dos alpinistas se formou em técnico em emergências médicas, após ter realizado um curso específico nesta área administrado pela Secretaria de Saúde do Estado de São Paulo em conjunto com o Corpo de Bombeiros.

Todos foram vacinados contra a febre amarela e o tétano, e passaram por uma avaliação odontológica rigorosa.

Para uma melhor compreensão das condições especiais a que são submetidos os alpinistas em grandes altitudes, e quais os problemas mais comuns que podem ocorrer, vamos discutir separadamente cada aspecto, sempre lembrando que o nosso organismo é constantemente afetado por todos eles.

Altitude

À medida que subimos para altitudes acima dos 3.000 metros, o nosso organismo começa a sentir os efeitos da diminuição da quantidade de oxigênio no ar. Para se ter uma idéia, na altitude onde montamos nosso campo-base no Everest, 5.200 metros, só existe cerca de meia atmosfera, ou seja, pode-se dizer que existe apenas metade da quantidade de oxigênio que teríamos disponível se estivéssemos no nível do mar (uma atmosfera).

Entretanto, devido a mecanismos que a medicina atual ainda está estudando, o nosso corpo passa a se aclimatar, ou melhor, a se adaptar a esta nova condição a que foi exposto. Assim, por exemplo, passamos a produzir mais hemácias, que são as células do sangue responsáveis pelo transporte do oxigênio desde os pulmões até os tecidos (cérebro, músculos etc); aumentamos a freqüência e a amplitude da respiração; nosso coração acelera o ritmo das batidas, enfim, o nosso organismo passa a usar novos mecanismos para captar o máximo possível do oxigênio que possa existir no ar. Estes mecanismos de aclimatação variam um pouco de pessoa para pessoa, mas sabe-se atualmente que são necessárias cerca de três semanas para que atinjam um bom nível de ação.

Infelizmente, entretanto, nosso organismo não consegue permanecer aclimatado indefinidamente e para qualquer altitude. Sabe-se que um ser humano que vive habitualmente em baixas altitudes como nós no Brasil, consegue se aclimatar e permanecer ativo durante várias semanas e até mesmo meses em altitudes inferiores a 5.500 metros.

No entanto, em altitudes superiores, principalmente acima dos 6.500 metros, o período em que o alpinista consegue permanecer e realizar atividades físicas, como escalar ou apenas andar, é muito curto. Acima dos 8.000 metros, por exemplo, a permanência dificilmente pode superar 3 ou 4 dias, a menos que se use oxigênio complementar. E esta limitação independe do condicionamento físico do escalador.

A primeira barreira a ser transposta está logo nos primeiros dias da exposição à altitude, quando pode ocorrer o chamado "mal de altitude". Nessa ocasião, o alpinista sente-se cansado, sem apetite, com dores de cabeça, náusea e vômitos. É um período crucial, onde geralmente o repouso, uma boa hidratação, com o consumo de 3 a 4 litros de líquidos por dia, e alimentação adequada fazem com que estes sintomas desapareçam em poucos dias.

Mas, mesmo com esses cuidados, algumas pessoas podem desenvolver formas mais sérias de mal de altitude, chegando a casos onde ocorrem edemas pulmonar e cerebral, que podem ser fatais. Nesses casos, o único tratamento efetivo é descer imediatamente para altitudes mais baixas. Às vezes, a perda de apenas 500 metros de altitude já é suficiente para salvar a vida de uma pessoa.

A prevenção, portanto, passa a ser a melhor escolha quando se trata de conseguir uma boa aclimatação e diminuir as chances de surgir algum mal relativo à altitude. Para se adquirir uma boa e segura aclimatação existem alguns procedimentos básicos.

O primeiro deles é subir "devagar", isto é, ganhar pouca altitude por dia. Aconselha-se no máximo 300 metros por dia, mas, no caso de surgirem os efeitos do mal de altitude, deve-se esperar antes de subir mais ou, caso se agravem, descer.

Deve-se também ingerir de 3 a 4 litros de líquidos por dia (chás, sopas, água, etc). O aumento da viscosidade do sangue devido à maior produção de hemácias e o ambiente extremamente seco das grandes altitudes podem causar em pouco tempo uma séria desidratação ao organismo.

O cuidado com a alimentação também é muito importante, e deve-se dar preferência aos alimentos ricos em carbohidratos e de fácil digestão, como purês e massas.

Outro sério problema causado pela altitude é a chamada degradação do organismo devido à contínua falta de oxigênio em quantidade suficiente. O alpinista vai se sentindo cada vez mais apático e cansado, podendo atingir a exaustão física, que pode levar à morte. Há casos de alpinistas que logo após chegarem ao topo do Everest foram surpreendidos pela noite, pernoitaram ali perto e, de tão exaustos, nunca mais acordaram.

A melhor maneira para diminuir essa degradação é permanecer o menor tempo possível acima dos 6.000 metros e procurar, sempre que possível, fazer períodos de descanso abaixo dos 5.400 metros. No nosso caso no Everest isso era difícil, pois para se atingir o campo-base a 5.200 metros, a partir do campo-base avançado a 6.500 metros, era preciso caminhar 22km, o que por si só já era muito desgastante.

Mesmo assim, graças aos cuidados constantes que cada alpinista e o grupo como um todo sempre procuraram observar, não tivemos nenhum problema sério relacionado com a altitude.

Exposição ao Frio

"Campo-base avançado. 28 de outubro de 1991. Décimo sexto dia acima dos 6.500 metros de altitude.

Hoje acordei antes que o sol já estivesse batendo em nossa barraca. O frio é intenso e, à noite, o termômetro foi abaixo dos 25 graus negativos. Percebo então uma coisa que passou a me preocupar muito: meu pé direito está congelando!! Sinto apenas um formigamento na ponta dos dedos, que estão se tornando pálidos e anestesiados. Espero que voltemos logo para o campo-base. Gostaria de voltar inteiro para casa." Diário médico – Everest/91

Numa expedição a uma grande montanha, principalmente na Cordilheira do Himalaia, um dos fatores mais desconfortáveis e perigosos é o frio.

O problema mais comum devido a uma exposição excessiva às baixas temperaturas é o congelamento das extremidades do corpo, principalmente dedos, pés e mãos. Devido ao aumento da viscosidade do sangue, já mencionado no texto acima, conjugado com o frio, ocorre uma diminuição da circulação sangüínea nestes locais, podendo até ocorrer morte e necrose dos tecidos. Isso pode levar inclusive à perda de todo o membro.

Outro elemento que agrava os efeitos do frio é o vento. Forte, quase constante e gelado como é comum nas grandes altitudes, o vento faz com que a sensação que sentimos do frio, também chamada de sensação térmica, seja muito mais baixa que a temperatura indicada no termômetro (ver tabela). Nesses casos, se não estivermos devidamente protegidos do frio e do vento, o nosso corpo pode perder tanto calor para o meio ambiente, que a temperatura do organismo, normalmente por volta dos 36 graus centígrados, cai para níveis prejudiciais à vida. Essa situação, conhecida por hipotermia, é muito séria e pode levar à morte em poucas horas.

A melhor maneira de se proteger dos efeitos do frio é através de uma boa hidratação, de preferência com líquidos quentes, além da alimentação adequada e do uso constante de boas vestimentas. Mesmo uma exposição rápida de pequenas partes do corpo como nariz, orelhas e mãos, pode ser desastrosa.

Durante nossa expedição ao Everest, utilizamos o que há de mais moderno em vestimentas projetadas para proteção ao frio e ao vento. Mesmo assim, dois integrantes da equipe, incluindo o próprio médico, apresentaram uma diminuição da sensibilidade nos dedos dos pés, o que é um sinal de início de congelamento. Somente alguns meses após o retorno a sensibilidade voltou ao normal.

Exposição ao Sol

O sol em grandes altitudes é um elemento que pode ser muito perigoso.

Como sabemos, quanto mais alto subimos em uma montanha, mais rarefeito e limpo o ar se torna. Como conseqüência, ficamos mais expostos aos raios ultravioleta que atingem a Terra, o que pode causar sérias queimaduras nas partes expostas. Para minimizar esse problema, fizemos uso constante de filtros solares para a pele (fator de proteção 30 e 40) e lábios.

Outro problema provocado pelo sol é a intensa luminosidade, agravada em ambientes com neve, que refletem os raios solares. Sem óculos com lentes adequadas, uma pessoa pode ficar completamente cega em apenas 20 minutos. Embora essa cegueira seja reversível, a dor que a pessoa experimenta é quase insuportável.

Felizmente, graças aos cuidados tomados durante a expedição, ninguém apresentou problemas relacionados com a exposição ao sol.

Problemas Diversos

Além de todos os problemas que podem ser causados pelos elementos do meio ambiente, uma série de imprevistos e acidentes podem ocorrer numa expedição como essa.

Assim, ocorreram uma luxação da articulação do ombro em um dos alpinistas; desarranjos intestinais devido à dieta diferente (chinesa); um dente quebrado e conseqüente infecção dentária em um dos sherpas, e uma série de pequenas queixas como, por exemplo, rachaduras nas pontas dos dedos das mãos e nos lábios, devido ao excessivo ressecamento de pele.

Apesar das dificuldades encontradas no ambiente, todos esses problemas foram solucionados de forma satisfatória e apenas o sherpa com o dente quebrado teve que retornar para Kathmandu antes do término da expedição. Havíamos nos preparado para todas as situações em que fosse necessário até mesmo realizar pequenas operações cirúrgicas.

De todos os problemas enfrentados, entretanto, o aspecto psicológico talvez seja o mais difícil de ser abordado.

O confinamento em pequenas barracas por tempo prolongado e em condições desconfortáveis, a convivência forçada e a completa ausência de notícias do mundo exterior afetaram a todos em diferentes graus. Além disso, a própria falta de oxigênio faz com que as pessoas se tornem irritadiças e impacientes mesmo nos episódios mais banais. Não há como evitar estas situações, e apenas as experiências anteriores de convivência em montanha que cada alpinista possui e o autoconhecimento dos próprios limites é que tornam possível a permanência em lugares como aquele por longos períodos.

MATERIAL MÉDICO

Foram preparados kits de primeiros socorros para cada dois alpinistas. Esses kits foram distribuídos por vários campos, incluindo o mais alto (campo 4, a 7.050 metros de altitude), de modo que mesmo através de rádio o médico poderia auxiliar e orientar os demais companheiros.

Praticamente todo o material médico e medicamentos que restaram da expedição foram doados à Hymalaian Rescue Association, uma entidade sem fins lucrativos e que mantém dois hospitais para o atendimento de caminhantes e alpinistas no Nepal.

CONDIÇÕES GERAIS

Vários outros aspectos devem ser lembrados quando se pensa em fazer uma expedição a uma grande montanha, principalmente em regiões como o Himalaia.

Praticamente todos os países daquela região são muito pobres e com grandes populações. Isso torna necessário vários cuidados com a higiene e principalmente com a alimentação. Diarréias são os problemas mais freqüentes e mesmo seguindo todas as recomendações (evitar alimentos crus ou mal cozidos, tomar somente água mineral engarrafada etc.) tivemos alguns pequenos, porém incômodos, casos entre os membros da equipe.

Outro ponto sério a ser previamente planejado é como pode ser realizado um resgate caso seja necessário uma retirada de emergência de algum alpinista ou sherpa. Durante nossa expedição, o único meio de transporte através do qual teríamos acesso do campo-base a altitudes mais baixas era um Jipe com motorista fornecido pela Associação Chinesa de Montanhismo. Entretanto, uma viagem à cidade mais próxima levaria mais de 6 horas, por um caminho extremamente acidentado, e para se chegar ao hospital mais próximo, em Kathmandu, seriam mais dois dias de viagem.

No lado chinês do Himalaia não há nenhuma possibilidade de resgate aéreo por helicópteros e, acima do campo-base, poderíamos contar apenas com os iaques (que estão há alguns dias do campo), ou com os nossos próprios pés. Sabíamos, portanto, que teríamos que ser totalmente auto-suficientes para garantir a nossa própria segurança.

Todos os alpinistas eram checados diariamente pelo médico da equipe, através de um exame de freqüência cardíaca e pressão arterial. Nas ocasiões em que alguns estavam distantes, usava-se a comunicação via rádio.

Em ambientes hostis como os de grandes altitudes em montanha, não se pode deixar passar nenhum problema que possa surgir, por menor que seja, pois a tendência é que se agravem com rapidez e intensidade. Não somos adaptados para permanecer por muito tempo nesses lugares e apenas a atenção constante, mesmo aos pequenos detalhes, pode assegurar a saúde de cada membro da equipe e, portanto, a segurança do grupo como um todo. Somente assim poderemos estar sempre tentando e até mesmo conseguindo pisar nesses que são os lugares mais altos e também dos mais belos de todo o nosso planeta.

VI – PREPARAÇÃO FÍSICA

Prof. José Carlos Simon Farah e Prof. Marcos Rojas Rodrigues
Centro de Práticas Esportivas da Universidade de São Paulo

O objetivo deste programa de treinamento era o de preparar fisicamente os integrantes de I Expedição Brasileira ao Monte Everest. Sabia-se que a preparação física não teria influência sobre a aclimatação, mas sim que, uma vez aclimatado, o organismo melhor condicionado fisicamente teria uma melhor capacidade de trabalho.

Houveram alguns percalços no início da montagem do programa. O primeiro deles é que o grupo era muito heterogêneo, sendo que o nível de experiência em atividades físicas orientadas era muito pequeno e alguns apresentavam algumas lesões articulares e musculares. Assim, o treinamento foi individualizado para cada integrante da expedição, até que se chegasse a um grupo mais homogêneo.

O segundo, era o tempo destinado à preparação física, uma vez que os integrantes da equipe, na maioria das vezes, não tinham um horário em comum onde todos pudessem treinar juntos como uma equipe, onde é mais fácil a supervisão.

O terceiro, foi a pouca experiência no treinamento físico de expedições desse porte, dada as suas características específicas, que têm influência direta no rendimento físico, como a altitude, o frio, a alimentação, o aspecto emocional e o próprio tempo que os expedicionários teriam que permanecer em grandes altitudes. Como ajuda, foi consultada toda uma bibliografia onde se analisava o comportamento do organismo nessas condições adversas, e que meios poderiam influir e melhorar a capacidade de trabalho em altitude.

Baseados nessas informações, foi-se montando um programa de preparação física, tanto no seu aspecto geral de condicionamento físico como também na especificidade da atividade que iria ser desenvolvida na expedição, ou seja, caminhar longas distâncias com uma sobrecarga (mochila), que aumentaria o peso corporal em até 40kg; eventualmente, em trechos onde a neve poderia atingir o nível dos joelhos a cada passo. Houve também uma preocupação na montagem do treinamento, que tivesse um nível de condicionamento que ajudasse a prevenir as possíveis lesões músculoligamentares e articulares que porventura acontecessem.

O programa de treinamento, que durou de meados de outubro de 1990 a agosto de 1991, era composto de: treinamento da capacidade aeróbica e anaeróbica, resistência muscular e yoga.

O programa baseou-se no desenvolvimento da capacidade cardiovascular (capacidade aeróbica e anaeróbica), para aumentar a capacidade de transporte de oxigênio, e no desenvolvimento de resistência de força muscular para aumentar a capacidade dos músculos em resistir à fadiga.

A preparação se dividiu em três fases:

1. Adaptação: cada membro do grupo foi avaliado em suas reais condições, uma vez que a experiência em nível de treinamento era distinta. O principal objetivo foi a preparação de todo o organismo para o treinamento na fase posterior.

2. Transição: o objetivo aqui era o de aumentar a capacidade aeróbica e anaeróbica através de atividades como corrida, ciclismo e natação, de efeito prolongado, e no aumento da resistência muscular através do treinamento em musculação e em circuito de peso corporal.
3. Específica: voltada para a especificidade no treinamento das atividades que seriam mais solicitadas durante a expedição, onde se aumentou o volume e se diminuiu a intensidade dessas atividades.

Os exercícios escolhidos no programa de musculação e no de *circuit-training* dividiam-se nos de efeito geral e noutros que tentassem simular a atividade que iria ser desenvolvida na expedição.

Como avaliação, foram feitos testes de força em musculação, havendo uma diferença significativa do primeiro para o segundo teste. Também de fundamental importância para futuros treinamentos foi o relato dos integrantes da expedição.

Em relação a Yoga, a primeira idéia foi incluir basicamente os exercícios respiratórios, por dois motivos: primeiro, para que houvesse uma adaptação para as condições de ar rarefeito, visto que os exercícios respiratórios da Yoga incluem a diminuição do seu ritmo e posteriormente a pausa respiratória; segundo, porque estes exercícios atuam nas condições emocionais, são relaxantes e tranqüilizantes, lembrando que em grandes altitudes há uma tendência em aumentar o grau de irritabilidade.

Conversando com os atletas, fui observando que seria de muita utilidade a inclusão da prática de ASANAS (posturas na Yoga), pelo fato destas darem à coluna um alto grau de flexibilidade e mobilidade, ajudando-os a suportarem suas caminhadas em terrenos irregulares e com sobrecarga. Para tanto, foram dados alguns exercícios que promovem uma acomodação e descanso lombar, para serem feitos todos os dias ao final da caminhada.

O treinamento no Brasil foi feito através de rotinas de exercícios, que os atletas desenvolviam durante um curto período, que variou de uma semana até um mês, e depois voltavam para uma reavaliação.

Na última fase de treinamento, foi elaborada uma série para ser feita durante a viagem e outra durante a permanência na montanha, onde os exercícios poderiam ser feitos dentro das barracas, incluindo sempre o relaxamento e as PRANAYAMAS (exercícios respiratórios).

A única avaliação do treinamento foi o relato da equipe, o que foi muito satisfatório e otimista para futuros treinamentos.

Programa de Treinamento

Circuito de peso corporal/Exercícios:

Barra – Banco – Abdominal – Lombar – Tríceps – Escada – Corda – Abdominal – Geral

Exercícios de musculação:

Supino – Agachamento – Abdominal chão – Desenvolvimento ou remada em pé – *Leg-press* alto – Abdominal prancha – Puxador – Cadeira extensora – Abdominal na cadeira – Remada sentada

Exemplo de distribuição semanal (período de 16 a 30/4/91):

O circuito de peso corporal (PC) e o de musculação serão feitos 3 vezes por semana em dias alternados, uma série de cada. Nos dias em que não houver circuito será feito o treinamento aeróbico através de corrida, natação ou ciclismo.

No treinamento aeróbico deverá haver uma variação de intensidade de 30% a 40% do tempo total da atividade. Por exemplo: corrida de 30 minutos, com 10 minutos de escadaria; natação de 20 minutos, com 7 minutos de piques; ciclismo de 1 hora, com 20 minutos de variação de ritmo.

2ª feira	3ª feira	4ª feira	5ª feira	6ª feira
PC 1x40" por 40"	corrida 30 a 40	PC 1x40" por 40"	corrida 30 a 40	PC 1x40" por 40"
musculação 1x40 30%	natação 20 a 30 ciclismo 1 hora	musculação 1x40 30%	natação 20 a 30 ciclismo 1 hora	musculação 1x40 30%

VII – DOCUMENTAÇÃO

1. VÍDEO

Conforme os regulamentos da Associação Chinesa de Montanhismo (ACM), qualquer grupo que pretender filmar seu intento, em vídeo ou cinema, deve pagar uma taxa de "fotografia" (*photographing fee*) no valor de US$ 6.760. Apesar do nome, essa taxa não é cobrada de quem pretende apenas fotografar. Mas o regulamento vai mais longe e prevê para a entidade uma participação nos lucros da comercialização do filme produzido. Isso caso ele seja veiculado num país que não seja o de origem da expedição.

Uma vez que decidimos pagar a taxa, tratamos de fazer a documentação da melhor maneira possível. Além disso, havíamos nos comprometido junto a nossos patrocinadores de produzir imagens com uma qualidade compatível para serem veiculadas por qualquer emissora de televisão aqui no Brasil. Por motivos de custo e praticidade, decidimos trabalhar apenas com equipamentos de vídeo.

Prevíamos duas dificuldades principais para registrar em vídeo essa expedição. A primeira era como poderíamos operar as filmadoras sob as mais severas condições climáticas. A segunda era como obteríamos energia para operá-las nessas condições.

Para amenizar o primeiro problema, optamos por levar filmadoras compactas, leves e de fácil manejo.

O segundo problema foi totalmente resolvido ao levarmos três painéis solares portáteis, que permitiram-nos recarregar as baterias. Ligados a uma bateria de automóvel, esses painéis nos permitiram inclusive que fizéssemos a recarga durante a noite. Para facilitar ainda mais o trabalho, só levamos aparelhos que utilizavam o mesmo tipo de bateria.

Para o uso simultâneo das filmadoras, levamos um total de 10 baterias e 4 recarregadores.

Tínhamos também um total de 44 fitas, com uma hora de duração cada, que serviam em todas as filmadoras.

Apesar de todos esses cuidados, aconteceu o que sempre acontece em expedições desse tipo: à medida que subíamos ou aumentavam as dificuldades, diminuía a quantidade de imagens. Só para dar um exemplo, de um total de 22 horas de imagens, menos de 5 minutos foram produzidos no colo norte e pouco acima.

Tínhamos os seguintes equipamentos:

– Duas filmadoras Sony TR-7, de 8mm, estéreo, sistema NTSC, com os acessórios originais.

Vantagens: Pouco peso e volume. Cabiam em qualquer mochila e podiam ser transportadas mesmo durante as escaladas. Foram usadas principalmente acima do campo-base avançado e no colo norte. Devido à praticidade e confiabilidade, uma delas seria usada também para um eventual ataque ao cume.

Uma vez que podiam ser transportadas até por baixo dos casacos, era muito fácil protegê-las do frio intenso, apesar de que, mesmo quando expostas, nunca deixaram de funcionar. Resistiram bem à poeira, também.

Desvantagens: Devido ao pouco peso, era difícil mantê-las estáveis, principalmente nos momentos em que ventava forte, isto é, quase sempre. Um tripé resolveria esse problema mas, por motivos óbvios, não podíamos nos dar ao luxo de parar a escalada para instalar um.

Em razão do pouco volume, seus botões de ajustes eram muito pequenos e próximos, tornando virtualmente impossível operá-las com luvas grossas, muito comum nos dias mais frios. O operador, então, era forçado a operá-las apenas com uma luva fina, mas o frio era tão intenso que isso só era possível por alguns segundos. Era também difícil enxergar através do visor quando se estava usando *goggles*.

A qualidade das imagens produzidas deixou um pouco a desejar quando foram veiculadas na televisão.

– Uma Sony High-8 CCD – V 5000. Além da lente original, tínhamos uma grande-angular, que podia ser acoplada na frente da outra.

Vantagens: O sistema high-8 é um dos mais modernos que existem nos dias de hoje. O aparelho permitia produzir imagens com excelente padrão de qualidade e oferecia inúmeros recursos que possibilitavam a filmagem quase em qualquer condição de luz. A possibilidade de poder acoplar outra lente foi também um ponto forte dessa filmadora.

Devido ao volume e peso de aproximadamente 2,5kg, era relativamente fácil mantê-la estável, o que permitia operá-la mesmo com óculos.

Resistiu bem ao frio, à poeira e aos maus tratos comuns nesse tipo de viagem.

Todas as imagens produzidas em Kathmandu, na viagem pelo Tibet, e na subida até metade da parede de acesso ao colo norte foram feitas com esse equipamento.

Desvantagens: Por ser mais pesada e volumosa que as outras filmadoras, não podia ser transportada nas mochilas, deixando-a mais exposta às intempéries. Embora o aparelho não sofresse com isso, o mesmo não se pode dizer das baterias que, quando expostas, descarregavam em questão de segundos.

O peso e o volume também impediam o operador de filmar e escalar ao mesmo tempo, visto que, para subir, o alpinista era obrigado a carregar uma pesada mochila com seu equipamento pessoal. Por essa razão foi inviável levar a filmadora para o colo norte e acima.

– Uma Sony CCD F 366 BR, de 8mm, feita no Brasil, mas que praticamente não foi utilizada.

Tínhamos ainda dois tripés, *kits* de limpeza e filtros.

2. FOTOGRAFIA

Em relação às câmeras fotográficas, cada integrante da expedição tinha a sua de uso particular, exceto o Paulo, que só operava a filmadora High-8.

A maioria fotografava com uma câmera de 35mm, sistema reflex com lentes intercambiáveis, geralmente da Nikon; e uma outra menor, de bolso, também de 35mm. As lentes variavam da *eye-fish*, de 16mm, até a 500mm de espelho, e tele-converter, embora as mais usadas tenham sido as de 50 e 28mm.

O Roberto Linsker (Barney), como fotógrafo oficial da expedição, usou ainda uma câmera de médio formato Plaubel Makina 670, com lente de 85mm, com a qual ele produziu trabalhos em preto-e-branco.

Entre as câmeras de bolso, havia as polivalentes Nikon Action Touch, com flash embutido e à prova d'água; duas minúsculas Olympus XA-2 e uma indestrutível Olympus Trip. Nenhuma apresentou problemas. A principal vantagem dessas câmeras pequenas era que podiam ser transportadas nos bolsos da roupa, o que as mantinha aquecidas e sempre mais à mão. Já com as câmeras grandes ocorria o contrário. Muitas vezes, principalmente nos momentos mais críticos, elas tinham que ir dentro das mochilas, totalmente fora do alcance das mãos.

Apesar dos fantásticos recursos que as câmeras reflex oferecem e a qualidade de fotos que produzem, elas são difíceis de operar num ambiente como aquele. Além do frio de muitos graus abaixo de zero, que congelava as mãos, da poeira, da neve e do vento, existia o problema do excesso de luz. A neve costuma refletir tanta luz que engana os fotômetros, fazendo com que o céu, as pessoas e os objetos saiam quase sempre subexpostos. Para tentar evitar esse problema, a maioria de nós optou por levar câmeras que pudessem ser ajustadas manualmente, permitindo fazer compensações de aberturas e velocidades que "desobedeciam" o fotômetro.

O frio intenso foi outro problema sério, pois, como ocorre com as filmadoras, ele descarregava rapidamente as pilhas e baterias. Na minha tentativa de subir acima do colo norte, por exemplo, minha poderosa Nikon F-3 de titânio, dependurada atravessada no ombro, congelou e travou assim que fiquei exposto às primeiras rajadas de vento. Por isso, sempre que possível, carregávamos nossas câmeras por baixo da roupa.

Ao escolher o equipamento fotográfico para essa expedição, levamos em conta também o fator peso. Ele é tão importante numa ascensão em grandes altitudes que, na minha tentativa solitária, acabei deixando a F-3 no acampamento e subi apenas com a Olympus XA-2, menor e sempre mais acessível.

Também como aconteceu com as filmadoras, quanto mais ganhávamos altitude, menos fotos produzíamos: cansaço, *stress*, luvas grossas e dificuldade de acesso ao equipamento (a câmera ficava pendurada sob o casaco, enquanto lentes e filmes extras iam na mochila) são os motivos óbvios. Das quase 10 mil fotos tiradas durante a expedição, menos de 2% foram tiradas acima do campo-base avançado e colo norte.

Um item muito utilizado durante a travessia do platô tibetano, para fotografar o interior dos templos e mosteiros, foi o *flash*. Os interiores desses lugares costumam ser repletos de pinturas e objetos belíssimos, mas a iluminação é sempre precária (luz de velas) ou inexistente.

Levamos para a viagem toda 530 rolos de filme 35mm Kodachrome 64 ASA, mas utilizamos apenas 262 rolos. Foram todos comprados e revelados nos EUA. O Barney levou ainda, no formato 120, 10 Kodachrome, 3

Velvia e 36 Technical Pan Band W. No formato 135, ele levou 20 Technical Pan, 5 Ektachrome, 2 Velvia e 30 T-Max 100.

Tínhamos ainda um tripé para uso coletivo, *kits* de limpeza e filtros diversos. Destes, o Skylight e o Polarizador são quase obrigatórios, para filtrar a radiação ultravioleta e para compensar um pouco a saturação de azul que aparece nas fotografias de alta-montanha.

Toda e qualquer foto produzida durante a viagem pertenceu à expedição durante o período de um ano. Dentro desse prazo, o resultado da venda de qualquer uma das fotos foi revertido para todo o grupo, e coube ao autor apenas a menção do seu nome como crédito, em caso de publicação.

Na volta da expedição, foram feitas duas seleções de *slides*. A primeira para um audiovisual e a segunda para palestras.

Todas as fotos comercializadas, distribuídas à imprensa ou escolhidas para as apresentações foram copiadas, e os originais devolvidos aos respectivos autores.

VIII – CRÉDITOS E AGRADECIMENTOS

PATROCÍNIO:
Petrobrás Distribuidora S.A
Banco do Brasil S.A.

APOIO TÉCNICO:
Liotécnica
Empresas Dow

Colaboradores:
Clube Alpino Paulista
Academias Runner
Cadeados Papaiz
Álbum Laboratório Fotográfico

Além dessas empresas, que nos deram um suporte fundamental para que o Projeto Brasil-Everest se realizasse, recebemos também o apoio de inúmeras outras empresas, órgãos estatais e pessoas físicas, no Brasil e no exterior, que, gratuitamente, não mediram esforços para colocarem-se à nossa disposição sempre que necessitávamos.

Como chefe da equipe, e em nome dela, agradeço a todos eles, sem preferências e consciente de que, mesmo sem querer, talvez alguns nomes me tenham escapado. A estes, mil perdões.

Entre nossos colaboradores individuais, devo destacar:

– José Carlos Farah e Marcos Rojas Rodrigues, treinadores do CEPEUSP, que se desdobraram para nos acompanhar, meses a fio, orientando-nos, aprimorando-nos e sempre incentivando, num trabalho exaustivo e do mais alto nível técnico;

– Darlene Dalto, que não poupou esforços para fazer um excelente trabalho de divulgação junto à imprensa do nosso projeto, antes mesmo de ele sair do papel;

– Milton Shirata, que sempre nos acompanhou nas entrevistas e treinamentos, fotografando cada detalhe do nosso projeto;

– Guiomar dos Santos Vieira, Inar Alves de Castro e Maria Cristina Massoco, profissionais da Liotécnica, que mergulharam de corpo e alma na preparação, num tempo recorde, dos nossos alimentos;

– Amyr Klink e sua irmã Ashraf, que nos cederam a infra-estrutura, o apoio e a paciência necessária para nossa preparação e organização do projeto. Eles foram testemunhas de centenas das nossas cartas, telefonemas, fax e telex, que deram a volta ao mundo;

– Domingos Giobbi, presidente do Clube Alpino Paulista, que nos ajudou de diversas formas; e os sócios do clube;

– Jorge Manuel Marques Gonçalves, José Paulo da Rocha Brito e Jorge Manuel Pinto Sil, nossos advogados;

Além destes, tivemos o inestimável apoio:

1. No Brasil

Presidência da República

Gabinete Militar da Presidência da República
Ministério de Relações Exteriores
Estado Maior do Exército (Gen. Zenildo G. Z. de Lucena)
Comando da Brigada de Pára-Quedistas (Gen. Paulo Ricardo Nauman)
Centro de Instrução Especializada da Aeronáutica (Major Md. Maurício Gallo)
Departamento de Fisiologia de Exercício da Escola Paulista de Medicina (Dr. Ivan Pizarro)
Laboratório do Acelerador Linear do Departamento de Física da Universidade de São Paulo
CEPEUSP – Centro de Práticas Esportivas da Universidade de São Paulo
Centro de Referência e Treinamento do Projeto Resgate – SUDS
EMBRATEL – Santos (Luiz Silva)
Hoechst do Brasil
Natura
Samsonite
The Adventure Company
H. Silveira Turismo
Ambiental Viagens e Expedições
Athletic System
Central de Intercâmbios
Aeroanta
Comcabo
ZDL Comunicações
Sen. Enrique de Almeida
Sen. Carlos do Patrocínio
Sen. João Rocha
Sen. Moisés Abraão
Raimundo da Silva
Michel Bogdanowicz
Hugo Armelin
Luiz Makoto Ishibe
Rubens Junqueira Villela
Thais Crepaldi
Peter Milko
Leila Sleiman Molina Ferreira
Luiz Simões

Renato Aguiar
Maria Celeste Resende Mucciolo
Issac Chvaiser
Cláudio Tozzi
Ivald Granato
Iranildo Alves da Silva (Iran)
Carmem Lúcia Souza

2. No exterior

Embaixada do Brasil em Beijing (China)
Cel. Aviador Shibao (Adido Militar na Embaixada do Brasil na China)

As empresas:
Mountain Safety Research (MSR) (Seattle – EUA)
Mountainsmith (Golden – EUA)
Intermountain Trading Co. Ltd. (Albany – EUA)
Hotel Excelsior (Kathmandu – Nepal)

Os alpinistas e amigos:
Raymond Bodenmann Werren (Colômbia)
Klaus Thomas Bartl (Alemanha)
Claudio Lucero (Chile)
Dr. Juan Andres Marambio (Chile)
Juan Luis Salcedo (Espanha)
Tsuneo Hasegawa (Japão)
Kim Knox (Denver – EUA)
Beto Borges (São Francisco – EUA)
Eduardo Mucciolo (Boston – EUA)

União Internacional das Associações de Alpinismo – UIAA

FORÇA AÉREA ARGENTINA
COMANDO DE REGIÕES AÉREAS
SERVIÇO METEOROLÓGICO NACIONAL

Tabela da temperatura equivalente de esfriamento por efeito do vento

Temperatura (°C)

VELOCIDADE DO VENTO		10	7.5	5	2.5	0	-2.5	-5	-7.5	-10	-12.5	-15	-17.5	-20	-22.5	-25	-27.5	-30	-32.5	-35	-37.5	-40	-42.5	-45	-47.5	-50
NÓS	Km/h.																									
NÓS	Km/h.																									

Sensação térmica por efeito de esfriamento do vento

NÓS	Km/h																									
3-6	8	7.5	5	2.5	0	-2.5	-5	-7.5	-10	-12.5	-15	-17.5	-20	-22.5	-25	-27.5	-30	-32.5	-35	-37.5	-40	-45	-47.5	-50	-52.5	-55
7-10	16	5	2.5	-2.5	-5	-7.5	-10	-12.5	-15	-17.5	-20	-25	-27.5	-32.5	-35	-37.5	-40	-45	-47.5	-50	-52.5	-57.5	-60	-62.5	-65	-67.5
11-15	24	2.5	0	-5	-7.5	-10	-12.5	-17.5	-20	-25	-27.5	-32.5	-35	-37.5	-42.5	-45	-47.5	-52.5	-55	-57.5	-60	-65	-67.5	-72.5	-75	-77.5
16-19	32	0	-2.5	-7.5	-10	-12.5	-17.5	-22.5	-25	-27.5	-32.5	-35	-37.5	-42.5	-47.5	-50	-52.5	-57.5	-60	-65	-67.5	-70	-72.5	-77.5	-80	-85
20-23	40	-0	-5	-7.5	-10	-15	-17.5	-22.5	-25	-30	-32.5	-37.5	-40	-45	-47.5	-52.5	-55	-60	-62.5	-65	-70	-75	-77.5	-82.5	-85	-90
24-28	48	-2.5	-5	-10	-12.5	-17.5	-20	-25	-27.5	-32.5	-35	-40	-42.5	-47.5	-50	-55	-57.5	-62.5	-67.5	-67.5	-72.5	-75	-77.5	-80	-85	-90	-95
29-32	56	-2.5	-7.5	-10	-12.5	-17.5	-20	-25	-30	-32.5	-37.5	-42.5	-45	-50	-52.5	-57.5	-60	-65	-67.5	-72.5	-75	-80	-82.5	-87.5	-90	-95
33-36	64	-2.5	-7.5	-10	-15	-20	-22.5	-27.5	-30	-35	-37.5	-42.5	-45	-50	-55	-60	-62.5	-65	-70	-75	-77.5	-82.5	-85	-90	-92.5	-97.5

VENTOS SUPERIORES AOS 64 Km/h. PRODUZEM UM PEQUENO EFEITO ADICIONAL

PERIGOSO

PERIGOSO
AS PARTES DO CORPO EXPOSTAS AO VENTO PODEM CONGELAR-SE EM 1 MINUTO

EXTREMAMENTE PERIGOSO
AS PARTES DO CORPO EXPOSTAS AO VENTO PODEM CONGELAR-SE 30 SEGUNDOS

SENSAÇÃO TÉRMICA POR EFEITO DE ESFRIAMENTO DO VENTO

BIBLIOGAFIA

Publicações consultadas para a organização do projeto:

AHLUWALIA, Major HPS. *Faces of Everest*. Nova Délhi, Vikas Publishing House, 1978.

AMERICAN ALPINE JOURNAL. 1978, 1985, 1987 e 1989. Nova York, The American Alpine Club.

BAUME, Louis. *Sivalaya – Explorations of the 8000-metre peaks of the Himalaya*. Seattle, The Mountaineers, 1979.

BEZRUCHKA, Stephen. *A Guide to Trekking in Nepal*. Seattle, The Mountaineers, 1985.

BONINGTON, Chris. *Everest – The Hard Way*. Nova York, Random House, 1976.

BONINGTON, Chris. *The Everest Years*. Nova York, Viking, 1987.

BUCKLEY, Michael, e STRAUSS, Robert. *Tibet – A Travel Survival Kit*. Berkeley, The Lonely Planet, 1986.

DICKSON, Murray. *Onde Não Há Dentista*. São Paulo, Ed. Paulinas, 1985.

DINGLE, Graeme, e PERRY, Mike. *Chomolungma – New Zealanders on the North Face of Everest*. Auckland, Hodder and Stoughton, 1986.

DUNAGAN, Willian Claiborne M. D. *Manual de Terapêutica Clínica*. St. Louis, Department of Medicine – Washington University School of Medicine, 26ª Edição, 1991.

HERZOG, Maurice. *Annapurna – Premier 8.000*. Paris, B. Arthaud et Fédération Française de la Montagne, 1951.

HOLZEL, Tom, e SALKELD, Audrey. *First on Everest – The Mystery of Mallory & Irvine*. Nova York, Henry Holt and Company, 1986.

KELSEY, Michael. *Guide to the Worlds Mountains.* Springville, Kelsey Publishing Co., 1984.

KURAFID. British Antartic Survey – Medical Handbook.

MESSNER, Reinhold. *All 14 Eight-Thousanders.* Seattle, Cloudcap, 1988.

MORROW, Patrick. *Beyond Everest.* Toronto, Camden House, 1986.

NATIONAL GEOGRAPHIC MAGAZINES. Outubro 1981, Julho 1984, Dezembro 1987, Novembro 1988 e Junho 1989.

OYARZUN, Gaston. *Everest – De Los Andes al Himalaya.* Santiago, SEL Publicaciones, 1984.

RANDALL, Glenn. *McKinley Climber's Handbook.* Talkeetna, Genet Expedition, 1984.

RIBERA, Antonio. *Edmund Hillary.* Barcelona, Ediciones G. P., 1962.

SCOTT, Doug, e MacINTYRE, Alex. *The Shishapangma Expedition.* Seattle, The Mountaineers, 1984.

SETNICKA, Tim. *Wilderness Search and Rescue.* Appalachian Mountain Club Books, 1980.

WATERMAN, Jonathan. *Surviving Denali.* Nova York, The American Alpine Club, 1983.

WEST, John M. D. *Everest – The Testing Place.* Nova York, McGraw-Hill Book Company, 1985.

WHEELER, Tony, e EVERIST, Richard. *Nepal – A Travel Survival Kit.* Berkeley, Lonely Planet, 1990.

WILKERSON, James M. D. *Medicine for Mountaineering.* Seattle, The Mountaineers, 1985.

Impressão

GRÁFICA EDITORA
Pallotti
IMAGEM DE QUALIDADE

Porto Alegre • RS
Fone: (0++51) 3341.0455
Fax: (0++51) 3341.8775
E-mail: pallotti@pallotti.com.br

Com filmes fornecidos